Harry Voß

Der Schlunz

und der Rächer in der Nacht

bibellesebund

SCM R.Brockhaus

Eine Koproduktion des Bibellesebundes, Marienheide mit
dem R. Brockhaus Verlag im SCM-Verlag GmbH & Co. KG, Witten

ISBN 978-3-87982-277-5 (Bibellesebund)
Bestell-Nr. 3304
ISBN 978-3-417-26086-1 (R. Brockhaus)
Bestell-Nr. 226.086

Gesamtgestaltung: Georg Design, Münster
(www.georg-design.de)
Illustrationen: Thomas Georg, Münster
Druck: CPI–Ebner & Spiegel, Ulm

1

Am liebsten hätte sich Lukas für den Rest der Sommerferien mit dem Schlunz in der Wohnung versteckt. Die Vorstellung, dass es irgendwo auf dieser Welt jemanden gab, der den Schlunz töten wollte, machte ihm Angst. Aber im Schlunz schien diese Vorstellung erst so richtig die Abenteuerlust zu wecken.

»Wir suchen den Audi«, sagte er jeden Morgen, wenn sie aufwachten.

Schlunz hatte sich in den Kopf gesetzt, den silberfarbenen Audi zu finden. Genau jenen Audi TT-Roadster Cabrio, den sie nun schon seit einiger Zeit immer irgendwo am Straßenrand stehen sahen. Und der, wenn sie sich ihm näherten, startete und mit Vollgas wegfuhr. Eine Frau saß am Steuer, so viel hatten sie schon herausgefunden. Eine Frau mit Kopftuch und Sonnenbrille. Dieser Audi war es auch gewesen, der einmal den Schlunz im Sommerurlaub fast überfahren hätte. Absichtlich natürlich! Wer war nur diese Frau? Und wer war der geheimnisvolle Mann, der sie den ganzen Urlaub über verfolgt und schließlich versucht hatte, den Schlunz zu töten? Dieser Mann saß zum Glück inzwischen im Gefängnis. Aber der Audi mit der Frau fuhr noch frei herum. In der Nacht, in der sie aus dem Urlaub zurückgekehrt waren, hatten sie ihn zum letzten Mal gesehen.

Seitdem fuhren Schlunz und Lukas jeden Tag mit ihren Fahrrädern durch die Stadt. Irgendwo mussten sie diesen Audi doch finden!

An diesem Tag bog Schlunz mit seinem Rad in eine Seitenstraße ein, in der sie bisher noch nie gesucht hatten. »Ich glaube, hier kommen wir der Sache schon näher«, sagte er geheimnisvoll. Schlunz stieg vom Rad ab und schob es langsam den Gehweg entlang. Lukas tat das Gleiche und folgte seinem Freund.

»Da«, flüsterte Schlunz und zeigte auf ein Gebüsch auf der gegenüberliegenden Straßenseite. »Da raschelt etwas. Ich glaube, da ist jemand.«

Schlunz schob sein Rad noch langsamer und schaute angestrengt in das Gebüsch.

In diesem Augenblick passierte es: Mit einem ohrenbetäubenden Krachen peitschte ein Schuss aus dem Gebüsch heraus. Schlunz und Lukas warfen sich mit einem Schrei auf den Bauch und sahen, wie eine Rakete knapp über ihren Köpfen vorbeizischte und eine stinkende Wolke hinter sich herzog. Es roch nach Silvesterkracher. Sofort hoben die Jungen ihre Köpfe und schauten der Feuerrakete hinterher. Sie flog über den Zaun des Wohngrundstücks, vor dem sie gerade standen, genau durch ein weit geöffnetes Fenster in das Haus hinein, das sich hinter dem Zaun befand. Mit einem weiteren Knall explodierte die Rakete. Aus dem Zimmer hinter dem Fenster leuchtete es abwechselnd grün und rot auf. Im selben Augenblick hörten sie Schreie aus der Wohnung. Lukas zog seinen Kopf zwischen die Schultern und ließ sich wieder auf den Boden fallen. Ob es dort Verletzte gab?

Mit einem Satz sprang Schlunz über die Straße und auf der anderen Seite ins Gebüsch. »Lukas, da läuft jemand!« Aber Lukas konnte niemanden sehen. Stattdessen tauchte jetzt ein Mann im Garten des beschossenen Hauses auf und schimpfte laut: »Dreckige Bande! Jetzt hab ich euch! Bleibt sofort stehen, bis ich die Polizei gerufen habe!« Eine Frau war am offenen Fenster erschienen und versuchte mit wilden Armbewegungen, den entstandenen Qualm aus dem Zimmer zu vertreiben. »So ein Elend, so ein Elend!«, jammerte sie. Wenigstens schien sie nicht verletzt zu sein.

»Da läuft er!«, rief Schlunz aus dem Gebüsch und rannte schon in eine Richtung los.

»Halt, stehen bleiben!«, schimpfte der Mann, der inzwischen am Zaun angekommen war, doch Schlunz schien das nicht gehört zu haben. »Flucht ist zwecklos! Die Polizei ist schon unterwegs!«

»Wir waren das nicht!«, rief Lukas aufgeregt. »Wir sind selbst gerade vorbeigekommen und wären fast getroffen worden!«

»Lüge!« Der Mann drohte mit der Faust. »Ich hab doch gesehen, wie dein Kumpel dort vorne durchs Gebüsch gelaufen ist!«

»Ja, er hat jemanden gesehen, der die Rakete gezündet hat und dann weggelaufen ist!«

»Faule Ausrede!« Der Mann keuchte und hielt sich mit beiden Händen an seinem Zaun fest. Er war ziemlich dick und sein Hemd schaute an allen Seiten aus der Hose heraus. Sein roter Kopf saß ohne Hals auf den viel zu breiten Schultern. Den obersten Knopf seines Hemdes schien man gar nicht zuknöpfen zu können. Lukas schätzte den Mann auf ungefähr 60 Jahre, aber dafür hatte er noch erstaunlich viele Haare auf dem Kopf. Sie waren dunkel und ein dicker Seitenscheitel trennte sie in zwei große Haarberge nach rechts und links. Der größere Haarberg hing ihm vorne halb über die Augen. Dadurch wirkten seine buschigen Augenbrauen, die er drohend zusammengezogen hatte, noch gefährlicher.

»Willi«, rief die Frau von hinten aus dem offenen Fenster und zeigte auf Lukas. »Schau doch mal, ist das nicht der Junge von den Schmidtsteiners?«

Der Mann legte seinen Kopf schief und betrachtete Lukas näher. »Ja, tatsächlich. Der kleine Schmidtsteiner. Na, da werden sich deine Eltern aber freuen.«

Lukas bekam ein bisschen Panik. Sollten sie jetzt auch noch Ärger für etwas bekommen, das jemand anderes ausgeheckt hatte? Womöglich sogar wieder jemand, der eigentlich den Schlunz abschießen oder zumindest erschrecken oder warnen wollte? Dann war der Schlunz also immer noch in Gefahr! Und dafür sollten sie nun auch noch der Polizei vorgeführt werden? Lukas atmete heftiger.

»Schlunz!«, rief er. »Schlunz, komm schnell!«

Schlunz war schon wieder auf dem Rückweg zu Lukas: »Ich hab ihn nicht mehr erwischt.«

Der Mann empfing Schlunz mit einem wütenden Schnauben: »So, hab ich euch endlich!«

Schlunz schien nicht zu kapieren, dass er selbst gerade verdächtigt wurde. »Nein, leider haben wir ihn nicht«, sagte er noch ganz atemlos vom Rennen. »Er ist die Straße runtergelaufen. Ich hab eigentlich so gut wie gar nichts von ihm gesehen.«

»Schlunz«, begann Lukas vorsichtig, »der Mann hier denkt, wir hätten die Rakete gezündet.«

»Nein, das kann er gar nicht denken«, sagte Schlunz und schien kein bisschen Angst zu haben, »denn wir waren ja hier bei unseren Fahrrädern, als die Rakete losging.«

Die Augen des Mannes funkelten wütend. »Ach ja? Und warum warst du dann gerade dort im Gebüsch und bist weggerannt, als ich rausgekommen bin?«

Inzwischen war die Frau, die eben noch oben im Fenster stand, auch im Garten angekommen. Sie war noch dicker als ihr Mann und es fiel ihr offensichtlich schwer, einen Schritt vor den anderen zu setzen. »Na klar ist das der kleine Schmidtsteiner«, keuchte sie. »Der Junge von Jens und Ute!« Sie kam bis an den Zaun. »Also von dir hätte ich das nicht gedacht, Junge. Von dir nicht.«

»Wir waren es wirklich nicht«, sagte Schlunz. »Wir sind hier nur entlanggegangen, da kam aus dem Gebüsch die Feuerrakete. Ich hab jemanden wegrennen sehen und wollte hinterher, aber ich hab ihn nicht mehr erwischt!«

Die Frau runzelte die Stirn: »Wirklich?«

»Ja«, sagte Schlunz.

»Wir dachten eher, da hat es jemand auf den Schlunz abgesehen«, fügte Lukas noch hinzu.

»Auf den Schlunz?« Der Mann schaute, als hätte jemand eine Beleidigung ausgesprochen. »Was soll das denn sein?«

»Ich bin der Schlunz«, sagte Schlunz und hob dabei seinen Finger, als wollte er sich melden.

Der Mann schob seine buschigen Augenbrauen noch dichter zusammen. »Was? Du willst mich wohl auf den Arm nehmen!«

»Nein, Willi«, sagte die Frau neben ihm und japste immer noch nach Luft. »Das ist doch der Junge, der jetzt bei den Schmidsteiners wohnt. Du weißt doch, der Junge aus dem Wald.«

»Ach so«, raunzte der Mann und schob seinen Kopf neugierig nach vorne, so als wollte er ein seltenes Tier genauer betrachten. »Du bist der Junge aus dem Wald?«

»Ja«, sagte Schlunz und schob seinen Kopf genauso nach vorne. Jetzt standen sich die beiden gegenüber wie zwei Hunde, die sich gegenseitig beschnuppern.

»Wie heißt du denn in Wirklichkeit?«, fragte der Mann und es klang wie ein Polizeiverhör.

»Das weiß ich nicht«, sagte Schlunz. »Ich hab bei einem Unfall mein Gedächtnis verloren. Ich kann mich nicht einmal mehr an die Namen meiner Eltern erinnern. Und wo ich herkomme, weiß ich auch nicht. Die Polizei sucht schon die ganze Zeit nach meinen Eltern, bisher aber ohne Erfolg.«

»Das scheint dir aber keinen großen Kummer zu bereiten.«

»Doch, manchmal schon. Aber ich bin in der nettesten Familie der Welt gelandet. Lukas ist so lange mein Bruder, bis ich meine echte Familie wiedergefunden habe. Und Nele meine Schwester. Und Lukas‹ Eltern sind so lange meine Eltern. Und das sind die besten Eltern der Welt.«

»Besser als deine echten Eltern?«

»Das kann ich Ihnen erst sagen, wenn ich sie wieder vor mir sehe und mich an alles erinnere.«

»So, so.« Der Mann wiegte langsam seinen Kopf, sagte aber nichts mehr.

»Ihr kennt uns doch sicher, nicht wahr«, sagte die Frau und lächelte ein bisschen. »Wir gehen in dieselbe Gemeinde wie ihr.«

»Aha«, sagte Lukas und versuchte sich zu erinnern. Er wusste, dass den beiden der Getränkehandel auf der anderen Seite des Hauses gehörte: »Getränke Schütterling«. Wahrscheinlich hießen die beiden Herr und Frau Schütterling. Die Frau saß oft dort hinter der Kasse und wirkte, als hätte sie jemand dahingequetscht und niemand auf der Welt könnte sie jemals wieder da rausziehen. Und der Mann wühlte oft zwischen den Getränkekisten herum und schimpfte vor sich hin. Aber in der Gemeinde war er den beiden noch nie begegnet.

»Ist jemand verletzt?« Um das Haus herum kam noch ein anderer Mann gerannt und Lukas wusste gleich, dass er ihn auch aus dem Getränkeladen kannte. Der war aber jünger als das Ehepaar am Zaun. Höchstens so alt wie Papa, vielleicht noch ein bisschen jünger. Er trug eine Arbeitshose und war offensichtlich gerade aus dem Getränkeladen gekommen.

»Da bist du ja endlich!«, schimpfte ihn der ältere Mann an und erst jetzt wendete er dabei seinen Blick von Schlunz ab. »Unser Haus hätte in die Luft gehen können und du hättest dabei zugesehen, was?«

»Ich hatte noch Kunden zu bedienen«, sagte der jüngere Mann. Irgendwie klang es, als wollte er eigentlich zurückschimpfen. Aber seine Stimme hörte sich eher an wie das Winseln eines getretenen Hundes. »Und da kam ich so schnell nicht weg. Aber ich hab den Knall gehört und dachte, ich muss sofort nachsehen, ob ich helfen kann.« Er wirkte müde und erschöpft, seine braunen Haare hingen ihm ungewaschen und strähnig um die Ohren herum.

»Unser Haus explodiert und du verkaufst Bier«, schimpfte Herr Schütterling. »Das war ja mal wieder klar!«

»Ist was kaputtgegangen?«, erkundigte sich der Jüngere weiter.

»Es war ein Silvesterkracher«, erklärte die Frau, »er ist im Schlafzimmer gelandet. Das ganze Zimmer stinkt und die Bettwäsche hat einen großen Brandfleck. Sonst nichts.«

»Sonst nichts!«, wiederholte ihr Mann laut. »Wenn man zusammenzählt, was die uns in den letzten Wochen schon alles angetan haben, dann ist das eine ganze Menge!«

»Wieso, was denn?«, fragte Schlunz nach.

»Andauernd finden wir Schmierereien an unserem Haus oder vorne an der Ladentür«, schimpfte Herr Schütterling.

»Einmal sogar an unserem Garagentor. Eine Unverschämtheit ist das!«

»Ich seh gar nichts«, sagte Schlunz und versuchte, irgendwo an der Hauswand etwas zu entdecken.

»Ich hab‹s schon wieder weggewischt oder überstrichen«, sagte der jüngere Mann.

»Dann geh jetzt hoch ins Schlafzimmer und mach die neue Sauerei weg«, befahl ihm der Alte.

»Ja, ist gut«, sagte der Jüngere und ging mit gesenktem Kopf zurück.

»Und ihr wart es wirklich nicht?«, brummte der Alte noch mal.

»Nein, wirklich nicht«, erklärte Schlunz eindringlich.

»Du weißt doch, wer‹s war«, raunzte die Frau ihrem Mann zu. »Der Karl-Heinz! Der beschimpft dich doch andauernd mit Halsabschneider und hat auch schon mal gedroht, du würdest dich noch mal sehr wundern.«

»Nein, Alma«, knurrte Herr Schütterling und sah sich geheimnisvoll nach rechts und links um. »Das war der Große von den Schwarzes. Dem würde ich so was zutrauen. Aber der Kerl lässt sich ja nicht erwischen.«

Das Haus der Schütterlings war groß, aber ungepflegt. Es hatte mindestens drei Stockwerke, obwohl sie nur zu dritt darin wohnten. Der jüngere Mann, der sich gerade zum Putzen nach oben begeben hatte, musste wohl der Sohn sein, vermutete Lukas. Im Garten lagen jede Menge alte Holzbalken, Pflastersteine und anderer Bauschutt. Das Gras war viel zu hoch und die Bäume und Büsche breiteten sich zwischen meterhohem Unkraut aus. Ein Holzschuppen seitlich an der Hauswand sah ziemlich schäbig aus. Lukas betrachtete die hohe Hauswand, von der an etlichen Stellen schon der Putz abbröckelte, und erschrak, als er im oberen Stockwerk ein finsteres Gesicht hinter einer Fensterscheibe sah. Da stand eine alte Frau mit blassem, faltigem Gesicht und großem Haarknoten auf dem Kopf, die stumm auf die kleine Versammlung unten am Gartenzaun starrte. Ihr Alter konnte Lukas schlecht einschätzen. Sie konnte 80, aber auch 100 Jahre alt sein. Zumindest sah es unheimlich aus, wie sie da so von oben herabschaute. »Wer ist das?«, fragte Lukas.

Herr Schütterling schaute nach oben. »Meine Mutter.« An der Art, wie er das sagte, merkte Lukas, dass er seine Mutter nicht mochte.

Herr Schütterling drehte sich ohne ein weiteres Wort um und wankte auf das Haus zu. »Hannes!«, brüllte er in Richtung des offenen Fensters. Der jüngere Mann erschien am Fenster: »Ja?«

»Bist du bald fertig da oben?«

»Muss die Betten noch neu beziehen.«

»Dann beeil dich, ich brauch dich im Laden!« Und damit humpelte er davon. Sein schwerer Oberkörper schwankte bei jedem Schritt hin und her und es sah wirklich anstrengend aus, wie er sich davonschleppte. Auch seine Frau kehrte zum Haus zurück, ohne sich bei Schlunz oder Lukas zu verabschieden. Sie machte noch kleinere Schritte, schwankte dabei noch mehr hin und her und schnaufte wie eine Lokomotive.

Schlunz hielt seine Hand vor den Mund und grinste darunter, aber Lukas war nicht zum Grinsen zumute. Er hatte das Gefühl, da war schon wieder jemand, der dem Schlunz eins auswischen wollte. Schon möglich, dass die Schütterlings immer mal Schmierereien an den Wänden vorfanden. Das kam ja überall vor. Aber gefährliche Silvesterkracher, die ganz knapp am Kopf vorbeizischen? Lukas hatte Angst, dass der Schlunz immer noch in Lebensgefahr schwebte, obwohl der Mörder, der ihnen im Urlaub hinterhergefahren war, inzwischen im Gefängnis saß. Zumindest hatte die Polizei ihnen gesagt, er säße im Gefängnis. Hoffentlich stimmte das auch.

2

»Da kommt ihr ja«, sagte Mama, als Schlunz und Lukas an diesem Abend von ihrer Audi-Suche nach Hause kamen. Mama saß mit Frau Rosenbaum, der Leiterin vom Jugendamt, im Wohnzimmer.

»Guten Abend, Jungs«, sagte Frau Rosenbaum und hob leicht ihre Hand.

»Guten Abend«, murmelten Schlunz und Lukas.

»Eure Mutter erzählt mir gerade von euren Erlebnissen im Urlaub. Das ist ja furchtbar, was euch da alles zugestoßen ist. Wenn das stimmt, dass da jemand versucht, dich zu töten, Schlunz, dann können wir dich ja gar nicht mehr allein vor die Tür lassen. Dann schwebst du ja unentwegt in Lebensgefahr.«

»So schlimm ist es nun auch wieder nicht«, sagte Schlunz schnell. »Dieser Killer, der mich töten wollte, ist doch jetzt im Gefängnis.«

»Schon«, sagte Frau Rosenbaum. »Aber der Auftraggeber des Killers ist noch nicht gefasst. Vielleicht bezahlt er einen neuen Killer. Oder er macht sich selbst auf den Weg. Das ist gefährlich.«

»Ich pass schon auf.«

Von der Frau im Audi hatten sie am Ende des Urlaubs nichts erzählt, obwohl sie Mama und Papa sonst alles über den Killer berichtet hatten und auch über das Ehepaar Schmücker, das ihnen die ganze Zeit so verdächtig gefolgt war. Der Schlunz hatte Lukas immer wieder eingeschärft, Mama und Papa nichts von dem Audi zu erzählen, obwohl der Schlunz genau wusste, dass der Audi etwas mit seiner Vergangenheit zu tun hatte und nichts Gutes bedeutete. Bis jetzt hatte Lukas seinem Freund noch den Gefallen getan. Aber wie lange könnte er das noch?

»Eure Mutter hat mir auch erzählt, dass du Angst vor der Nordsee und Angst vor dem Flughafen hattest«, sagte Frau Rosenbaum. »Kannst du denn darüber etwas sagen?«

»Nein«, sagte Schlunz und schaute zu Boden.

»Und über den Namen Marius, den du vor dem Flughafen laut gerufen hast?«

»Nein.«

»Ist Marius vielleicht jemand, der dir etwas Böses antun will?«

»Weiß nicht.«

»Ich werde dem Kinderpsychologen davon berichten. Er soll versuchen, mit dir zusammen herauszufinden, was das mit deiner Vergangenheit zu tun hat.« Sie lächelte. »Ich glaube, wir sind deiner Familie schon ganz dicht auf der Spur.«

»Hm.« Schlunz lächelte nicht. Stattdessen starrte er vor sich hin, als tauchte er mit seinen Gedanken wieder in eine Welt ein, die nur er kannte und von der er nichts berichten konnte.

»Wir sind gleich fertig«, sagte Mama. »Papa kommt auch gleich von der Arbeit nach Hause. Ihr könnt ja schon mal den Tisch fürs Abendbrot decken.«

Beim Tischdecken wurde Schlunz zum Glück wieder fröhlich. »Wo ist eigentlich Nele?«, fragte er ins Wohnzimmer hinein.

»In ihrem Zimmer.«

»Was macht sie da?«

»Keine Ahnung.«

»Die verdrückt sich und wir müssen den Tisch decken. Das könnte ihr so passen.«

Damit rannte Schlunz die Treppe nach oben. Lukas folgte ihm. Schlunz klopfte an Neles Zimmertür und trat ein. Nele erschrak, denn sie war gerade dabei, sich ein viel zu enges Prinzessinnenkleid anzuziehen. Gerade in dem Augenblick, als Schlunz eintrat, krachte der Reißverschluss an der Rückseite.

»Mensch, kannst du nicht anklopfen?«, schimpfte sie.

»Hab ich doch«, sagte Schlunz mit unschuldigem Gesicht.

»Und? Hab ich ›Herein‹ gesagt?«

»Nein, aber das kannst du ja jetzt noch.«

»Kann ich nicht«, sagte Nele gequetscht, »weil ich gerade dabei bin, mein altes Kostüm anzuprobieren.« Sie versuchte weiter, das Kleid am unteren Rand zu packen und nach unten zu ziehen, aber jetzt platzte eine Naht unter dem Arm auf. »In zwei Wochen hab ich doch meinen neunten Geburtstag«, redete sie weiter und zog dabei umständlich an ihrem Kleidchen, »und das soll ein Prinzessinnenfest werden. Alle sollen sich als Prinzessinnen verkleiden und dann machen wir Spiele wie auf einem richtigen Schloss!«

»Ich will mich aber nicht als Prinzessin verkleiden«, schoss es sofort aus Lukas heraus.

»Du natürlich nicht«, sagte Nele. »Ihr Jungs verkleidet euch als Ritter oder als Prinzen. Ist doch klar!«

»Ich will mich aber überhaupt nicht verkleiden«, maulte Lukas weiter.

»Na klar willst du das«, sagte Nele. »Letztes Jahr auf meinem Schmetterlingsfest hast du dich doch auch verkleidet!«

»Ja«, erinnerte sich Lukas dunkel, »ich hab mir einen Kartoffelsack um den Bauch gebunden und gesagt, ich bin eine Raupe.«

Nele grinste und klimperte mit den Augen. »Genau. Und das sah doch schön aus!«

Lukas seufzte laut, aber Schlunz schien schon eine Idee zu haben: »Ich weiß was, Lukas. Wir verkleiden uns als Schlossgespenster, dann können wir alle erschrecken!«

»Mama hat gesagt, sie verkleidet sich auch«, sagte Nele noch. »Und Oma Sieglinde und Opa Urs auch.«

»Cool«, sagte Schlunz. »Auch Samy und Ruth und ihre Geschwister?«

»Beim letzten Mal hatten sie wenigstens einen Haarreif mit Fühlern auf dem Kopf, zumindest Samuel, Ruth, Esra und Nehemia. Onkel Torsten und Tante Lydia haben das nicht so gern, wenn man sich verkleidet.«

»Aber dein Prinzessinnenkleid ist wohl ein kleines bisschen zu eng«, sagte Schlunz und grinste spöttisch.

»Ich weiß«, sagte Nele, »eigentlich hab ich es bekommen, als ich im Kindergarten war. Aber vor zwei Jahren, als ich im ersten Schuljahr war, hat es noch gepasst.« Sie bückte sich, um ihr Kleid vorne noch ein bisschen nach unten zu ziehen. Im selben Augenblick sprang hinten im Nacken ein silberner Knopf ab und knallte gegen die Lampe an der Zimmerdecke. »Na gut«, sagte sie, »ich zieh es wieder aus.« Sie richtete sich auf und sah die Jungen streng an. »Aber dazu müsst ihr rausgehen!«

»Wir wollten dir nur sagen«, sagte Schlunz, »dass du uns beim Tischdecken helfen sollst.«

»Ich komm ja gleich.«

Als Lukas und Schlunz die Treppe nach unten kamen, war Papa schon nach Hause gekommen und Frau Rosenbaum war gegangen. »Seid ihr fertig mit Tischdecken?«, fragte Mama.

»Nein, wir machen jetzt weiter«, sagte Schlunz. Papa und Mama halfen mit. Als alles auf dem Tisch stand, war Nele immer noch nicht da.

»Nele, Essen!«, rief Schlunz laut.

Oben hörte Lukas Neles Zimmertür. Dann hörte er Nele am oberen Ende der Treppe. »Du musst mir helfen, Mama«, rief sie.

Als Lukas zur Treppe schaute, musste er laut loslachen. Nele hatte versucht, ihr Kleid über den Kopf auszuziehen, war aber irgendwo hoffnungslos stecken geblieben. Jetzt sah man nur ein umgestülptes rosafarbenes Kleid mit Beinen untendran langsam die Treppe runterkommen.

»Nele, was machst du denn da?« Mama eilte zu Nele und wollte ihr das Kleid über den Kopf ziehen. Dabei krachten mindestens zwei Nähte gleichzeitig. »Aua, meine Ohren!«, schrie Nele.

»Oh, hast du dich jetzt als Schlossgespenst verkleidet?«, lachte Schlunz.

»Na warte, wenn ich hier draußen bin, dann kriegst du‹s mit mir zu tun«, kam Neles Stimme aus dem zerfetzten Kleid heraus. Mama zog Nele mit einem Ruck das Kleid über den Kopf. Es machte RATSCH und das Oberteil war in zwei

Teile gerissen. Nele schrie laut auf und fiel auf den Po. »Mama, mein Kleid!«

»Du hast doch bald Geburtstag«, sagte Mama, »vielleicht kriegst du ja ein neues. Und jetzt gehst du nach oben und ziehst dir was Richtiges an. Es gibt Essen.«

3

Auch in den nächsten Tagen suchten Schlunz und Lukas nach dem silbernen Audi, aber ohne Erfolg. Manchmal konnten sie auch nicht so auffällig suchen, weil Nele so lange quengelte, bis sie sie mit auf ihre Fahrradtouren nahmen. Dann fuhren sie einfach die Straßen auf und ab und schauten sich unauffällig die Autos am Straßenrand an. Der gesuchte Audi war nie dabei.

Einmal blieb der Schlunz an einer Straßenecke ganz plötzlich stehen und rief die anderen beiden zu sich: »Schaut euch mal das Plakat an. Am Wochenende ist auf dem Festplatz ein Feuerwehrfest!«

»Das ist jedes Jahr im Sommer da«, sagte Lukas. »Aber wir sind noch nie da gewesen.«

»Warum nicht?«, fragte Schlunz. »Schau mal, was hier steht. Da gibt‹s auch einen Autoscooter, Karaoke-Singen und Kinderflohmarkt! Sollen wir da nicht mal hingehen?«

»Das erlauben Mama und Papa niemals«, seufzte Nele.

»Warum nicht? Das wäre doch stark! Lukas, wir fahren Autoscooter und stoßen Nele aus dem Auto, ja?«

»Pah, das schafft ihr gar nicht«, lachte Nele.

»Dann wollen wir noch danken«, sagte Papa, als die Familie am Abend gemeinsam um den Tisch saß. Mit diesen Worten leitete Papa immer das Gebet vor dem Essen ein. Lukas und Nele kannten das schon, solange sie sich erinnern konnten. Und weil Schlunz inzwischen über vier Monate bei den Schmidtsteiners wohnte, fragte er auch nicht mehr nach, sondern faltete wie die anderen seine Hände und schloss die Augen. Auf Papas »Amen« antworteten Nele und Lukas mit: »So soll es sein«, und Schlunz schob ein »Ende der Durchsage« hinterher. Das taten sie nun so, seit der Schlunz bei ihnen wohnte.

Gleich nach dem Beten brachte Schlunz seinen Vorschlag ein: »Lasst uns am Sonntag zum Feuerwehrfest gehen! Das wird lustig! Lukas und ich wollen Autoscooter fahren und Nele auch!«

Mama und Papa schauten sich lange an. Irgendetwas schienen sie mit ihren Augen besprechen zu wollen. »Da waren wir noch nie«, sagte Papa dann.

»Na und?«, fragte Schlunz. »Ich auch nicht. Dann wird es Zeit, dass wir alle zum ersten Mal hingehen.«

»Da wird nur gesoffen und getanzt«, sagte Papa und schmierte langsam sein Brot.

»Echt?«, wunderte sich Schlunz. »Davon stand nichts auf dem Plakat.«

»Nein«, sagte Papa, »das müssen die nicht extra aufschreiben. Das weiß jeder auch so.«

»Muss man sich da besaufen und tanzen, wenn man hingeht?«

»Nein, aber das machen da alle.«

»Woher weißt du das, wenn du noch nie da warst?«

Papa schaute wieder zu Mama und Mama schaute auf ihr Brot. »Das weiß ich eben«, sagte Papa.

»Und wenn man nur hingeht, um Autoscooter zu fahren oder was auf dem Flohmarkt zu kaufen – wird man dann rausgeschmissen?«

»Nein, sicher nicht.« Papa schüttelte langsam den Kopf.

»Na klasse«, freute sich Schlunz. »Dann können wir doch hingehen und uns nicht besaufen. Und ihr müsst sicher auch nicht tanzen, wenn ihr nicht wollt.«

»Ich würde ja gern mal tanzen«, sagte Mama und schmunzelte ein bisschen.

»Mensch, Ute«, sagte Papa, als hätte jemand ein Spiel verdorben. Er runzelte die Stirn und sagte zum Schlunz: »Außerdem kennen wir da niemanden.«

»Du kennst doch uns.« Schlunz biss in sein Brot. Mama und Papa tauschten wieder ihre geheimnisvollen Blicke aus.

»Schlunz hat recht«, sagte Nele. »Ich würde auch gern mal Autoscooter fahren.« Dann grinste sie und sagte: »Ich verspreche euch auch, dass ich mich nicht besaufe und nicht tanze!«

Mama lachte. Papa nicht.

»Wir überlegen es uns noch«, sagte Mama dann. »Okay?«

»Okay«, sagten Schlunz und Nele und sahen sich verschwörerisch an.

Und tatsächlich: Am nächsten Tag verkündeten Mama und Papa, dass sie mit den Kindern zum Feuerwehrfest gehen wollten. Natürlich erst nach dem Gottesdienst. Damit waren Lukas, Nele und Schlunz einverstanden.

Weil noch Ferien waren, fand am nächsten Sonntag kein Kindergottesdienst statt. Darum saßen Lukas, Schlunz und Nele mit im Gottesdienst bei den Erwachsenen. Zum ersten Mal erkannte Lukas heute Herrn und Frau Schütterling unter den Besuchern. Sie saßen im hinteren Bereich ziemlich am Rand und waren in ein Buch vertieft, das ein Gesangbuch oder eine Bibel sein konnte. Hinter ihnen saß Hannes. Er hatte seinen Kopf zwischen die Schultern gezogen und sang bei keinem einzigen Lied mit.

Schlunz kannte hier im Gottesdienst natürlich erst recht keine Lieder, aber er fand unentwegt etwas, das er Lukas ins Ohr flüstern musste.

Arthur Preisel, einer aus dem Gemeindevorstand, las zu Beginn etwas aus der Bibel vor: »Dein Wort ist meines Fußes Leuchte und ein Licht auf meinem Weg.«

»Was redet der da für ein Zeug?«, flüsterte Schlunz Lukas zu. »Was für ein Wort meint der?«

»Er meint die Bibel«, flüsterte Lukas zurück. »Zur Bibel sagen manche ›Gottes Wort‹.«

»Dann kann er doch auch gleich sagen: ›die ›Bibel‹, oder?«, flüsterte Schlunz zurück.

»Ja, aber so steht es in der Bibel.« Lukas bemühte sich, leise zu reden. Eine Frau direkt vor ihnen hatte sich schon umgedreht und einen strengen Blick nach hinten geworfen.

»In der Bibel steht, dass die Bibel ›Gottes Wort‹ heißt?«, fragte Schlunz weiter. »Ist ja komisch. Und wieso ist die Bibel eine Fußleuchte? Ist da denn eine Taschenlampe drin?«

»Pssst«, machte die Frau vor ihnen und legte ihren Finger auf den Mund. »Hört mal lieber auf das Wort.«

»Auf welches?«, flüsterte Schlunz der Frau zu.

»Auf Gottes Wort«, flüsterte sie zurück.

Schlunz beugte sich wieder zu der Frau hinüber: »Aber wenn das Wort doch eine Taschenlampe ist, kann man es nicht hören, sondern sehen.«

Die Frau schüttelte ihren Kopf und sagte nichts mehr dazu.

Später sang die Gemeinde bei einem der Lieder lauthals: »Wir tanzen Herr, vor dir, und erheben unsere Hände.« Da beugte sich Schlunz zu Papa rüber und flüsterte: »Papa, ich denke, tanzen macht man nur im Festzelt der Feuerwehr!«

»Wir tanzen ja auch vor Gott«, flüsterte Papa zurück.

»Vielleicht tanzen die Leute im Zelt ja auch für Gott.«

»Garantiert nicht.«

»Aber hier tanzt gar niemand«, flüsterte Schlunz wieder, »die sitzen alle steif auf den Stühlen, als wären sie gefesselt. Und die Hände erhebt auch niemand!«

»In unseren Herzen tanzen wir«, zischte Papa zurück, »und jetzt sei still!«

Schlunz beugte sich zu Lukas rüber und flüsterte: »Und in meinem Herzen fahre ich schon Autoscooter!«

Gegen Ende des Gottesdienstes kündigte Arthur Preisel an, in vier Wochen finde das alljährliche Gemeindefest statt, zu dem alle Gemeindeglieder herzlich eingeladen seien. Alle sollten ihre Freunde und Familien mitbringen.

»Cool«, flüsterte Schlunz Papa zu, »ein Feuerwehrfest im Gemeindehaus!«

4

Auf dem Festplatz war ein riesengroßes Zelt aufgebaut. Schon von Weitem hörte man die laute Musik einer Blaskapelle und wenn man näher kam, hörte man auch, wie etliche zu der Musik sangen. »Das wird klasse!«, freute sich Schlunz. Nele sprang vor Aufregung auf der Stelle und hüpfte dabei prompt in eine Wasserpfütze am Straßenrand. Lukas schaute vorsichtig zu Mama und Papa hinüber.

Sie wirkten wie Erstklässler am ersten Schultag.

»Kommt, hier geht es rein!« Schlunz stand schon am Eingang des Zeltes. »Da gibt es Bratwurst mit Brötchen! Los, für jeden eine Wurst, und danach fahren wir Autoscooter, ja?«

In dem Zelt standen unzählige Tische und Bänke in langen Reihen. Viele Hundert Leute saßen da, aßen, tranken, sangen und unterhielten sich, sofern das bei der Lautstärke möglich war.

Papa kaufte an einer der langen Theken für jeden eine Bratwurst und für die Kinder je eine Limo. Mama und Papa teilten sich ein Mineralwasser. Dann hielten sie nach einem Tisch Ausschau, an dem für alle Platz war.

»Da ist Frau Rosenbaum!«, rief Nele plötzlich und zeigte mit ausgestrecktem Finger mitten in die Menge.

»Tatsächlich«, staunte Mama.

Frau Rosenbaum hatte die Schmidtsteiners auch erkannt und winkte sie fröhlich zu sich.

»Siehst du, Papa«, grinste Schlunz, »nun kennt ihr ja doch jemanden auf dem Fest!«

Als sie näher kamen, sahen sie noch jemand Bekanntes: Neben Frau Rosenbaum saßen Herr und Frau Schmücker, die sie im Urlaub kennengelernt hatten.

Herr Schmücker erhob sich sofort und gab Papa und Mama die Hand: »Diesmal sind wir Ihnen aber wirklich nicht gefolgt«, lachte er.

Mama und Papa setzten sich zwischen Frau Rosenbaum

und Herrn Schmücker. Lukas, Nele und Schlunz setzten sich ihnen gegenüber auf die Bank, wobei Neles Wurst schon das erste Mal unter den Tisch rollte. Schnell holte Nele die Wurst wieder hoch und rieb mit den Fingern den Dreck ab.

»So, dann lasst es euch mal schmecken«, sagte Herr Schmücker und klopfte Papa freundschaftlich auf die Schulter.

Schlunz faltete seine Hände und legte sie auf den Tisch. »Dann wollen wir noch danken!«, sagte er so laut, dass es nicht nur Papa, sondern auch die Schmückers und Frau Rosenbaum hörten.

Papa lächelte gequält und legte seine Hände unter dem Tisch zusammen. »Heute betet mal jeder für sich«, sagte er zu Schlunz und neigte seinen Kopf.

»Aber Papa«, protestierte Schlunz, »du betest doch immer für uns alle vor dem Essen!«

»Ja«, sagte Papa, »aber doch nicht im Festzelt!«

»Warum nicht? Denkst du, Gott hört uns hier nicht?«

»Doch. Aber Gott hört uns auch, wenn jeder im Stillen betet.«

»Moment mal«, hakte Schlunz nach, »zu Hause würde Gott uns auch hören, wenn jeder im Stillen betet. Da betest du aber so, dass wir es alle hören.«

»Schlunz, es reicht jetzt.«

Schlunz stemmte seine Hände auf den Tisch und beugte sich zu Papa rüber: »Schämst du dich etwa?«

Papa schaute verlegen nach rechts und links zu Frau Rosenbaum und Herrn Schmücker. »Schlunz, bitte.«

Schlunz schaute in die Luft und redete laut drauflos: »Gott, hast du das gesehen? Der Papa traut sich nicht! Lustig, was? Das darfst du ihm nicht übel nehmen, er ist zum ersten Mal hier, weißt du? Da muss er erst mal locker werden! Aber gleich betet er, okay? Ende der Durchsage!«

Dann schaute er wieder zu Papa: »Also, du kannst loslegen. Ich hab Gott schon darauf vorbereitet, dass gleich dein Gebet kommt.«

Papa machte ein zerknirschtes Gesicht: »Schlunz, du bist unmöglich!«

»Na, los jetzt!«

»Also gut.« Papa schaute noch mal etwas verlegen nach rechts und links, dann faltete er seine Hände, die anderen Familienmitglieder taten das ebenfalls. Sogar die Schmückers und Frau Rosenbaum legten andächtig ihre Hände zusammen. »Segne, Vater, diese Speise uns zur Kraft und dir zum Preise. Amen.« Papa schaute wieder hoch und griff nach seiner Wurst. »So. Einen guten Appetit dann.«

Schlunz musste erst einmal Luft holen, dann fragte er laut: »Was war das denn, Papa? Das war ja ein Gedicht! Du hast für Gott ein Gedicht aufgesagt! Hast du dir das gerade selbst ausgedacht?«

»Nein. Das ist ein Gebet. Ein altes, bekanntes Tischgebet.«

»Ein Tischgebet, das sich reimt? Aber sonst sprichst du doch auch nicht in Reimen zu Gott!«

»Nein, sonst nicht. Aber Gott ist bestimmt nicht böse, wenn sich ein Gebet zur Abwechslung mal reimt.«

Schlunz nickte anerkennend und biss in seine Wurst. »Papa, du bist echt cool. Sprichst du mit mir dann auch mal in Reimen?«

»Mal sehen«, brummte Papa, »wenn mir was einfällt.«

Als die Kinder nach dem Essen nach draußen rennen wollten, blieb Schlunz kurz stehen und zeigte hinter die Theke, wo verschiedene Leute standen und Getränke in Gläser füllten. »Schaut mal, ist der da nicht auch heute Morgen im Gottesdienst gewesen?«

Lukas schaute in die Richtung, in die Schlunz zeigte. Da stand Arno Schwarz, einer der Jugendlichen aus dem Gottesdienst, und war dabei, Bier aus einem Hahn zu zapfen. In seiner Nähe stand noch ein anderer Jugendlicher aus der Gemeinde, von dem Lukas nicht wusste, wie er hieß. Er wurde von den anderen Süffi genannt, aber so hieß er bestimmt nicht wirklich. Er hielt ein Bierglas in der Hand und unterhielt sich mit anderen Jugendlichen. »Ja«, sagte Lukas.

»Der da, der gerade das Bier zapft, ist Arno.«

»Dann hätte sich Papa ja nicht so anzustellen brauchen, wenn hier sowieso auch Leute aus der Gemeinde sind«, lachte Schlunz und rannte weiter.

Als Erstes kauften sich Lukas und Schlunz ein paar Münzen für den Autoscooter und gaben Nele eine davon ab. »Ich trau mich nicht alleine«, jammerte Nele, »ich hab das noch nie gemacht!«

»Ich hab das auch noch nie gemacht«, gab Schlunz zurück. »Ist doch egal. Einfach reinsetzen und Gas geben!« Im nächsten Augenblick war Schlunz in eins der frei gewordenen Autos gesprungen und zeigte auf ein weiteres Auto in seiner Nähe. »Da, Nele! Das ist für dich!« Lukas war froh, dass er sich neben Schlunz setzen konnte. Allein hätte er sich das auch nicht zugetraut. Aber das wollte er vor Schlunz nicht zugeben. Nele stieg tapfer in das Fahrzeug, das Schlunz ihr zugewiesen hatte, und warf die Münze ein. Ein Signal ertönte und alle Autos setzten sich in Gang.

»Hurra!«, jubelte Schlunz und fuhr los. Lukas konnte sehen, dass sich Neles Wagen noch nicht in Fahrt gesetzt hatte. Es blieb auf der Stelle, drehte sich aber wie wild um sich selbst.

»Hilfe!«, rief Nele.

»Du musst lenken!«, rief Schlunz ihr zu.

»Mach ich doch!«, rief sie zurück. Aber ihr Auto wollte ihr nicht gehorchen.

Lukas wollte sich noch einmal zu Nele umdrehen, doch in diesem Moment stieß ihnen ein anderes Auto so heftig in die Seite, dass Lukas mit seinem Kopf fast gegen Schlunz gedonnert wäre.

Jedes Mal, wenn sie an Nele vorbeikamen, drehte die sich immer noch im Kreis und rief: »Schlunz, hilf mir!« Dann endlich war ein Erwachsener, der wohl zur Autoscooter-Mannschaft gehörte, auf ihren Wagen aufgesprungen, griff ihr ins Lenkrad und drehte es in die richtige Richtung. »Na wartet«, rief sie sofort und fuhr auf Schlunz und Lukas zu. In diesem Moment war die Runde allerdings zu Ende und alle Autos blieben stehen. Alle mussten aussteigen.

»Das war klasse, was?«, rief Schlunz, als sie die Bahn verlassen hatten.

»Nein, das war Mist«, knurrte Nele und ließ die Jungen stehen.

Schlunz und Lukas schauten sich an den verschiedenen Buden um. Sie kauften ein paar Lose und Schlunz versuchte sogar, an der Schießbude eine Plastikblume abzuschießen. Leider gelang ihm das nicht.

Auf dem Kinderflohmarkt entdeckten sie eine Menge toller Sachen, die sie am liebsten alle gekauft hätten. Aber dafür hatten sie nicht genug Geld mit. Lukas kaufte sich ein paar alte Mickymaushefte und Fußballbilder seiner Lieblingsmannschaft. Außerdem kaufte er von einem Mädchen zehn abgerissene Notizblätter von unterschiedlichen Diddlblöcken ab. »Dann hab ich schon was für Neles Geburtstag«, erklärte er Schlunz.

Schlunz war ganz stolz, als er an einem Stand ein Pupskissen fand.

»Was ist das denn?«, fragte Lukas.

»Kennst du das nicht? Das ist ein Kissen, das pupst, wenn du dich draufsetzt!« Und zur Vorführung drückte er mit seinen Händen ein paar Mal das Kissen platt. Das Geräusch klang täuschend echt. »Pass auf, das legen wir gleich heimlich Papa auf die Bank, wenn er mal kurz aufsteht. Und wenn er sich wieder hinsetzt, gibt es was zu lachen!«

Als sie wieder zurück im Festzelt waren, zeigte Schlunz an den vorderen Bühnenrand: »He Lukas, schau mal, da ist der Hannes vom Getränkehandel!« Und sofort rannte er auf ihn zu: »Hallo Herr Schütterling! Ist ja stark, dass Sie auch hier sind, obwohl hier nur Leute sitzen, die sich besaufen und tanzen!«

Hannes Schütterling grinste ein wenig. Seine Augen blieben

aber trüb. »Hier besaufen sich nicht alle«, sagte er. »Aber wenn ein paar mehr Leute was trinken würden, wäre das auch nicht schlecht. Dann würden wir mehr verkaufen.«

»Ach so, dann sind Sie wegen der Getränke hier.«

»Ja. Und ich hab die Bühne aufgebaut und pass ein bisschen auf, dass sich niemand auf der Bühne verletzt.«

»Was, Sie haben die Bühne aufgebaut? Das können Sie?«

»So schwer ist das ja nicht.«

»Also, ich könnte das nicht!« Schlunz nickte und machte ein wichtiges Gesicht. Dann zeigte er auf die Bühne: »Was liegt denn da für ein Schlauch?«

Hannes schaute nach vorne. »Das ist ein Feuerwehrschlauch.«

»Der ist ja ganz platt!«

»Ja, noch ist er platt. Da ist ja auch kein Wasser drin. Wenn Wasser durchfließt, ist der Schlauch richtig dick.«

»Ach so«, Schlunz nickte wieder, »und jetzt ist das Wasser abgedreht, sonst würde vorne alles rauslaufen und das Zelt stände unter Wasser.«

»Na ja«, sagte Hannes, »ganz so ist es auch nicht. Am Ende des Schlauchs ist ja noch das Strahlrohr angebracht. An diesem Rohr staut sich erst mal das Wasser. Und mit dem Hebel stellt man den Wasserstrahl richtig an. So ähnlich ist das ja auch beim Gartenschlauch.«

Von der Seite rief jemand nach Hannes: »Hannes, Bierfass leer!«

»Ich komme!«, rief Hannes und ließ Schlunz und Lukas stehen.

»Ist ja komisch«, überlegte Schlunz, als Hannes weg war, »da liegt ein Schlauch auf der Bühne, damit nichts passiert, und wenn dann was passiert und ein Feuer ausbricht, dann ist kein Wasser im Schlauch.«

Ohne eine Antwort von Lukas abzuwarten, ging Schlunz am Bühnenrand entlang und folgte dem Verlauf des Schlauchs. Der Schlauch führte bis hinter die Bühne und dort unter der Zeltplane hinaus ins Freie. Schlunz schob sich unter der Zeltplane nach draußen. Lukas blieb davor stehen. Das traute er sich nun doch nicht.

Von der Bühne her hörte er, wie zwei Männer mit dem Publikum redeten. Lukas drehte sich um und ging so weit zurück, dass er die Männer erkennen konnte. Der eine war der Bürgermeister, der andere musste von seiner Kleidung her mindestens ein Feuerwehrmann, wenn nicht sogar der Feuerwehrhauptmann sein. Der Feuerwehrmann hielt das Strahlrohr schussbereit unter seinen Arm geklemmt. Der Bürgermeister stand direkt neben ihm und hielt das Mikrofon in der Hand.

»Und dann können Sie also einstellen, wie stark der Wasserstrahl aus dem Schlauch kommt?«, fragte der Bürgermeister und hatte ein übertrieben freundliches Gesicht aufgesetzt.

»Ja, genau«, antwortete der Feuerwehrmann und zeigte auf das Metallrohr unter seinem Arm. »Mit diesem Hebel kann ich zwischen Vollstrahl, Sprühstrahl und ›Wasser halt‹ wählen.«

»Ja, ja«, sagte der Bürgermeister mit eingefrorenem Lächeln, »das probieren wir jetzt hier mal lieber nicht aus.«

»Im Moment kann ja nichts passieren«, sagte der Feuerwehrmann, »weil der Wasserhahn nicht aufgedreht ist.«

Im Augenwinkel sah Lukas, wie sich der flache Schlauch vom hinteren Bühnenrand her aufrichtete und prallvoll wurde. Kein Zweifel: Der Schlunz hatte irgendwo den Wasseranschluss gefunden und das Wasser aufgedreht. Lukas ahnte Schlimmstes.

Der Feuerwehrmann auf der Bühne hatte schon den Hebel an seiner Spritze in der Hand: »Das hier wäre dann die Stellung für den Vollstrahl ...«

Er hatte den Hebel noch nicht richtig umgelegt, da gab sich der Schlauch einen Ruck, der Feuerwehrhauptmann wurde kurz aus dem Gleichgewicht gerissen, fing sich aber sofort wieder und hielt das Strahlrohr mit beiden Händen fest. Vorne aus dem Schlauch kam mit einem riesigen Druck ein Wasserstrahl geschossen und traf den Bürgermeister frontal auf der Brust, sodass der mit einem lauten Schrei rückwärts in die Blumenkästen am Bühnenrand fiel. Der Wasserstrahl peitschte ein Rednerpult um und begoss im Umkreis von 20 Metern alle Festbesucher, die in der Schusslinie saßen. In wilder Panik riss der Feuerwehrmann den Schlauch nach hinten und räumte mit einem Schwung die gesamte Blaskapelle ab. Die Musiker konnten sich gerade noch hinter ihre Instrumente retten, aber eine große Tuba schlitterte schon quer über die Bühne und landete neben dem Bürgermeister in den Blumenkästen. Der Feuerwehrmann riss den Schlauch wieder in die andere Richtung und richtete ihn nach oben zur Zeltdecke. Das hatte zur Folge, dass es im gesamten Zelt zu regnen begann. Mit großem Geschrei sprangen die Leute von den Bänken auf und rissen dabei Würstchen, Bierkrüge und Colaflaschen mit sich.

Endlich hatte der Feuerwehrmann den Hebel auf »Wasser halt« gestellt. Der Regen stoppte augenblicklich, aber die lauten Panikrufe im Zelt nicht. Lukas, der weit genug am Rand gestanden hatte, war trocken geblieben. Mit aufgerissenen Augen schaute er auf das Chaos im Zelt. Der Bürgermeister tauchte mit seinem Gesicht gerade aus dem Blumenkasten auf, konnte aber nichts sehen, weil sich zwei große Blütenblätter hinter seine Brillengläser geschoben hatten. Aus seinem Mund schaute ein Büschel Wiesenkräuter heraus. Das sah aus wie eine Kuh beim Fressen.

Hinter Lukas tauchte Schlunz auf, klatschte sich wie nach getaner Arbeit in die Hände und sagte: »So, das hätte ich …« Er stockte und fragte: »Was ist denn hier los? Hab ich was verpasst?«

»Ich glaube«, sagte Lukas leise, »wir setzen uns jetzt ganz langsam und unauffällig zu Mama und Papa an den Tisch und tun so, als hätten wir keine Ahnung.«

»Ich hab auch keine Ahnung«, sagte Schlunz und blickte auf die vielen Leute, die sich ihre Hemden und Röcke notdürftig auswrangen.

»Umso besser«, sagte Lukas. »Dann musst du ja ausnahmsweise noch nicht einmal lügen.«

Als sie bei Mama und Papa ankamen, war Herr Schmücker soeben dabei, sich seinen nassen Hut wieder aufzusetzen, ohne zu merken, dass ihm kurz vorher, als der Hut noch auf dem Boden gelegen hatte, ein Würstchen hineingerutscht war. Frau Schmücker entfernte einen Senffleck von ihrer Bluse, Mama und Papa versuchten, mit ihren Händen die Sitzbank wieder trocken zu reiben. Und Frau Rosenbaum entschuldigte sich in aller Form bei ihrem Sitznachbarn, dem sie gerade vor lauter Schreck ihr gesamtes Bierglas über den Kopf gegossen hatte.

Während sie sich unauffällig hinsetzten, flüsterte Schlunz noch: »Und was ist mit unserem Pupskissen?«

»Das testen wir ein anderes Mal.« Dabei hatte Lukas das Gefühl, so zu klingen wie Mama. Aber in diesem Fall war es ihm egal. Noch so einen Streich vom Schlunz hätte er heute nicht mehr überlebt.

5

Am Montag ging die Schule wieder los. Lukas kam in die fünfte Klasse, Nele in die vierte. Schlunz, dessen Alter und Geburtstag ja immer noch im Dunklen lagen, war vor den Ferien schon in Lukas‹ Klasse eingeteilt worden. Und so kam auch er mit Lukas ins fünfte Schuljahr der Gesamtschule Niederkirchen.

Bisher hatten sie ja nur das vordere Gebäude des Schulgeländes betreten. Hier war die Grundschule untergebracht. Im hinteren Gebäude befanden sich die höheren Klassen bis Jahrgangsstufe zehn. Hier bekamen Lukas, Schlunz, Elmar und viele andere aus der alten Klasse ihren neuen Klassenraum gezeigt. Er sah viel größer aus als der im letzten Schuljahr. Und auch die Stühle waren jetzt richtige Erwachsenenstühle und keine Grundschulstühle mehr. Offensichtlich gingen die Schulchefs davon aus, dass ein Fünftklässler nun schon auf dem besten Weg war, ein Erwachsener zu werden.

Lukas und Schlunz setzten sich nebeneinander.

Michi und Kai nutzten die Gelegenheit, sich in die letzte Reihe zu setzen, Elli setzte sich neben eins der neuen Mädchen und Elmar blieb mal wieder als Einziger übrig und setzte sich allein an einen Zweiertisch.

Herr Rotbraun-Bohnenhang, der neue Klassenlehrer, teilte ihnen den Stundenplan für das neue Schuljahr aus und erklärte ihnen gleichzeitig, wie das mit den Arbeitsgruppen in diesem Jahr funktionieren sollte. Im neuen Schuljahr sollte es spezielle Arbeitsgruppen geben, kurz AG genannt. Diese Arbeitsgruppen sollten in jeder Woche an einem Nachmittag noch nach der sechsten Stunde stattfinden. Zur Auswahl standen einige Sportgruppen wie Kanufahren, Geräteturnen oder Fechten, einige handwerkliche Gruppen wie Laubsägen, Stricken oder Kochen, eine Schauspielgruppe, eine Musikgruppe, in der sich Schüler mit Musikinstrumenten zusammenfinden sollten, und eine Schreibgruppe, in der Hobby-Schriftsteller ihre eigenen Geschichten schreiben konnten.

»Ich geh in die Musikgruppe«, flüsterte Schlunz Lukas zu, »ist ja wohl logisch! Endlich kann ich mit den Instrumenten, die ich zu Hause immer übe, mal was anfangen!«

Lukas interessierte sich mehr für die sportlichen Angebote. Fußball gab es leider nicht als eigene AG. Das hätte ihm gut gefallen: Jede Woche einmal zwei Schulstunden lang Fußball spielen! Aber die anderen Vorschläge gefielen ihm auch. Fechten – das könnte noch was Interessantes sein.

Als die erste Stunde zu Ende war und Herr Rotbraun-Bohnenhang den Klassenraum verlassen hatte, brach ein allgemeiner Tumult los. Jeder tauschte sich mit jedem darüber aus, welche AGs er am liebsten besuchen würde und wer dort noch hingehen wollte. Plötzlich sprang Schlunz auf, lief durch die Klasse und setzte sich neben Elmar. Erst jetzt fiel Lukas auf, dass Elmar leise hinter seinen Händen geweint hatte. Es dauerte eine Weile, dann kam Schlunz zurück und setzte sich auf seinen Platz neben Lukas.

»Worüber habt ihr geredet?«, wollte Lukas wissen.

»Der Elmar ist ein armer Kerl«, sagte Schlunz und nickte bedeutungsvoll. »Er hat gesagt, er weiß nicht, was er wählen soll. Er sagt, er kann nichts.«

»Tja«, machte Lukas. Und er fand, eigentlich hatte Elmar recht. Er konnte wirklich nichts. Er war weder sportlich noch handwerklich geschickt. In einer Musik- oder Schauspielgruppe konnte er sich Elmar auch schlecht vorstellen. »Und was hast du ihm gesagt?«, fragte Lukas dann.

»Ich hab so lange nachgefragt, bis er zugegeben hat, dass er manchmal heimlich Geschichten und Gedichte schreibt.«

Lukas klappte automatisch seinen Mund auf. »Der Elmar?« Er schaute unauffällig zu Elmar rüber, der gerade dasaß und sich umständlich mit einem riesigen Stofftaschentuch die Nase putzte. Der sollte Gedichte schreiben? Lukas konnte sich noch nicht einmal vorstellen, dass Elmar überhaupt Reimwörter finden würde.

»Ja, der Elmar«, sagte Schlunz. »Dann hab ich ihm vorgeschlagen, er soll doch in die Schreib-AG gehen. Und das will er jetzt auch machen.«

Auf dem Nachhauseweg schlug Schlunz vor, noch mal in der Straße vom Getränkehandel »Schütterling« vorbeizugehen. Sehr groß war der Umweg nicht, den sie dafür in Kauf nehmen mussten. Schon von Weitem erkannten sie, dass sich am Haus etwas verändert hatte. Hannes stand auf einer Leiter und putzte die Fensterscheiben von außen. Dicke rote Schmiere lief die Scheibe entlang und tropfte auf die Fensterbank und von da aus auf den Rasen.

»Hat der geheime Rächer schon wieder zugeschlagen?«, rief Schlunz über den Zaun.

Hannes erschrak so sehr, dass er beinahe von der Leiter fiel. Aber dann fasste er sich wieder und nickte.

»Sind das eigentlich nur Schmierereien«, rief Schlunz wieder, »oder steht da auch irgendwas geschrieben?«

Hinter dem Haus war Herr Schütterling aufgetaucht. »Da steht auch was geschrieben«, fauchte er, »aber das kann kein Mensch lesen! Irgendwas mit SMO oder mit 3 und 5, aber es ergibt keinen Sinn! Das steht jedes Mal dort, wenn das Ferkel wieder unser Haus beschmiert hat!«

»Vielleicht will er Ihnen etwas mitteilen«, riet Schlunz.

»Dann soll er es so schreiben, dass man es lesen kann!«, schimpfte Herr Schütterling. Dann schaute er zu Hannes nach oben und schimpfte weiter: »Bist du immer noch nicht fertig mit Putzen? Du bist bei uns nicht als Putzfrau angestellt! Also beeil dich!«

Herr Schütterling kam näher an den Zaun heran: »Außerdem will ich dir mal was sagen, Junge.« Er hielt sich mit beiden Händen am Zaun fest und schob seine Augenbrauen gefährlich über der Nase zusammen. »Wir haben für alle ein offenes Ohr. Mit uns kann jeder über alles reden. Wenn uns jemand was mitteilen will, dann kann er uns das sagen. Er kann uns anrufen oder besuchen oder von mir aus einen Brief schreiben. Aber so eine Sauerei ans Fenster zu schmieren – das ist keine Art, etwas mitzuteilen!«

»Da stimme ich Ihnen zu«, sagte Schlunz. »Aber wenn immer das Gleiche geschrieben wird und nur an Ihrem Haus – dann will der Unbekannte vielleicht wirklich irgendetwas an Sie weitergeben. Vielleicht sind das SMO und die 3 und die 5 irgendein Geheimcode. Ein Passwort oder eine Geheimschrift.«

»Glaub ich nicht«, raunzte Herr Schütterling. »Und ich hab auch keine Lust, Detektiv mit einem Verbrecher zu spielen! Ich hab die Polizei verständigt und die wird den Täter verhaften und dann ist es gut.«

Damit kehrte er um, schnauzte noch einmal den Hannes auf der Leiter an und verschwand.

Schlunz schaute kurz Lukas an, als wollte er ihm irgendeine Idee mitteilen, aber dann schaute er schräg an Lukas vorbei und schnappte nach Luft. Anscheinend hatte er etwas entdeckt. Lukas drehte sich sofort um. In einigem Abstand lehnte Arno aus der Gemeinde, den sie gestern auch im Festzelt gesehen hatten, an einem Zaun und grinste frech herüber. Seine muskelbepackten Arme schauten aus einem engen T-Shirt heraus und lagen verschränkt vor seiner Brust. Vor ihm auf dem Gehweg parkte ein kleines Motorrad. Neben Arno stand Süffi, der gestern auch schon auf dem Fest gewesen war. Süffi war nicht muskelbepackt. Im Gegenteil. Er war so dünn, dass Lukas sich schon manchmal gefragt hatte, ob er krank war. Weil er so dünn war, wirkten seine Klamotten immer zu groß und hingen schlabbrig an seinem Körper herunter. Auch er grinste. Die beiden tuschelten irgendwas, aber Lukas konnte nicht verstehen, worüber sie redeten. Offensichtlich gefiel ihnen aber, dass Hannes die Schmierereien am Fenster wegwischen musste. Arno sagte gerade etwas, das so klang wie: »Das arme Hänschen muss wieder putzen.«

Schlunz ging geradewegs auf die beiden zu: »Wisst ihr, wer denen immer die Hauswand vollschmiert?«

Arno grinste breit: »Wieso?«

»Weil ich das total gemein finde. Die tun keinem was, und dann schmiert jemand so gemein ihre Wände und Fenster voll.«

»So, die tun keinem was?« Arno kratzte sich kurz hinterm Kopf und verschränkte seine Arme wieder neu. »Du scheinst die echt nicht zu kennen.«

»Okay, sie sind nicht nett zum Hannes. Aber deswegen muss man nicht so was an die Wand schmieren.«

Arno stieg auf sein Motorrad: »Du kapierst echt überhaupt nichts.« Dann setzte sich Süffi hinter Arno aufs Motorrad und hielt sich mit einer Hand fest. Ohne ein weiteres Wort fuhren die beiden weg.

Gerade als sie sich dazu entschließen wollten, nach Hause zu gehen, warf Lukas noch einmal einen Blick in die obere Etage des Schütterling-Hauses. Da stand wieder diese alte Frau, versteinert wie in den Tagen zuvor, mit einem Blick, der Lukas Angst machte.

»Bei Kunzes sind Schmierereien am Fenster gewesen«, erzählte Nele beim Mittagessen. Sie hatte mindestens drei Kartoffeln in ihrem Mund, darum war Lukas nicht sicher, ob er sich verhört hatte.

»Was?«, fragte Schlunz. »Bei Kunzes? Wer ist das? Du meinst wohl, bei Schütterlings.«

»Nein, bei Kunzes«, beharrte Nele. »Das mit den Schütterlings ist ja schon alt. Ich meine den alten Herrn Kunze und seine Frau.« Sie sah zu Mama: »Nicht wahr, Mama, der war früher bei uns Pastor, bevor Herr Finke unser Pastor wurde.«

»Ja«, sagte Mama. »Herr Kunze ist viele Jahre in unserer Gemeinde Pastor gewesen. Aber seit etwa 15 Jahren ist er im Ruhestand. Er wohnt immer noch in Niederkirchen und kommt auch weiter regelmäßig in den Gottesdienst.«

»Und der hat Schmierereien an seiner Hauswand?« Schlunz machte große Augen. »Ist das so üblich in eurer Stadt? Schmiert hier jeder jedem Farbe ans Haus?«

»Nein, normalerweise nicht«, sagte Mama. »Ich hab es auch erst heute Vormittag gehört. Es muss wohl in der vergangenen Nacht passiert sein. Herr und Frau Kunze sind ganz aufgeregt und haben auch schon die Polizei alarmiert. Ich versteh das auch nicht.«

Schlunz warf Lukas einen eindeutigen Blick zu. Er sagte nichts, aber es war klar, was sein Blick sagte: »Das schauen wir uns heute Nachmittag mal genauer an!«

Nele schien den Blick auch kapiert zu haben, denn sie rief sofort: »Kann ich auch mitkommen?«

»Ach, Nele«, begann Lukas und rollte mit den Augen.

»Ja, ist gut«, fiel Schlunz ihm ins Wort. »Klar kannst du mitkommen.«

Nele grinste und schmierte sich mit dem Handrücken die Bratensoße einmal quer durchs Gesicht.

Nele wusste, wo Herr und Frau Kunze wohnten: Im Johann-Sebastian-Bach-Weg. Mit ihren Fahrrädern waren sie schnell da. Als sie an der Hecke vor dem Haus von Kunzes ankamen, sah Lukas schon, was der Unbekannte in der vergangenen Nacht dort hinterlassen hatte. Mit roter Farbe waren kreuz und quer Striche und Bögen auf ein Fenster gemalt. Das Ergebnis sah fast aus wie ein Totenkopf. Richtig unheimlich. Darunter waren tatsächlich einige Zahlen und Buchstaben geschrieben. Eine 5, eine 3, eine 2, noch eine 5, ein kleines m, ein kleines o, und noch eine 3. Das Erste konnte ein S, aber auch eine 5 sein.

»Lukas«, sagte Schlunz gleich, »das ist der Code, von dem Herr Schütterling gesprochen hat!«

Er kramte einen Zettel und einen Stift aus seiner Hosentasche und schrieb die Zahlen und Buchstaben der Reihe ab. 5, m, o, 3, 2, 3, 5.

»Mo heißt Montag«, flüsterte Schlunz. »Heute ist Montag!«

»Aber was bedeuten die Zahlen?«, fragte Lukas ebenso leise.

»Vielleicht ein Datum: der 32.3. im Jahr 5.«

»Na klar«, stöhnte Lukas, »es gibt aber keinen 32. in einem Monat.«

Nele zeigte auf die Zahlen: »Vielleicht heißt es auch gar nicht Mo. Das O könnte auch eine Null sein. Dann ist es der 03.2.35.«

»Vielleicht das Geburtsdatum von Herrn Kunze?«

Die Haustür öffnete sich, Herr Kunze kam heraus. »Die Schmidtsteinerkinder«, sagte er. »Was macht ihr denn hier?«

Erschrocken drehten sich Lukas, Nele und Schlunz der Haustür zu.

»Wir wollten uns die Nachricht an Ihrem Fenster näher ansehen«, antwortete Schlunz.

»Nachricht?« Herr Kunze stieg die Treppe vor seiner Haustür herab und kam auf die Kinder zu. »Was denn für eine Nachricht?«

»Da, die Zahlen und Buchstaben auf Ihrem Fenster!«

»Was?« Herr Kunze drehte seinen Kopf und betrachtete die Buchstaben und Zahlen auf seinem Fenster lange. »Eine Nachricht? Was soll das bedeuten?«

»Das wissen wir auch nicht«, sagte Schlunz, »aber bei Herrn Schütterling stand das Gleiche auf dem Fenster.«

Herr Kunze schüttelte den Kopf. Er war schon sehr alt und ging ein wenig gebeugt. Oben auf dem Kopf hatte er fast keine Haare mehr. Dafür standen ihm die grauen Haare, die ihm seitlich am Kopf wuchsen, in buschigen Locken nach oben. Damit sah er aus wie ein alter Professor im Film. Sein breites Kinn war glatt rasiert und sein Mund bewegte sich die ganze Zeit, auch wenn er nichts sagte. Es wirkte, als wäre er unentwegt am Zählen oder Gedichte-Aufsagen. Er holte einmal tief Luft und machte dann ein Geräusch in seinem Hals, als müsste er ganz tief aus seinem Bauch ein Husten heraufholen. »Welch verderbtes Geschlecht«, brummelte er, »da ist keiner, der Gutes tut, auch nicht einer.«

»Was ist?« Schlunz hatte seinen Kopf etwas nach vorne geschoben.

Herr Kunze schaute wieder auf und sah Schlunz in die Augen. »Ich habe davon gehört, dass den Schütterlings all solch Unheil widerfuhr. Aber nicht, dass es das Gleiche wäre.« Er schaute wieder auf das Fenster. »Und dass dort in der Schrift an der Wand eine Botschaft verborgen sein könnte, war mir noch überhaupt nicht eingefallen.« Er sah wieder auf Schlunz, dann auf Nele und Lukas. »Aber dann ist es ja ein und dieselbe Person, die solch böse Tat vollbringt!«

»Ja«, sagte Schlunz und legte seine Stirn in Falten. »Haben Sie denn irgendetwas mit den Schütterlings gemeinsam?«

Herr Kunze stutzte. »Gemeinsam? Wie meinst du dies?«

»Haben Sie gemeinsame Bekannte, mit denen Sie im Streit liegen? Gemeinsame Hobbys, gemeinsame Freunde?«

»Nun«, begann Herr Kunze und hustete noch einmal laut und feucht. »Wir besuchen dieselbe Gemeinde. Nämlich die, die auch ihr mit euren Eltern besucht. Dort sind alle Menschen uns gleichermaßen bekannt. Aber wer von denen sollte ...« Er schaute wieder auf das Gekritzel an der Fensterscheibe.

»Nein«, sagte Schlunz weiter, »ich glaube auch nicht, dass es jemand aus der Gemeinde war. Kennen Sie denn sonst noch jemanden, der auf Sie böse sein könnte?«

»Ich weiß nicht«, murmelte Herr Kunze, »ich bin ein Gotteskind. Daher bin ich ein Feind der Welt und dem Gericht dieser Welt ausgeliefert. Wo die Spötter sitzen, da sitzen auch die Übeltäter.«

»Was reden Sie denn da?«, fragte Schlunz. »Ich meinte, ob Sie auch außerhalb der Gemeinde Feinde haben?«

Herr Kunze nickte weise. »Wer ein Freund Christi ist, ist ein Feind der Welt.«

Schlunz schaute zu Lukas und flüsterte: »Ist der ein bisschen krank im Kopf?«

Lukas zuckte mit den Schultern. »Ich dachte eigentlich nicht.«

»Haben Sie einen Verdacht, wer das gewesen sein könnte?«, versuchte es Schlunz noch mal.

Herr Kunze schüttelte langsam den Kopf. »Du sollst nicht

richten, auf dass du nicht gerichtet werdest. Wer von euch ohne Sünde ist, der werfe den ersten Stein.«

Schlunz beugte sich wieder Lukas zu: »Ich glaub, der hat echt eine Schraube locker.«

Da kam Frau Kunze an die Haustür. »Die Schmidtsteinerkinder!«, rief auch sie. Langsam und umständlich kam sie die Treppe herunter und ging auf die Kinder zu. »Was macht ihr denn hier?«

Schlunz antwortete wie beim ersten Mal: »Wir wollten uns die Nachricht an Ihrem Fenster näher ansehen!«

»Nachricht?« Frau Kunze war am Zaun angekommen, drehte ihren Kopf dem Fenster zu und wiederholte: »Was denn für eine Nachricht?«

»Da, die Buchstaben und Zahlen an Ihrem Fenster.«

»Was?«, staunte Frau Kunze. »Eine Nachricht? Was soll das bedeuten?«

Frau Kunze war zwar auch schon alt, aber trotzdem um einiges jünger als ihr Mann. Sie mochte in etwa so alt sein wie Adelheid aus dem Kindergottesdienst. Sie trug auch so ähnliche Kleider wie Adelheid. Lang und einfarbig und mit vielen Knöpfen. Ihre grauen, lockigen Haare standen hoch in die Luft, waren dort irgendwie nach hinten gebürstet und dann mit Haarspray festgepappt. Sie ging, wie ihr Mann, leicht gebeugt.

Jetzt redete Herr Kunze weiter: »Er sagt, bei Schütterlings steht das Gleiche auf dem Fenster.«

»Wirklich?« Frau Kunze starrte immer noch auf das Fenster. »Und wer war es?«

»Das versuchen wir ja gerade herauszufinden«, sagte Schlunz. »Wissen Sie denn, wer es gewesen sein könnte?«

»Nun ja, ich hatte ja schon mal den Karl-Heinz Brause im Verdacht. Der hat uns immer noch nicht ...«

»Gunhild«, unterbrach sie Herr Kunze unsanft, »du kennst doch die Schrift: Richtet nicht, auf dass ihr nicht gerichtet werdet!«

Frau Kunze lächelte ein wenig. »Ja, Eugen«, sagte sie, »entschuldige.«

»Karl-Heinz Brause?«, wiederholte Schlunz und schaute Lukas an. »Kennst du den?«

»Das ist der Hausmeister von unserem Gemeindezentrum. Klar kenn ich den.«

»Würdest du dem das zutrauen?«

»Tja«, begann Lukas und musste erst einmal nachdenken. Das war ja schon eine ganz schöne Anschuldigung. Wenn Herr Brause es war, dann muss er dafür bestraft werden, klar. Aber wenn er es nicht war, dann wäre es eigentlich gemein, ihn dafür jetzt einfach so zu beschuldigen. »Tja«, sagte Lukas noch mal.

»Ich glaub nicht, dass er es war«, sagte Nele dann. »Der schimpft zwar immer rum, wenn wir durchs Gemeindehaus toben, aber so was an ein Fenster malen – das würde er nicht.«

Herr Kunze hob seinen Zeigefinger: »Du sollst nicht falsch Zeugnis reden wider deinen Nächsten.«

Schlunz runzelte mit seinen Augenbrauen. »Was soll denn das schon wieder heißen?«

»Dass man nichts Falsches über andere reden soll«, erklärte seine Frau. Sie fasste ihren Mann mit beiden Händen an den Schultern und wollte ihn in Richtung Haustür drehen. »Komm, Eugen.«

»Wir reden doch gar nichts Falsches über andere«, sagte Schlunz. »Wir wollen nur herausfinden, wer das am Fenster war. Das wollen Sie doch sicher auch wissen, oder? Und dazu müssen wir doch alle Möglichkeiten erst mal prüfen!«

»Gott wird die Übeltäter richten«, sagte Herr Kunze, während er sich von seiner Frau in Richtung Haustür umdrehen ließ, und er hatte dabei seinen Zeigefinger immer noch erhoben.

»Komisch ist der«, murmelte Schlunz, als das ältere Ehepaar im Haus verschwunden war.

6

Den Rest des Nachmittags verbrachten sie damit, den Code von der Fensterscheibe zu knacken. »5-m-o-3-2-3-5«, murmelte Schlunz immer wieder vor sich hin. Aber was das zu bedeuten hatte, fiel ihnen nicht ein. Eine PIN-Nummer für ein Handy oder eine Bankkarte konnte es nicht sein. Die bestanden nur aus Zahlen. Eine Telefonnummer auch nicht. Es sei denn, man musste die Buchstaben durch Zahlen ersetzen. Wenn A für 1 stand und B für 2, dann wäre M eine 13 und O eine 15. Zusammen wäre das dann 513153235.

»Da sind auffällig viele Dreien und Fünfen drin«, rätselte Schlunz. »Vielleicht stehen die für eine neue Zahl. Wenn die 3 die Lücke zwischen den Ziffern sein soll, dann geht die Zahlenreihe 51 15 2 5. Und wenn die 5 die Lücke zwischen den Zahlen darstellt, dann heißt es 131 323.« Er schrieb die Zahlen auf eins der vielen Blätter, die sie auf dem Tisch ausgebreitet hatten.

»Ja«, fasste Lukas zusammen, »die Fünf steht am Anfang, in der Mitte und am Ende. Und die Zahlen dazwischen kann man vorwärts und rückwärts lesen. Das könnte ein Hinweis sein.«

»Vielleicht sind es auch alles Buchstaben«, warf Nele ein. »Vielleicht muss man die Zahlen durch Buchstaben ersetzen. Dann wäre die 5 ein E.« Sie nahm einen Stift und notierte sich ihre Buchstaben, »die 3 ein C, die 2 ein B. Dann hieß das Wort EMOCBCE.« Sie brach sich fast die Zunge ab, als sie das Wort zu lesen versuchte.

»Tolles Wort, Nele«, sagte Lukas genervt, »und was soll das heißen?«

»Vielleicht ist das der Deckname von dem Unbekannten!«

»Na klar«, stöhnte Lukas, »wenn ich Farbe auf ein Haus schmieren würde, würde ich mich auch Emocbce nennen!«

»Vielleicht muss man es auch rückwärts lesen«, versuchte es Nele noch, »dann heißt es Ecbcome!«

»Klasse«, gähnte Lukas, »das klingt schon gleich viel besser.«

Nele stützte beleidigt ihren Kopf auf ihre Hände.

»Es gibt auch noch die Möglichkeit«, startete Schlunz einen neuen Versuch, »dass es nicht 3, 2, 3, 5 heißt, sondern 3, 23, 5. Dann wären die Buchstaben hinter Mo nicht C, B, C, E, sondern C, W, E.«

»Aha«, sagte Lukas, »und das Wort hieß EMOCWE und wäre schon viel logischer.«

»Ja«, sagte Schlunz und hob seinen Zeigefinger. »Denn jetzt könnte das Ganze auch eine Abkürzung sein, und zwar für«, er überlegte kurz und sagte dann voller Überzeugung: »Ein Mörder operiert Clowns wie echt!«

Nele und Lukas schauten einander etwas verwirrt an. Dann sagte Nele zu Lukas: »Und mich erklärst du für verrückt, wenn ich meine, der Unbekannte hieß Emocbce.«

Lukas beugte sich am Tisch leicht nach vorne: »Und welchen Grund sollte jemand haben, in verschlüsselter Schrift an die Scheiben zu malen, dass ein Mörder Clowns operiert?«

»Das ist doch auch wieder verschlüsselt«, sagte Schlunz und nickte ganz wichtig. »Der Mörder steht für den unbekannten Täter. Der Clown ist das Opfer, also die Kunzes oder die Schütterlings. Und wenn er schreibt: ›Ein Mörder operiert Clowns‹, dann meint er damit: ›Der unbekannte Täter zahlt es den Schütterlings und den Kunzes heim‹.«

Nele und Lukas sahen sich leicht verwirrt an, aber Schlunz redete munter weiter: »Ja! So machen es doch auch die Leute in der Gemeinde. Sie sagen irgendeinen wichtigen Satz im Gottesdienst, wie zum Beispiel: ›Dein Wort ist meines Fußes Leuchte‹, und die Zuhörer müssen das dann entschlüsseln: ›Dein Wort‹ heißt ›Bibel‹, ›Fuß‹ heißt irgendwas anderes, zum Beispiel, dass jemand Fußball spielt, und ›Leuchte‹ heißt dann, dass es hell wird oder dass jemand eine Idee hat.«

Lukas und Nele hatten ihre Münder vor Staunen aufgeklappt. Der Schlunz hatte sich richtig in Fahrt geredet.

»Und dann«, fuhr Schlunz fort, »heißt ›Dein Wort ist meines Fußes Leuchte‹: ›Die Bibel gibt beim Fußballspielen gute Ideen‹.«

Nele und Lukas starrten sich immer noch an, ohne ein Wort rauszubringen.

»Da staunt ihr, was?«, schloss Schlunz seine schlaue Rede ab.

»Ich glaub nicht, dass der Bibelvers das bedeutet«, sagte Nele, aber ihr Mund stand immer noch auf.

»Nicht?«, wunderte sich Schlunz. »Was denn sonst?«

»Ich weiß nicht, aber nichts mit Fußball spielen.«

»Es heißt, die Bibel macht alles hell«, sagte Lukas, aber er ahnte schon, dass dem Schlunz das nicht passen würde.

»Die Bibel macht alles hell?«, wiederholte Schlunz ungläubig. »Hat sie denn einen Lichtschalter?«

»Nein«, sagte Lukas, »sie macht nicht ein Zimmer hell, sondern was anderes.«

»Was denn?«

»Na ja«, sagte Lukas kleinlaut, »den Fuß eben.«

»Den Fuß?« Schlunz hatte seine Hände in die Seite gestemmt. »Welchen Fuß denn?«

Lukas wollte sich so schnell nicht geschlagen geben. Aber er merkte selbst, dass ihm nicht so viel einfiel. Jahrelang war er mit den Geschichten und den Sätzen aus der Bibel aufgewachsen, er hatte sie gehört und einfach so geglaubt. Und jetzt musste er immer wieder feststellen, dass er vieles davon überhaupt nicht kapiert hatte. Aber nachgefragt hatte er auch nie. Irgendwie klang das alles so logisch, wenn Adelheid oder Mama und Papa solche Sätze aus der Bibel aufsagten, sodass er gar keine Fragen hatte. »Na, den Fuß eben«, versuchte es Lukas noch mal. »›Dein Wort ist meines Fußes Leuchte‹ heißt der Bibelvers. Und es bedeutet: ›Die Bibel macht den Fuß hell‹.«

»Und warum sollte die Bibel den Fuß hell machen?«

Diesmal fiel Nele was ein: »Damit man sich besser die Strümpfe anziehen kann.«

»Okay«, sagte Schlunz langsam und legte sich den Finger

auf sein Kinn. »Wenn Arthur Preisel also das nächste Mal im Gottesdienst sagt: ›Dein Wort ist meines Fußes Leuchte‹, dann meint er damit: ›Heute Morgen hab ich mir beim Strümpfeanziehen die Bibel angeknipst, damit ich was sehe‹.«

Nele lachte. »Du bist witzig, Schlunz!«

Lukas lachte nicht. »Wollen wir jetzt die Bibel knacken oder den Code an der Fensterscheibe?«, lenkte er wieder aufs Thema zurück.

»Den Code natürlich«, sagte Schlunz. »Und jetzt rufen wir all die Nummern an, die wir mit dem Code herausgefunden haben.«

Und das taten sie dann auch. Die meisten Nummern, die sie wählten, ergaben: »Kein Anschluss unter dieser Nummer.«

Bei einigen meldeten sich irgendwelche fremden Menschen, deren Namen sich Lukas und Schlunz sofort notierten. Am interessantesten war, dass sich unter der Nummer 5 32 35 ein Herr Moorhuhn meldete, und als sie nachher im Telefonbuch nachschauten, stellte sich heraus, dass er in der gleichen Straße wie die Schütterlings wohnte.

»Dem müssen wir unbedingt nachgehen«, sagte Schlunz mit tiefer, geheimnisvoller Stimme.

Beim Abendessen fragte Schlunz plötzlich ohne Vorwarnung: »Du, Papa, warum braucht man zum Strümpfeanziehen eine Bibel?«

Papa, der mit so einer Frage überhaupt nicht gerechnet hatte, verschluckte sich sofort und hustete ein paar Mal über seinem Teller. »Was ist los?«

»Warum man zum Strümpfeanziehen eine Bibel braucht«, wiederholte Schlunz sein Rätsel.

»Keine Ahnung.« Papa musste noch mal husten. »Warum denn?«

»Weil die Bibel den Fuß anleuchtet.«

Mama lachte so laut auf, als hätte jemand den Witz des Jahres erzählt.

»Wer hat dir denn das erzählt?«, fragte Papa, der nun begann, sich die Brotkrümel aus seinem Schnurrbart zu ziehen, die ihm beim Husten hineingeflogen waren.

»Arthur Preisel gestern im Gottesdienst«, sagte Schlunz. »Er hat gesagt: ›Dein Wort ist meines Fußes Leuchte‹. Und Lukas hat gesagt, mit ›dein Wort‹ ist die Bibel gemeint. Also ist die Bibel eine Lampe für den Fuß.«

Mama lachte schon wieder.

»Dann musst du aber auch wissen, was ›Fuß‹ bedeutet«, sagte Papa. Er hatte nicht gelacht.

»Ich hab mir überlegt«, sagte Schlunz, »Fuß bedeutet, dass jemand Fußball spielt. Aber Lukas hat gesagt, Fuß heißt Fuß.«

»Hab ich gar nicht gesagt«, protestierte Lukas sofort. Er wollte jetzt auf keinen Fall dastehen, als brächte er dem Schlunz falsche Sachen über die Bibel bei. Aber keiner beachtete seinen Zwischenruf.

»Mit ›Fuß‹ ist gemeint, dass man unterwegs ist«, sagte Papa. Unterwegs im Leben.«

»Unterwegs im Leben? Wo ist man denn da unterwegs?«

Papa musste erst mal ein Stück Brot abbeißen und lange darauf herumkauen. »Na ja«, sagte er dann, »überall eben. Wir sind doch alle im Leben unterwegs. Immer einen Schritt vor den anderen. Man redet ja auch vom Lebensweg. Wenn wir geboren werden, fängt unser Weg an und wenn wir sterben, hört unser Weg auf. Zumindest unser Weg hier auf der Erde hört dann auf.«

»Und wo hört der Weg auf?« Schlunz schien selbst dabei nachzudenken und nach einer Antwort zu suchen.

»Ich meine, wo geht der Weg hin?«

Papa biss wieder ein Stück von seinem Brot ab und ließ sich viel Zeit beim Kauen. »Für uns, die wir zu Gott gehören, lautet die Antwort: Unser Weg führt zu Gott.«

»Und dann?«

»Wieso ›und dann‹? Nichts ›und dann‹. Dann sind wir da. Unser Ziel im Leben ist, Gott zu finden. Und unser Ziel am

Ende unseres Lebens ist, für immer bei Gott zu sein.«

»Und was sollen wir da?«

»Da sind wir dann für immer mit Gott zusammen. Und feiern.«

»Wir feiern?« Schlunz machte große Augen. »Was denn?«

»Ein Fest.« Papa grinste.

»Ein Feuerwehrfest?«, fragte Schlunz.

»Nein«, sagte Papa. »Viel schöner.«

»Noch schöner?« Schlunz schaute verträumt zur Decke und schien sich ein noch tolleres Fest vorzustellen.

»Ein Geburtstagsfest?«, fragte Nele.

»Noch toller«, sagte Papa und lächelte.

»In zwei Wochen hab ich Geburtstag«, freute sich Nele, »da feiern wir das tollste Fest der Welt, ja?«

»Na klar«, lächelte Mama und hob Neles Hand vom Wurstteller runter, wo sie aus Versehen gelandet war.

Schlunz hatte den Mund voll, als er fragte: »Kann man sich denn auch verlaufen, wenn man auf dem Weg zu Gott ist?«

Papa schaute kurz zu Mama, dann wieder auf sein Brot. »Ja, ich denke schon.« Er schaute zu Schlunz, der ein erstauntes Gesicht machte, und fuhr fort: »Indem man sich immer weniger mit Gott beschäftigt und damit immer weiter von Gott wegkommt, zum Beispiel. Oder indem was Schlimmes passiert und man an Gott zweifelt. Oder indem man sonst einfach nicht mehr weiß, wie es weitergehen oder was man machen soll.«

»Ja, das kenn ich«, sagte Schlunz und wurde auf einmal ganz ernst.

»So, und da hilft die Bibel weiter«, sagte Papa und schwenkte sein Brotmesser wie einen Zeigestab. »In der Bibel findet man wieder Dinge, die einen ermutigen. Oder man kann nachlesen, dass das mit Gott doch richtig ist und dass da ein großes Fest auf uns wartet. Und so kann es auch dann wieder hell werden, wenn alles dunkel und traurig erscheint. So wie in dem Bibelvers, den du eben genannt hast: ›Dein Wort ist meines Fußes Leuchte und ein Licht auf meinem Weg.‹ Das bedeutet: Die Bibel hilft uns auf unserem Weg zu Gott, dass es immer wieder hell wird und wir wissen, wie es weitergehen soll.«

»Als ich im Wald war und nicht wusste, wie es weitergehen soll, hatte ich auch keine Bibel«, sagte Schlunz leise und starrte vor sich hin. »Da hat mir niemand ein Licht angemacht.«

Mama legte ihre Hand dem Schlunz auf die Schulter. Aber sie sagte nichts.

Nele rief: »Aber dann bist du zu uns gekommen, Schlunz! Und wir haben dir ein Licht angemacht!«

Schlunz schaute zu Nele und es gelang ihm ein schwaches Lächeln. »Das stimmt, Nele.« Dabei wischte er sich unter beiden Augen mit seinen Daumen eine Träne weg.

»Siehst du«, sagte Nele, »und bei uns lernst du gleichzeitig auch noch Gott kennen. Ist doch super, wie Gott das eingerichtet hat!«

Schlunz stützte seinen Kopf in seine Hände und wischte sich mit den Fingern noch einmal über die Augen. »Das hätte er auch einfacher machen können.«

7

Am Donnerstagnachmittag erzählte Schlunz ganz begeistert von seiner Musik-AG. »Wir sind sechs Leute und wir haben alles, was eine Band braucht«, schwärmte er. »Ich spiele Keyboard, Anna spielt E-Gitarre, Guido Schlagzeug, Niko E-Bass und Nina und Michaela singen. Total klasse!«
Lukas, Schlunz und Tom von gegenüber saßen am Straßenrand vor ihrem Haus und ließen ihre ferngesteuerten Autos fahren.

»Jeder von uns kann sein Instrument schon ziemlich gut spielen«, erzählte Schlunz weiter. »Zuerst haben wir ein paar langweilige Volkslieder gespielt, die Frau Huhn vorgeschlagen hat. Aber nachher haben wir ›We are the champions‹ geübt und das hat schon super geklappt!«

Lukas wusste, dass »We are the champions« auf Deutsch »Wir sind die Sieger« hieß. Irgendwie kam ihm das bekannt vor, aber er wusste nicht woher.

Tom erzählte ein bisschen von seiner neuen Schule. Er war ja jetzt auf dem Gymnasium in Oberklugstadt und darum musste er jeden Morgen und jeden Nachmittag eine halbe Stunde mit dem Bus fahren. Aber das schien ihm nichts auszumachen und auch von den Lehrern wusste er nur Gutes zu berichten.

Am nächsten Sonntag trug Adelheid, die Leiterin des Kindergottesdienstes, wieder eins ihrer langen, geblümten Kleider und hatte ihre Haare ordentlich zu einem Knoten zusammengesteckt. Auch Elmar war gekommen. Hier im Kindergottesdienst lächelte er viel mehr als in der Schule. Dabei kannte er die anderen noch gar nicht so gut, denn er war vor den Ferien erst ein paar Mal da gewesen.

»Ihr wisst ja, dass wir in drei Wochen unser Gemeindefest feiern«, erklärte Adelheid feierlich, nachdem sie die Kinder im Stuhlkreis begrüßt hatte. »Und wir haben uns gedacht, dass es doch schön ist, wenn wir als Kindergottesdienst für die Gemeinde ein hübsches Liedchen singen.«

Einige Kinder rissen aufgeregt die Augen auf oder strampelten mit ihren Beinchen unter dem Stuhl. Nele klatschte fröhlich in die Hände. »Hurra!«, rief sie.

»Ich denke«, fuhr Adelheid fort, »wir üben heute schon mal eins der Lieder, die sich zum Vorsingen gut eignen.« Sie schaute über ihren Brillenrand und nickte freundlich. »Und zwar dachte ich an unser schönes Lied: ›Flott, flott, flott, Kinder, kommt zu Gott‹.«

»Hurra!«, rief Nele wieder.

Tatsächlich war dieses Lied eins der Lieblingslieder bei den Kindern. Als Lukas noch jünger gewesen war, hatte er es auch lustig gefunden. Wegen der Bewegungen und weil es immer mit unterschiedlicher Betonung gesungen wurde. Die Melodie war ganz einfach die von »Hopp, hopp, hopp, Pferdchen, lauf Galopp«. Bei »Flott, flott, flott« reckten alle Kinder ihre Zeigefinger in die Luft wie Adelheid, wenn sie die Kinder schimpfte. Bei »Kinder« zeigte jeder auf ein anderes Kind, bei »kommt« machten sie mit ihren Zeigefingern Lockbewegungen, die an die Hexe aus dem Knusperhäuschen erinnerten, und bei »Gott« zeigten alle mit ausgestreckten Armen zur Zimmerdecke. Der Mittelteil war noch einfacher: Bei »Bist du auch ein großer Sünder« fassten sich alle mit beiden Händen ans Herz und nickten reumütig mit dem Kopf nach vorne, bei »Jesus liebt selbst dicke Kinder« breiteten alle ihre Arme aus und taten so, als wären sie so dick wie eine Tonne. Dabei bliesen sie noch ihre Backen auf, um die dicken Kinder noch besser darstellen zu können. Diese Bewegung sah bei Adelheid, die ja nun wirklich dünn war, am lustigsten aus. Vielleicht hatte sich Lukas das Lied früher auch aus diesem Grund immer wieder gewünscht.

Die letzten beiden Zeilen waren wieder wie die ersten Zeilen: »Flott, flott, flott, Kinder, kommt zu Gott.« Ende der ersten Strophe. Die nächsten Strophen waren im Grunde genauso wie die erste Strophe, nur dass das Wort »Kinder« durch anderes ersetzt wurde; die Kinder konnten sich jeweils wünschen, was das sein sollte. Bei »Flott, flott, flott, Omas, kommt zu Gott« wurde die ganze Strophe mit zittriger Stimme und klapprigen Bewegungen gesungen. Bei »Mäuschen, kommt zu Gott« alles ganz piepsig, bei »Bären, kommt zu Gott« alles mit ganz tiefer Stimme und so weiter. Wenn die Kinder richtig gut drauf waren, konnte so ein Lied auch schon mal fünfzig Strophen bekommen, weil sie sich dann alles wünschten, was ihnen gerade so einfiel. Dann konnte es auch mal dazu kommen, dass sie sangen: »Flott, flott, flott, Autos, kommt zu Gott« oder: »Fahrkartenverkäufer, kommt zu Gott«. Heute beließ es Adelheid aber dabei, die Kinder, die Mamas, die Papas und die Omas zu Gott kommen zu lassen.

»Bitte, auch noch die Mäuschen!«, bettelte die kleine Gerti.

»Nein«, sagte Adelheid, »Mäuschen kommen ja gar nicht zu Gott.«

»Was?«, brach es aus Sarah heraus. »Dann kommt meine weiße Maus, die letztes Jahr gestorben ist, gar nicht in den Himmel?«

Adelheid schnappte nach Luft und schaute in Sarahs Richtung. »Das besprechen wir ein anderes Mal.«

»Die Mäuschen kommen nicht zu Gott?«, fragte Nele trotzdem noch einmal nach.

»Warum singen wir es dann?«, fragte Schlunz.

»Weil es ein schönes Lied ist«, sagte Adelheid schnell und drückte ihre Brille nach oben, obwohl sie schon längst oben war.

»Was?«, sagte Schlunz laut. »Das ist doch Quatsch!«

»Ruhe jetzt!«, sagte Adelheid laut, schob ihre Brille nach vorne und schaute Schlunz streng an. »Wir singen ja auch: Autos, kommt zu Gott. Und ich denke, jedem hier dürfte klar sein, dass Autos nicht zu Gott kommen!«

»Dann singen Sie hier Lieder mit uns, die gar nicht stimmen?« Schlunz schaute sich mit großen Augen einmal in der Runde um. »Woher sollen wir dann wissen, welche Lieder wahr sind und welche nicht?«

»Schluss jetzt«, sagte Adelheid noch einmal. »Wir singen die erste Strophe noch einmal. Und alle schön mitmachen.«

Schlunz sang nicht mit. Er verschränkte die Arme und schaute den anderen dabei zu, wie sie mit mehr oder weniger Begeisterung das Lied sangen und die Bewegungen vollführten. Als die Strophe zu Ende war, meldete sich Schlunz wieder ungefragt zu Wort: »Warum zeigen Sie denn nach oben zur Zimmerdecke, wenn Sie von Gott singen?«

»Weil Gott im Himmel ist, natürlich«, zischte Adelheid.

»Ich denke, er ist hier bei uns! Das haben Sie selbst gesagt!«

»Natürlich!« Adelheid schob ihre Brille nach vorne. »Das ist er ja auch.«

»Na, wo ist er denn nun? Im Himmel oder hier?«

Adelheid schob ihren Kopf noch weiter nach vorne und schaute Schlunz an wie eine Schlange ihr Opfer: »Er ist im Himmel und er ist hier.«

»Kann er sich denn zerteilen?«

»Ja, das kann er«, fauchte Adelheid, aber als Elmar und einige andere erschrocken Luft holten, fuhr sie schnell fort: »Nein, natürlich nicht. Ich meinte, Gott muss sich nicht zerteilen. Er kann hier sein und im Himmel. Er ist Gott. Er kann überall zugleich sein. Er ist ja auch hier und in Afrika zugleich. Das geht alles. Er ist ja kein Mensch. Gott ist Gott. Darum kann er das alles.« Sie schaute unsicher in die Runde der Kinder: »Zufrieden?«

Einige Kinder nickten. Schlunz sagte: »Dann können wir doch auch irgendwo hier in den Raum zeigen, wenn er auch hier ist, oder?«

»Von mir aus«, sagte Adelheid und schob ihre Brille wieder hoch. »Also, Kinder, nächste Strophe: Mamas, kommt zu Gott.«

Die Kinder sangen artig mit, aber als sie jetzt bei dem Wort »Gott« ankamen, zeigten alle Kinder mit ausgestreckten Armen auf Adelheid. Adelheid schrie auf, als hätte sie jemand angeschossen: »Aufhören!«

Die Kinder verstummten augenblicklich.

»Ich bin nicht Gott!«, schimpfte Adelheid. »Wenn ihr bei ›Gott‹ schon nicht nach oben zeigen wollt, dann zeigt sonst wohin, aber nicht auf mich, verstanden?«

Die Kinder nickten eifrig.

Nach der ausführlichen Gesangsprobe erzählte Adelheid die Geschichte aus der Bibel: Ein reicher Mann wollte ein großes Fest feiern. Nachdem er alles vorbereitet hatte, schickte er seine Diener zu den eingeladenen Gästen und ließ ihnen ausrichten: »Das Fest ist vorbereitet, jetzt könnt ihr kommen.« Aber alle Gäste, die sich ja eigentlich auf das Fest freuen sollten, hatten irgendeine blöde Ausrede, warum sie plötzlich doch nicht kommen konnten: Der eine hatte sich einen Acker gekauft, der andere ein paar Ochsen, ein Dritter hatte geheiratet und konnte darum nicht kommen. Als die Diener das dem Gastgeber erzählten, sagte der: »Ich feiere trotzdem. Wenn die eingeladenen Gäste nicht kommen wollen, feier ich mit anderen.« Und er befahl seinen Dienern, auf die Straße zu laufen und alle einzuladen, die sie trafen: Arme, Kranke, Kinder, Alte – alle. Die Diener taten das und der Saal wurde voller und voller. Aber es war immer noch Platz. Dann befahl der reiche Mann seinen Dienern: »Jetzt geht ganz raus aus der Stadt, geht an die Hecken und Zäune und ladet auch die ein, die sich sonst nirgendwo blicken lassen dürfen. Alle sind eingeladen. Alle sollen mit mir feiern.«

Adelheid legte ihre Hände auf ihrem Schoß zusammen und beendete ihre Erzählung. »Und so, wie der Mann alle Leute zu sich eingeladen hat, egal ob arm oder reich, so lädt Gott uns alle zu sich ein.«

»Kenn ich«, sagte Schlunz direkt nach der Geschichte. »Hat Papa schon gesagt. Gott feiert ein Fest mit uns. Irgendwann mal bei ihm, wenn wir gestorben sind.«

»Ganz richtig«, sagte Adelheid und etwas wie ein Lächeln huschte um ihre Mundwinkel herum.

»Ein tolles Fest, das niemals zu Ende geht.«

»So ist es.«

»Noch toller als ein Feuerwehrfest.«

Adelheids Lächeln erstarb sofort wieder. »Also«, sagte sie empört und rückte ihre Brille nach vorne. »Sicher nicht wie ein Feuerwehrfest.«

»Wie denn?«

»Anders eben.«

Nele meldete sich: »Ich stelle mir das Fest bei Gott vor wie einen großen Kindergeburtstag. Den ganzen Tag feiern und Kuchen essen und mit Freunden spielen.«

»Und ich«, sagte Gerti, »stelle mir vor, dass ich den ganzen Tag bei Gott auf dem Schoß sitze und mit ihm kuscheln kann.«

»Von mir aus«, sagte Adelheid und fingerte wieder an ihrer Brille herum. »Hauptsache, kein Feuerwehrfest.«

8

Nach dem Kindergottesdienst dauerte es mal wieder ewig, bis sich Mama und Papa vom Gemeindekaffee losgerissen hatten. Lukas, Schlunz und Nele spielten in der Zwischenzeit im Gottesdienstsaal fangen. Dabei rannten sie zwischen den Stuhlreihen hin und her. Immer, wenn Schlunz über die Sitzkissen stieg, um von einer Reihe in die nächste zu kommen, kam sofort Karl-Heinz Brause, der Hausmeister, angezischt und rief, sie sollten aufhören. Vorne am Flügel saß Lilian, eine Frau aus der Gemeinde, die Lukas nur vom Sehen kannte. Sie klimperte vor sich hin und sang hin und wieder dazu. Plötzlich blieb Schlunz stehen und starrte zu ihr hinüber.

»Was hast du?«, fragte Lukas, der ihm gerade hinterhergelaufen war und ihn nun beinahe umgerannt hätte.

»Da, die Frau«, sagte Schlunz und machte ein ehrfürchtiges Gesicht. »Die spielt ›We are the champions‹!«

»Du meinst das Lied, das ihr in eurer Schülerband gespielt habt?«

»Ja!«

Wie im Traum bewegte sich Schlunz auf Lilian zu. Dabei strahlte er übers ganze Gesicht. Jetzt wusste Lukas, woher er das Lied kannte. Es wurde oft nach Fußballturnieren gespielt. Die Gewinnermannschaft lief bei diesem Lied fröhlich über den Platz und bedankte sich bei den Zuschauern. Lukas musste sich eingestehen, dass das ein ziemlich schönes Lied war, und Lilian konnte es toll singen. Ihre blonden, kinnlangen Haare strichen ihr anmutig durch das Gesicht, während sie ihren schmalen Oberkörper im Takt der Musik vor- und zurückbewegte. Sie hatte die Augen geschlossen, ihr lächelndes Gesicht schien sich ganz mit dem Klang der Melodie zu verbinden. Aber schon kam Arthur Preisel mit schnellen Schritten durch den Saal gefegt, stellte sich neben sie, flüsterte ihr etwas ins Ohr und sofort hörte sie auf zu spielen. »Ja, Entschuldigung«, flüsterte sie und klappte den Deckel über den Tasten zu. Arthur drehte sich ohne ein weiteres Wort um und ging zurück zu den anderen Erwachsenen.

»Das war toll«, sagte Schlunz, der inzwischen bei ihr angekommen war. »Warum spielen Sie nicht weiter?«

Lilian lächelte: »Ich glaube, es hat nicht jedem hier gefallen.«

»Aber mir«, sagte Schlunz fröhlich.

»Das ist schön.« Das Lächeln von Lilian wirkte auch ein bisschen traurig.

»Bitte spielen Sie weiter«, bat Schlunz. »Das Lied spielen wir auch in unserer Schülerband, wir können es schon sehr gut!«

»Ein andermal vielleicht«, sagte sie und verließ den Saal. Ihre geblümte Baumwollhose tanzte um ihre Beine herum, als sei das Konzert noch nicht beendet.

»Lukas, Schlunz, kommt schnell!« Nele, die zwischendurch unbemerkt nach draußen gegangen war, kam nun wieder in den großen Saal gelaufen.

»Was ist los?«

»Da hinten bei den Fächern ist was ganz Schlimmes passiert!«

Sie rannte wieder hinaus. Lukas und Schlunz folgten ihr. Nele lief den Gang hinab zu den Gemeindefächern. Einige aus der Gemeinde hatten an einer extra dafür vorgesehenen Wand ein eigenes Fach, in dem sie zum Beispiel eine Bibel oder ein Gesangbuch ablegen konnten, wenn sie es nicht jede Woche von zu Hause mitschleppen wollten. Wenn einer einem anderen etwas mitteilen wollte und denjenigen nicht antraf, konnte er auch eine Nachricht in dieses Fach legen. An der Wand waren etwa fünfzig Fächer angebracht. Einige Fächer gehörten niemandem. Da sammelten sich oft Bonbonpapierchen oder andere alte Zettel an. Mama und Papa hatten auch ein Fach. Es war das Fach Nummer 36 und oben drüber war ein Schild angebracht: »Familie Schmidtsteiner«.

Vor dieser Fächerwand stand nun eine kleine Menschentraube. Aufgeregte Stimmen redeten durcheinander, als Lukas, Schlunz und Nele dazustießen.

»Polizei«, schimpfte jemand.

»Unverschämtheit«, schimpfte ein anderer.

»Was ist passiert?«, fragte Lukas Nele.

»Jemand hat die Fächer von Schütterlings und von Kunzes verwüstet«, erklärte Nele. »Er hat rote Farbe reingeschmiert, aus ihren Gesangbüchern Seiten herausgerissen und aus den Bibeln auch.«

»Das gibt‹s doch gar nicht«, murmelte Schlunz und drängte sich an den hinteren Leuten vorbei, bis er vor Herrn Schütterling und Herrn Kunze stand.

»So eine Unverschämtheit«, keifte Herr Schütterling.

»Gott wird ihn richten«, drohte Herr Kunze, »gar schrecklich ist‹s, dem lebendigen Gott in die Hände zu fallen!«

Lukas und Nele standen noch hinter der kleinen Menschenmenge. »Wann ist das passiert?«, fragte Lukas.

»Ich weiß nicht«, sagte Nele. »Ich glaube, sie haben gesagt, heute Morgen vor dem Gottesdienst war das noch nicht.«

»Also muss es jemand während des Gottesdienstes gemacht haben!«

Lukas sah sich kurz um und bemerkte, dass Arthur Preisel mit Karl-Heinz Brause hinter einer Säule leise und eindringlich redete. Dann drängte er sich auch bis zu Herrn Kunze und Herrn Schütterling vor, die immer noch schimpfend vor ihren Fächern standen. Er sah, wie die beiden die ausgerissenen Seiten in ihren Händen hielten. Aber Moment mal – was war das?

»Schlunz«, flüsterte er. »Schau mal, die ausgerissenen Seiten sind beschriftet.«

»Ja«, stellte auch Schlunz fest und sofort sprach er Herrn Kunze an: »Haben Sie gesehen, dass auf den ausgerissenen Seiten was draufsteht?«

»Ja«, sagte Herr Kunze, »unverständliche Worte. Worte eines Toren.«

»Moment mal, Moment mal«, sagte Schlunz und hielt die Hand von Herrn Kunze fest, um sich die Seite näher anzusehen. »Sehen Sie denn nicht, dass hier dasselbe steht wie an Ihrem Fenster?« Schlunz zog dem erstaunten Mann das Blatt aus der Hand und hielt es Lukas hin. Lukas traute seinen Augen nicht. Neben roten Strichen und Kurven stand der gleiche Code auf dem Blatt wie auch schon auf der Fensterscheibe von Kunzes: »5mo3235«.

Außerdem waren einige Wörter in einer Liedstrophe unterstrichen. Auf der ausgerissenen Seite war das Lied »Fürcht, o Mensch, die Höllenqualen« abgedruckt. Und in der vierten Strophe »Einst, wenn du der Welt wirst scheiden, sollst du heulen, sollst du leiden« waren die Worte »heulen«, »leiden«, »Drache« und »Rache« rot unterstrichen.

»Das ist ja unheimlich«, flüsterte Lukas.

»Darf ich Ihr Blatt mal sehen?«, fragte Schlunz Herrn Schütterling und nahm ihm sein Blatt aus der Hand. Das war eine ausgerissene Seite aus der Bibel. Neben dem Geschmiere und dem Code war ein Satz unterstrichen: »Was wird der Herr mit ihnen tun, wenn er zurückkommt? Er wird ihre Städte anzünden und sie hinauswerfen an den Ort, da Heulen und Zähneklappern ist.«

»Das ist doch eine eindeutige Botschaft«, sagte Schlunz zu Herrn Schütterling. »Da will sich jemand an Ihnen rächen!«

»Rächen?«, brauste Herr Schütterling auf. »An mir? Wofür denn? Was hab ich denn getan?«

»Ich denke, das wissen Sie selbst am besten«, sagte Schlunz und drehte sich zu Herrn Kunze um. »Ist Ihnen inzwischen jemand eingefallen, der Ihnen gern etwas Böses antun würde?«

Herr Kunze, der bis dahin sehr gebeugt dagestanden hatte, richtete sich auf und hob seinen Zeigefinger: »Segnet, die euch verfluchen und bittet für die, die euch verfolgen.«

»Können Sie zur Abwechslung auch mal deutsch reden?«, fragte Schlunz und schaute Herrn Kunze streng an.

Herr Kunze erwiderte den Blick und wurde ebenso streng. »Du sollst den Alten Ehre erweisen und vor einem weißen Haar sollst du dich beugen!«

»Ich geb‹s auf«, sagte Schlunz und wandte sich wieder Lukas zu. Dann drehte er sich noch einmal kurz Herrn Kunze und Herrn Schütterling zu und sagte: »Wenn Sie es nicht herausfinden wollen, ist das nicht meine Sache. Aber so viel steht fest: Wer auch immer das getan hat – es muss jemand aus der Gemeinde sein. Niemand sonst könnte sich heimlich an Ihre Fächer schleichen und so zielsicher das richtige Lied und den richtigen Bibelvers finden, oder?«

Alle, die in der Nähe standen, stöhnten entsetzt auf. Als sie die Menschentraube verließen, sah Lukas, wie Arno und Süffi ganz in der Nähe mit verschränkten Armen an der Wand lehnten und grinsten. »Na, ihr Spione?«, grüßte Arno.

»Wo wart ihr während des Gottesdienstes?«, fragte Schlunz sie geradewegs.

»Im Gottesdienst natürlich«, sagte Arno.

»Die ganze Zeit?«

»Ja, die ganze Zeit.«

»Gibt es dafür Zeugen?«

»Alle haben mich gesehen«, sagte Arno. »ich hab hinten gesessen, wie immer.« Und dann legte er ein noch gefährlicheres Grinsen auf. »Ist das eine Polizeibefragung?«

»Ja«, gab Schlunz knapp zurück. »Und du?« Er zeigte auf Süffi. »Wo warst du?«

»Auch im Gottesdienst.«

»Hat das jemand gesehen?«

»Das will ich hoffen.«

»Ich hab ihn gesehen«, grinste Arno. »Er saß neben mir.«

»Sehr verdächtig«, sagte Schlunz und dann ging er mit Lukas und Nele zurück zu den anderen.

9

In der darauffolgenden Woche sprach Nele von nichts anderem mehr als von ihrem Geburtstag. »Ich freu mich schon, ich freu mich schon!« Sie hatte schon Einladungskarten gebastelt und an ihre Freundinnen verteilt. Alle sollten sich als Prinzessin verkleiden. Das hatte sie auch auf die Einladungskarte für die Schmidtsteiners aus Glaubensthal geschrieben, obwohl sie genau wusste, dass weder Tante Lydia und Onkel Torsten noch die meisten ihrer Kinder sich verkleiden würden. Lukas hatte auch keine richtige Lust sich zu verkleiden. Aber Schlunz hatte schon tausend Ideen, wie sie sich an Neles Geburtstag so verkleiden könnten, dass sie gut zu einer Prinzessin passten.

»Wir hängen uns ein altes Betttuch über den Kopf, schneiden Löcher für die Augen rein und verkleiden uns als Schlossgespenst«, schlug er vor. »Oder wir verkleiden uns als Ritter und verteidigen die Prinzessin gegen böse Drachen, die sie bedrohen wollen. Oder noch besser, wir verkleiden uns als die bösen Drachen und dann müssen die anderen gegen uns kämpfen!«

Während Lukas seine gekauften Diddlblockblätter in Geschenkpapier einpackte, fragte er sich, was der Schlunz wohl Nele schenken würde. Als er ihn einmal darauf ansprach, meinte der nur ganz geheimnisvoll: »Das wird eine Überraschung.«

O weh. Die Überraschungen von Schlunz waren manchmal auch mit Ärger von Mama und Papa verbunden.

Am Donnerstagnachmittag erzählte Schlunz wieder ganz begeistert von seiner Musik-AG. »Wir haben nun schon viel besser zusammengespielt! Bald haben wir unseren ersten Auftritt!«

»Was?«, wunderte sich Lukas. »Wo denn?«

»Tja, das sag ich dir, wenn es so weit ist.«

Lukas‹ Fecht-AG war auch wieder klasse gewesen. Am Abend, als sie im Schlafanzug waren und eigentlich schon schlafen sollten, brachte Lukas Schlunz seine Fechtaufstellung bei: »Der rechte Fuß steht ganz normal nach vorne, der linke Fuß steht seitlich gedreht dahinter. Die rechte Hand mit dem Degen kampfbereit vorne, die linke Hand schwebt irgendwo hinter dem Kopf.«

Schlunz hatte die Stellung ziemlich schnell drauf. Er stand jetzt schon so elegant da wie Kapitän Hook von Peter Pan. Nur ohne Degen eben. »Warum kämpfen wir nicht mit echten Waffen?«, fragte Schlunz.

»Ich hab keine«, antwortete Lukas.

»Doch, klar: Wir nehmen Kochlöffel aus der Küche!«

Und schon hatte sich Schlunz aus dem Zimmer geschlichen und kam zwei Minuten später mit zwei großen Holzlöffeln zurück. Den einen bekam Lukas, den anderen behielt Schlunz. »Auf die Plätze, fertig, los«, gab Schlunz das Kommando und schon befanden sich die beiden in einem wilden Gefecht, bei dem Schlunz so heftig drauflosschlug, dass Lukas unentwegt Angst um seine Finger hatte. Lukas versuchte, die Schritttechnik, die er in der AG gelernt hatte, tapfer beizubehalten. Aber dem Schlunz schien die Technik völlig egal zu sein. In seiner linken Hand hielt er sein neu gekauftes Pupskissen und bei jedem Schlag mit den Löffeln drückte er zu, sodass sich der Fechtkampf eher wie ein Pupskonzert anhörte. Mal sprang Schlunz auf sein Bett und schlug kräftig auf Lukas‹ Kochlöffel ein, dann wieder – zack – sprang er auf den Schreibtisch und kämpfte weiter. »Da, nimm das, du Schurke«, rief er dabei, »und das! Und das!«

Und dann passierte es: Lukas verdeckte einen Augenblick lang sein Gesicht, weil er inzwischen nicht nur Angst um seine Finger, sondern auch um seine Augen hatte. Und dabei schlug er dem Schlunz mit seinem Löffel dermaßen auf die Finger, dass Schlunz mit einem Schrei nach hinten kippte, das

Gleichgewicht verlor und mit einem lauten Krachen rückwärts vom Schreibtisch fiel. Im Sturz versuchte er noch, sich an der langen Fenstergardine festzuhalten, und riss sie mitsamt Gardinenstange nach unten. Das Pupskissen flog im hohen Bogen einmal quer durchs Zimmer und knallte gegen die Zimmertür. Hinter dem Schreibtisch krachte und polterte es und der Schlunz war unter dem riesigen Gardinenstoff einen Augenblick lang gar nicht mehr zu sehen. »Aua«, kam dann eine Stimme unter dem Stoffballen hervor.

»Ach du Schreck.« Lukas hielt sich beide Hände vor seinen Mund. Schon hörte er schnelle Schritte auf der Treppe nach oben. Das war Mama. Mit einem Satz hatte Lukas das Licht gelöscht und war unter seine Bettdecke gesprungen. Eine Sekunde später ging die Tür auf und Mama stand da. Sie schien sich zunächst darüber zu wundern, dass es im Zimmer dunkel war. »Lukas?«, fragte sie leise. Lukas antwortete nicht.

»Schlunz?« Sie sah auf das Bett von Schlunz. Lukas hoffte, dass es so aussah, als läge Schlunz darin. Aber dann bewegte sich etwas mitten im Zimmer. Eine weiße Gestalt erhob sich langsam und begann, gespenstisch zu heulen: »Huuuu! Huuuu! Ich bin das Gespenst von Burg Schmidtgenstein!«

Mama, die damit anscheinend überhaupt nicht gerechnet hatte, schrie einmal laut auf vor Schreck. Aber dann fasste sie sich wieder und knipste das Licht an.

»Huuuu«, kam es von der weißen Gestalt in der Mitte des Zimmers, »lösch das Licht wieder, oder ich verwandle mich in einen Drachen! Huuu!«

Mama hatte ziemlich schnell die Lage im Zimmer erfasst: die heruntergerissene Gardinenstange, die Halterung über dem Fenster, die zur Hälfte aus der Wand hing, die Gestalt unter dem weißen Vorhang. »Ich verwandle mich auch gleich in einen Drachen«, begann Mama streng, »und dann gibt es hier nichts mehr zu lachen!«

»Ooooh«, machte das Gespenst, »das reimt sich ja! Dann bist du sicher die bezaubernde Königin von Burg Schmidtgenstein!«

Mit einem Ratsch hatte Mama Schlunz die Gardine vom Kopf gerissen. »Nein, ich glaube nicht, dass ich die bezaubernde Königin bin!« Sie schaute hin und her zwischen Schlunz und Lukas, der nicht mehr aussah, als schliefe er. »Und ich glaube auch nicht, dass ich das bezaubernd finde, was ihr hier veranstaltet habt!« Sie stemmte ihre Hände in die Seite und legte dann erst richtig los: »Seid ihr denn jetzt völlig durchgedreht, ihr zwei? Was denkt ihr euch eigentlich dabei, hier andauernd alles kaputt zu machen? Habt ihr nicht neulich erst die Gardine runtergerissen? Und jetzt auch noch die Halterung! Ihr spinnt wohl!« Während sie laut weiterschimpfte, versuchte sie, mit einer Hand die Halterung wieder in die Wand zu schieben, aber das ging nicht. »So eine Sauerei! Die gute Gardine!« Sie zog die Gardine komplett von der Stange ab und rollte sie über ihren Arm zusammen. Dann erschien Nele an der Tür: »Was ist denn hier los?«

»Holde Prinzessin«, flehte Schlunz sie an, »erlöse uns von dem Drachen, der hier durchs Zimmer wütet und die armen Gespenster vertreibt!«

Aber Mama ließ sich nicht auf das Spiel ein: »Nele, ab in dein Zimmer! Sonst flipp ich hier völlig aus!«

»Aber ich bin doch die Prinzessin«, flötete Nele fröhlich.

Schlunz blieb weiter in seiner bittenden Haltung auf den Knien sitzen: »Und ich bin dein verwunschener Prinz! Ich war in ein Gespenst verwandelt und die bezaubernde Königin hat mich aus dem Zauber befreit, aber sie hat sich jetzt in einen wütenden Drachen verwandelt!«

Mama schnappte nach Luft und wollte weiterschimpfen. Aber Nele ließ sie nicht zu Wort kommen: »Was muss ich tun, um sie wieder zurückzuverwandeln?«

»Greif den Drachen an«, rief Schlunz. »Du musst dem Drachen sieben Küsse auf die Wange drücken, dann verwandelt er sich zurück in die bezaubernde Königin!«

Mama zielte mit gezücktem Zeigefinger auf Nele: »Nele, wehe!«

Aber schon hatte sich Nele auf Mama gestürzt und schrie: »Angriff!«

»Nele, hör auf!« Aber Mama hatte keine Chance. Nele warf sich von vorne Mama an den Bauch und versuchte mit aller Kraft, ihren Kopf zu sich herunterzuziehen, um ihr einen Kuss zu geben. Schlunz sprang sie von der Seite an, um sie festzuhalten. »Ritter Lukas!«, rief Schlunz. »So hilf doch! Auch du musst den Drachen totküssen!«

Lukas traute sich nicht so richtig. Mama war so wütend. Wenn er jetzt auch noch mitmachte, konnte es sein, dass sie noch wütender würde. Und dann würde der Ärger noch größer. Aber es gab eine Chance. Vielleicht hatte Schlunz recht und der wütende Drache würde sich so wieder in eine bezaubernde Königin verwandeln – oder in eine liebe Mama. Er nahm allen Mut zusammen, schlug die Decke weg und rief: »Nieder mit dem Drachen!« Und damit sprang er Mama von hinten auf den Rücken.

»Hilfe!«, schrie Mama. »Seid ihr verrückt geworden! Lukas, hör sofort auf! Runter da!«

Aber die Kinder ließen ihr keine Ruhe. Von allen Zeiten zerrten und rissen sie an ihr und als Lukas ihr von hinten einen dicken Kuss auf die Wange drückte, fielen sie alle zusammen seitlich auf Schlunz‹ Bett. »Aaaaaaaah!«, schrien alle vier, als sie auf der Matratze landeten. »Hilfe, Hilfe!«, schrie Mama weiter, aber es klang nicht mehr so wütend und wild wie gerade eben noch. Jetzt hörte es sich eher an wie früher, wenn sie zu viert in Mamas und Papas Bett getobt hatten.

»Gleich haben wir ihn erledigt«, rief Schlunz. Und dann warfen sich alle drei auf Mama, drückten ihre Arme auf die Matratze und jeder küsste sie siebenmal auf die Wange. Die anderen zählten laut mit.

»Hurra!«, riefen sie nach der erledigten Schlacht und ließen Mama los. Die lag schnaufend auf Schlunz‹ Bett und versuchte, sich die Haare aus dem Gesicht zu sortieren.

»Jetzt bist du wieder eine liebe Königin«, lachte Nele und kuschelte sich sofort an Mamas Seite.

»Was ist denn hier los?« Schlunz und Lukas wirbelten herum. Papa stand an der Tür. »Ich denke, ihr schlaft!«

»König Jens!«, rief Schlunz gleich. »Sieh mal, wir haben deine Frau erlöst! Sie hatte sich in einen Drachen verwandelt, aber wir haben den Drachen besiegt!« Er stellte sich stolz neben Mamas Kopf, nahm ihre Hand von der Matratze und hielt sie Papa hin. »Du kannst sie wieder mit ins Wohnzimmer nehmen.«

»Wie sieht‹s hier überhaupt aus?« Papa schaute sich im Zimmer um. »Ist das die Gardine, die hier auf dem Boden liegt?«

»Spuren einer großen Schlacht«, erklärte Schlunz mit todernstem Gesicht. »Aber wir sind Helden. Alle sind vom Bösen erlöst. Und morgen werden Prinz Schlunz und Ritter Lukas alles wieder in Ordnung bringen, nicht wahr, Ritter Lukas?«

»Aye, aye, Sir«, sagte Lukas und tippte sich mit seiner gestreckten Hand gegen die Stirnseite.

Mama richtete sich im Bett wieder halb auf und sagte: »Ich glaube, da muss euch König Jens helfen, sonst wird das Chaos nur noch größer.«

Papa hatte Mund und Augen aufgerissen. »Kann es sein«, fragte er langsam, »dass ich hier irgendwas verpasst habe?«

»Ja, allerdings«, sagte Mama, erhob sich aus dem Bett und ordnete noch einmal ihre Haare. »Die nächtliche Schlacht mit einem Gespenst, bei dem sich eine ahnungslose Königin in einen bösen Drachen verwandelt hat und dann von drei tapferen Kriegern wieder erlöst wurde.«

»Aha«, sagte Papa, aber es war klar, dass er nichts kapiert hatte.

Mama schob Papa zur Tür hinaus und fuhr fort: »Und jetzt gehen wir am besten ganz schnell hier raus, bevor sich die Königin wieder in einen Drachen zurückverwandelt.« Von außen durch die halb geschlossene Tür ergänzte sie: »Und die Prinzessin geht dann auch ganz schnell wieder ins Bett. Und

B
9

der Prinz und der Ritter auch, denn morgen müssen sie noch eine Schlacht in der Schule schlagen.«

Beim Rausgehen trat Papa auf das Pupskissen, das vor der Tür gelandet war, und gab damit der Schlacht noch mal ein geräuschvolles Ende. Nele und Schlunz mussten sofort loskichern.

Als alle wieder draußen waren, Schlunz und Lukas in ihren Betten lagen und das Licht gelöscht hatten, sagte Lukas: »Schlunz, du kannst echt zaubern. Du hast einen Drachen in eine Mama verwandelt.«

»Nur, weil ihr mitgemacht habt«, sagte Schlunz. »Mamas in Drachen zu verwandeln – das machen die von allein. Aber Drachen in Mamas verwandeln, das können nur alle zusammen.« Er rollte sich umständlich in seine Decke ein und sagte dann noch: »Da siehst du mal, wie stark Kinder sein können, wenn sie zusammenhalten. Da können die Erwachsenen nur staunen.«

10

Endlich war der Samstag gekommen: Neles großer Tag! Schon am Vormittag tanzte Nele in ihrem Prinzessinnenkleid herum, während Mama immer wieder aufzählte, was noch alles erledigt werden musste, bevor die Gäste kamen. Obwohl es Anfang September war, war für den Nachmittag schönes Wetter angekündigt und Papa baute im Garten einige Tische und Bänke auf.

Über Lukas‹ Diddlblockblätter freute sich Nele sehr. Dann sah sie erwartungsvoll Schlunz an und fragte: »Und was krieg ich von dir?«

Schlunz erwiderte bloß: »Das bekommst du heute Nachmittag.«

Opa und Oma Schmidtsteiner aus Kalk an der Schlefe hatten ein Päckchen für Nele geschickt und einen langen Brief dazugeschrieben. Aus dem Päckchen kam eine Bibel, obwohl Nele außer ihren Kinderbibeln schon mindestens eine echte Bibel hatte. Nele freute sich trotzdem. Immerhin war das ihr erster Geburtstag, an dem sie überhaupt etwas von Oma und Opa Schmidtsteiner geschenkt bekam. Über den Brief freute sie sich so sehr, dass sie ihn jedem aus der Familie mindestens zehnmal im Laufe des Vormittags ganz vorlas.

Jule und Harald hatten auch eine Karte geschickt, außerdem Amy und Silke aus Berlin. Nele platzte fast vor Freude über so viele gute Wünsche.

Kaum waren sie mit den Vorbereitungen fertig, da kamen auch schon die ersten Gäste: Meike von gegenüber in einem monsterhässlichen Prinzessinnenkleid, das sie noch dicker wirken ließ, als sie sowieso schon war. Aber Meike schien das nicht zu merken oder es machte ihr nichts aus. Zumindest schwenkte sie den ganzen Nachmittag über den Tüllstoff an ihrem Kleid so elegant hin und her, als wäre sie wirklich eine Prinzessin. Gleichzeitig kamen auch Caroline und Maria mit wirklich eleganten Prinzessinnenkleidern, die sogar ein Wappen vor der Brust eingestickt hatten. Auf dem Kopf trug Caroline eine Krone, Maria einen spitzen Hut mit feinen Stoffbändern am Ende.

Lukas und Schlunz rannten schnell nach oben in ihr Zimmer, um sich umzuziehen. Schlunz hatte gestern noch alles besorgt, was sie brauchten: Er selbst zog sich ein großes T-Shirt von Papa an, das er vor dem Bauch mit einem Gürtel zusammenband. An den Beinen trug er eine dunkle Strumpfhose. Das fand Lukas ziemlich lächerlich, aber Schlunz trug sein Kostüm mit Würde. Einen alten Vorhang aus dem Keller band er sich als Umhang um die Schultern und für den Kopf hatte er sich aus Zeitung einen riesigen Dreieckshut gebastelt und eine noch größere Feder drangeklebt.

Für Lukas hatte er aus Pappe einen Brust- und einen Rückenpanzer gebastelt und mit silberner Sprühfarbe bespritzt. Als Helm hatte er eine alte graue Pudelmütze in Lukas‹ Kleiderschrank gefunden. An die Mütze hatte er ein gebasteltes Visier aus Pappe angetackert. Das fand Lukas auch etwas peinlich, aber Schlunz bestand darauf, dass er sein komplettes Kostüm trug. Auch Lukas trug unter seinem Panzer ein T-Shirt mit Gürtel oben drüber. Jeder von beiden trug den Kochlöffel von vor zwei Tagen als Schwert im Gürtel. So erschienen wenig später Prinz Schlunz und Ritter Lukas im Garten.

Auch Mama und Papa waren verkleidet, zumindest ein bisschen. Mama hatte sich ein Krönchen aus Neles Spielekiste ins Haar gesteckt und ein langes Kleid angezogen, das mit ein wenig Fantasie auch als Prinzessinnenkleid durchgehen konnte. Papa trug ein Hemd mit weiten Ärmeln und eine Weste darüber. So konnte er als Diener bei Hofe gelten.

Kurz darauf kamen Oma Sieglinde und Opa Urs aus Bonn an, danach Michelle und Lara aus Neles Klasse und Gerti aus dem Kindergottesdienst.

Und dann endlich fuhr der VW-Bus der Bibelfamilie vor. So nannten Lukas und Nele ihre Verwandten aus Glaubensthal manchmal, weil alle Kinder dieser Familie biblische Namen hatten. Die Seitentür öffnete sich, eine Menschenmasse quoll heraus und stürmte in den Garten. »Alles Gute zum Geburtstag, Nele, und Gottes Segen!«, brüllten alle Kinder durcheinander. Onkel Torsten trug den kleinen Hiob auf dem Arm und rief seinen Kindern zu: »So, Kinder, und nun, wie wir es eingeübt haben!« Er hob seinen freien Arm wie ein Dirigent in die Luft und begann zu singen: »Viel Glück und vi-hiel Segen auf all deinen Wegen ...«

Aber keins der Kinder sang mit. Stattdessen begann Hiob auf seinem Arm sofort zu heulen, als hätte ihm jemand auf den Hintern gehauen. Tante Lydia war gleich zur Stelle und nahm Hiob auf ihren eigenen Arm.

Wie erwartet, waren Onkel Torsten und Tante Lydia nicht verkleidet. Esther hatte immerhin eine Krone aus Papier auf dem Kopf. Alle anderen sahen aus wie immer. Mose, Josua und Ruth, die drei Ältesten, waren nicht mitgekommen. Als Samuel bei Lukas und Nele angelangt war, flüsterte er: »Ich hab ein selbst geschnitztes Schwert mit, dann seh ich aus wie du, Lukas. Aber das dürfen Mama und Papa nicht sehen.«

»Prima, Samy«, freute sich Nele.

»Ich kann dir noch einen Brustpanzer machen«, schlug Schlunz vor, der gerade dazugekommen war, »ich hab noch Pappe übrig.«

»Au ja!« Und damit rannten die beiden ins Haus.

Nehemia und Esra, drei und fünf Jahre, rannten hinterher, ohne Nele vorher gratuliert zu haben.

Nach dem allgemeinen Kuchenessen kündigte Schlunz seine Schatzsuche an. Er wollte mit der einen Hälfte der Kinder und einer Schatzkiste wegrennen, wobei die Schatzkiste einfach ein in Papier eingewickelter Schuhkarton war. Die anderen sollten zusammen mit Lukas zehn Minuten später hinterherlaufen. Mit Pfeilen auf dem Boden und Wollfäden an den Bäumen wollte Schlunz den Weg markieren.

Ruck, zuck hatte Schlunz die Kinder in zwei Mannschaften eingeteilt. Einige beschwerten sich zwar: »Ich will aber mit der da in eine Mannschaft« und: »Mit der will ich nicht zusammen sein!«, aber Schlunz hörte einfach nicht darauf. Mit Nele, Meike, Caroline und Michelle rannte er los. Maria, Lara und Gerti sollten mit Samy und Lukas hinterherkommen. Esra und Nehemia hatten beschlossen, nicht mitzuspielen.

»Ich nehm mein Schwert mit«, kündigte Samy an, »für alle Fälle!« Sein »Schwert« bestand allerdings nur aus einem Holzstöckchen, das Samy mit einem Taschenmesser vorne ein bisschen angespitzt hatte.

Als Lukas mit seiner Gruppe nach zehn Minuten ebenfalls losging, stellte er schnell fest, dass die Strecke, die Schlunz sich ausgesucht hatte, mitten durch die Stadt führte. Schon nach der ersten Kurve fragte Gerti: »Dürfen wir so weit vom Haus weggehen?«

»Ja«, sagte Lukas, »ich pass auf euch auf.«

Die Pfeile führten direkt bis zum Stadtweiher. Weil es dort am Ufer etwas matschig war, rutschte Maria schon das erste Mal aus. Mit ihrem schicken Prinzessinnenkleid landete sie in der Matsche und schrie angewidert auf: »Iiiih! Ich mach nicht mehr mit!«

Lukas half ihr auf und wollte ihr ein wenig den Dreck vom Kleid streifen. »Iiiiih«, machte sie gleich wieder, »ein Junge hat mir an den Popo gefasst!« Lukas erschrak und hörte sofort auf, das Kleid auch nur zu berühren. »Dürfen wir so weit in die Stadt gehen?«, fragte Gerti ein wenig ängstlich.

»Ja«, sagte Lukas wieder und bemühte sich, nicht genervt zu wirken.

Vom Weiher aus ging es über ein paar Ecken in den Schopenhauer-Weg. Das war die Straße, in der Adelheid wohnte. Als sie an Adelheids Haus vorbeikamen, bekam Lukas einen Schreck: Ein Wollfaden war an Adelheids Gartentor angebracht und einen weiteren Wollfaden konnte er schon mitten in Adelheids Garten erkennen. Das durfte doch nicht wahr sein! Sie sollten durch Adelheids Garten? Vorsichtig öffnete er das Tor und deutete mit seinem Zeigefinger auf dem Mund an, dass sich alle ruhig verhalten sollten.

»Dürfen wir da rein?«, fragte Gerti, aber Lukas antwortete nur mit einem eindringlichen: »Psssst!«

Leise und in geduckter Haltung schlichen sie auf den Wollfaden in Adelheids Garten zu. Von dort aus sahen sie schon den nächsten Wollfaden auf Adelheids Terrasse. Zu fünft gingen sie in die Knie und krabbelten auf allen vieren unter Adelheids Wohnzimmerfenster entlang über die Terrasse. Von der Mitte der Terrasse aus konnte Lukas den nächsten Faden entdecken: am Springbrunnen im hinteren Bereich des Gartens. »Seht ihr den?«, flüsterte Lukas. »Da müssen wir hin!«

»Dürfen wir das?«, flüsterte Gerti.

»Das müssen wir, sonst bleiben wir für immer hier im Garten, okay?«

Auf einmal hörten sie ganz deutlich Adelheids fröhliche Stimme hinter dem Wohnzimmerfenster. Zu irgendeinem Besuch sagte sie: »Und auf dieser Seite hab ich praktisch den ganzen Tag über Sonne.« Dann hörten sie, wie die Terrassentür geöffnet wurde.

11

»Schnell, hinter die Stühle«, flüsterte Lukas so leise wie möglich. Zu fünft hockten sie sich hinter ein paar aufeinandergestapelte Gartenstühle und versuchten sich unsichtbar zu machen. Aber Lukas hatte den Verdacht, dass Adelheid jeden Augenblick in ihre Richtung schauen und sofort fünf dicke Hintern sehen würde, die auf allen Seiten hinter den Stühlen herausschauten.

»Was für eine schöne Terrasse«, sagte eine männliche Stimme. Das war Arthur Preisel.

»Ja, die hab ich mir vor drei Jahren anlegen lassen«, sagte Adelheid.

»Samy«, flüsterte Lukas, »du rennst zuerst zum Springbrunnen und versteckst dich dahinter. Ich lenk in der Zeit Adelheid ab.«

»Okay«, gab Samy zurück und holte vorher noch sein Schwert aus dem Gürtel. Lukas griff nach einem Kieselstein in seiner Nähe und warf ihn über die Terrasse an die Hauswand. Automatisch drehten sich Adelheid und Arthur in die Richtung um, in der der Stein gegen die Hauswand geflogen war.

»Was war das?«, fragte Adelheid.

»Los!«, befahl Lukas leise. Samy rannte. Als sich Adelheid und Arthur wieder zurückdrehten, war Samy schon hinter dem Springbrunnen verschwunden.

»Sicher eine Katze«, sagte Adelheid und betrachtete wieder den sonnigen Garten.

»Beim nächsten Stein lauft ihr drei zusammen«, flüsterte Lukas zu Maria, Lara und Gerti.

»Dürfen wir das?«, fragte Gerti leise.

Lukas warf ihr einen strengen Blick zu. »Ich sag dir, was wir nicht dürfen, Gerti«, zischte er. »Wir dürfen uns auf keinen Fall von Adelheid erwischen lassen. Hast du das verstanden?«

»Hab ich verstanden«, sagte sie mit ängstlichem Gesicht und nickte heftig.

Lukas griff nach einem weiteren Stein und warf ihn über die Terrasse. Diesmal knallte der Stein sogar gegen die Terrassentür. Adelheid und Arthur drehten sich wieder um. »Da ist doch was«, sagte Adelheid und ging auf die Tür zu. Die drei Mädchen rannten wie verrückt. Gerti plumpste auf halben Weg noch mal ins Gras, rappelte sich auf und rannte weiter. Arthur drehte sich genau in dem Augenblick wieder um, als Gerti hinter dem Springbrunnen verschwand.

»Adelheid, sieh mal«, sagte er.

»Was denn?« Adelheid drehte sich um und schaute in die Richtung, in die Arthur deutete.

»Bei deinem Springbrunnen ist was.«

»Da ist was?«

»Ich dachte, ich hätte da gerade jemanden laufen sehen!«

»In meinem Garten?« Sie schob die Brille auf ihrer Nase nach vorne und schaute genauer in die Richtung. »Ich seh niemanden. Wen hast du denn laufen sehen?«

Arthur fuhr sich mit der Hand über seinen Schnurrbart. »Es sah aus wie eine Prinzessin.«

Adelheid fuhr zu ihm herum und schob ihre Brille wieder nach oben. »Eine Prinzessin«, wiederholte sie. »In meinem Garten.« Sie schaute ihm genauer ins Gesicht. »Und du bist dir sicher, dass dir der Tee vorhin gut bekommen ist?«

»Ich seh mal nach«, sagte Arthur, vermutlich, um seine Ehre wiederherzustellen. Immerhin schien Adelheid ihn gerade für verrückt erklärt zu haben. Arthur ging geradewegs auf den Springbrunnen zu. Lukas musste etwas tun. Er griff um sich, fand aber keinen Stein mehr. In seiner Not zog er den Kochlöffel aus seinem Gürtel und warf ihn einfach gerade hoch in die Luft. Der Löffel schlug in der Luft einen Bogen und fiel Adelheid genau auf den Kopf.

»Aaaah!«, schrie sie und hielt sich den schmerzenden Kopf. »Was war das?«

Arthur war stehen geblieben und kehrte nun zu ihr um. »Was ist?«

»Mir ist was auf den Kopf gefallen!«

Arthur zeigte auf den Boden: »Ein Kochlöffel!«

Jetzt oder nie! Lukas rannte los, hörte noch, wie Arthur fragte: »Wo kam der her?« Und Adelheid antwortete: »Von oben aus der Luft!« Leider konnte sich Lukas nicht anschauen, mit welchem Gesicht Arthur Adelheid jetzt anblickte. Lukas kam hinter dem Springbrunnen an, aber die anderen waren nicht mehr da. Wo waren sie? Lukas blickte sich kurz um, da sah er Samy hinter dem Zaun aufgeregt winken. Lukas nutzte die Chance und rannte auf ihn zu. Als er gerade am Zaun angekommen war, hörte er, wie Arthur rief: »Da! Da ist schon wieder jemand!«

Lukas sprang mit einem Satz über den Zaun und warf sich auf den Bauch.

»Wer denn?«, hörte er Adelheid fragen.

»Jetzt sah es aus wie ein Ritter mit Pudelmütze!«

Und wieder hätte sich Lukas sehr gewünscht, Adelheids dämliches Gesicht zu sehen. Aber dazu blieb ihm keine Zeit. »Da unten ist der nächste Pfeil«, flüsterte Samy und dann rannten sie in gebückter Haltung die Straße entlang, bis sie in Sicherheit waren.

Natürlich führte die Strecke auch durch den Johann-Sebastian-Bach-Weg, am Haus der Kunzes vorbei und dann auch die Senkstraße entlang bis zum Getränkehandel Schütterling.

»Mist, die Pfeile führen in den Getränkehandel rein«, sagte Lukas.

»Dürfen wir da rein?«, fragte Gerti.

»Na klar«, sagte Samy, »ist doch ein normaler Laden. Da darf jeder rein.« Und ganz mutig ging Samy voran. An der Kasse im Laden saß Frau Schütterling. »Schon wieder ein ganzer Haufen Kinder«, sagte sie und klang, als sei nicht nur ihr ganzer Körper zwischen der Kasse eingequetscht, sondern ihre Stimmbänder auch. »Sucht ihr was Bestimmtes?«

»Wir suchen Pfeile und Wollfäden«, sagte Lara.

»Die gibt‹s hier nicht«, sagte Frau Schütterling. »Da könnt ihr gleich wieder gehen.«

Die Kinder folgten den Pfeilen an den Colakisten vorbei, hinten zu den Bierkisten, dann wieder zum Mineralwasser und schließlich zu einem Seitenausgang raus. Am Seitenausgang stand Hannes. Als er Lukas sah, erschrak er zuerst ein bisschen, aber dann lächelte er ihm zu. »Ihr seid nah dran«, sagte er.

»Nah wo dran?«, fragte Lukas, aber da war Hannes schon wieder mit seiner Sackkarre in den Ladenbereich weitergegangen.

Ein paar Häuser weiter fand Samy einen Wollfaden an einem Gartentor, an dem Lukas ganz deutlich ein Schild mit der Aufschrift »Moorhuhn« erkannte. Ein Mann mit einem Spaten stand in seinem Garten und schaute finster zu den Kindern hinüber. »Seht zu, dass ihr weiterkommt!«, rief er ihnen zu. Oh weh, dachte Lukas. Das war der Mann, dessen Telefonnummer genau zu dem Code passte, den sie neulich herausgefunden hatten. Warum war der bloß so wütend?

»Los, wir rennen ein Stück«, sagte Lukas.

»Ich kann nicht mehr«, jammerte Maria, »ich will zurück.«

»Wir haben es gleich geschafft, jede Wette«, versuchte Lukas sie aufzumuntern.

Der Weg führte in ein kleines Waldstück am Rand der Stadt. Allmählich kamen sie damit auch gleichzeitig wieder in die Nähe ihres Hauses. Die Wollfäden an den Bäumen führten sie immer seitlich an einem Bach entlang. Und ausgerechnet da, wo der Bach am breitesten war, zeigten die Wollfäden, dass sie den Bach überqueren sollten. Über dem Bach lag ein Baumstamm.

»Na super«, stöhnte Lukas. »Wer geht vor?«

»Ich«, sagte Samy und war schon auf dem Baumstamm. »Das kann ich gut, ich bin mit Papa schon ein paar Mal ...

aaaaah!« Und schon war er ausgerutscht und lag der Länge nach im Bach. »Hilfe, Lukas!«

Lukas blieb nichts anderes übrig, er sprang mit den Füßen ins Wasser und zog Samy hoch. »Alles in Ordnung?«

»Klar«, sagte Samy und rieb sich seinen Hinterkopf. »Das war lustig.« Er schaute sich Lukas an, der nun auch bis fast zu den Knien im Wasser stand. Samy lachte. »Jetzt sind wir beide nass!«

»Ja, sehr lustig.«

Gerti hatte sich ans Ufer des Baches gestellt: »Dürft ihr das?«

»Klar, weißt du?«, rief Lukas zurück. »Ich hab extra eine Fall-in-den-Bach-Erlaubnis-Bescheinigung in der Tasche. Willst du mal sehen?«

»Ja«, rief Gerti und schien seinen Witz nicht kapiert zu haben.

Auch Maria stand jetzt vor dem Baumstamm und rief: »Wenn ihr sowieso schon nass seid, dann könnt ihr uns doch jetzt an der Hand festhalten und am Baumstamm entlang mit uns rübergehen. Wir gehen auf dem Baumstamm und ihr geht im Wasser.« Sie legte ein Prinzessinnen-Lächeln auf und klimperte mit ihren Augen: »So machen das die edlen Ritter.«

Lukas seufzte und schaute zu Samy: »Sind wir edle Ritter?«

»Ich glaub schon«, grinste Samy und ging auf den Baumstamm zu. »Wer ist die Nächste?«

»Ich«, sagte Maria und setzte einen Fuß auf den Baumstamm. »Meine Helfer, bitte.«

Lukas kam zu ihr und gab ihr die Hand. Dabei hoffte er, sie würde nicht gleich wieder »Iiiih« schreien, aber das tat sie zum Glück nicht.

»Mann, das ist ja wirklich rutschig«, sagte Maria, während sie vorsichtig über den Baumstamm balancierte. »Ohne dich hätte ich das nicht geschafft, Lukas.«

Im nächsten Augenblick war es auch schon passiert: Ein falscher Tritt im Flussbett, Lukas knickte kurz um und sofort segelte Maria mit ihrem schönen Prinzessinnenkleidchen nach unten und landete mitsamt Lukas bäuchlings im Bach. »Iiiih!«, rief sie und sprang wieder auf: »Ich hab auf einem Jungen gelegen! Iiiih!« Und schnell wie der Blitz war sie auf der anderen Seite des Baches und versuchte, durch das hohe Gras nach oben zu klettern. Aber sie rutschte ab und landete wieder in der Matsche. »Iiiih! Ich komm hier nicht hoch! Wer hilft mir?«

»Die Nächste bitte«, rief Samy, der vorne bei Lara und Gerti stand, und gab Lara die Hand. Lara stieg vorsichtig auf den Baumstamm und ging langsam los. Das klappte zuerst auch ganz gut. Zumindest, bis sie ungefähr in der Mitte angekommen waren. Dann nämlich rief Gerti vom Rand aus: »Lukas!«

»Ja?«

»Hast du denn für mich auch eine Fall-in-den-Bach-Erlaubnis-Bescheinigung?«

Lukas seufzte leise. Was sollte er denn jetzt darauf sagen? Natürlich hatte er keine. Aber wenn er jetzt zu Gerti sagte: »Nein, du darfst auf keinen Fall in den Bach fallen«, dann würde sie sich niemals trauen. Anlügen wollte er sie aber auch nicht. Niemand von ihnen hatte die offizielle Erlaubnis, in den Bach zu fallen. Keine Mama würde das erlauben. Aber den Kopf würden sie ihnen auch nicht abreißen, wenn sie alle nass wären. Jede Mama, die ihr Kind auf einen Kindergeburtstag schickte, wusste, dass man da dreckig oder sogar nass werden konnte, dachte sich Lukas. Im Grunde war es doch schon eine Einverständnis-Erklärung zum Dreckigwerden, wenn eine Mama ein Kind überhaupt auf einen Geburtstag gehen ließ.

»Wir haben hier alle die gleiche Erlaubnis, Gerti«, rief Lukas ihr zu. Und das stimmte ja. Alle hatten es gleichermaßen erlaubt oder nicht erlaubt bekommen.

»Ehrlich?«, rief sie und strahlte.

»Ja!«, rief Lukas und freute sich, dass er dieses Problem so schnell gelöst hatte.

»Juhuuu!«, rief Gerti, rannte mit erhobenen Armen in den Bach und ließ sich direkt vor Lukas auf den Bauch fallen. »Das ist lustig!«

Samy bekam daraufhin so einen Schreck, dass er Lara sofort losließ und zu Gerti stürzte. Lara blieb keine Sekunde ohne Hilfe auf dem Baumstamm stehen und fiel mit einem lauten Schrei und einem fetten Platscher auf der anderen Seite des Baumstamms ins Wasser.

Da standen sie nun alle fünf. Alle im Wasser und alle triefnass. Auf einmal hörten sie ein Geschrei, als würden sie von einer Horde Indianer angegriffen. Erschrocken drehten sie sich in die Richtung um, aus der das Geschrei kam. Tatsächlich wurden sie angegriffen. Aber nicht von Indianern, sondern von vier Prinzessinnen und einem Prinzen, die von der anderen Seite des Baches aus den Büschen sprangen und mit riesigem Siegesgeschrei auf sie zurannten. Völlig unerschrocken stürmten die Angreifer zu ihnen in den Bach, spritzten mit Wasser und versuchten, so viele wie möglich von den überraschten Gegnern umzuschmeißen. Schlunz stürzte sich geradewegs auf Lukas und in wenigen Sekunden lagen sie beide schreiend und prustend im Wasser und tauchten sich gegenseitig unter.

»Das war lustig!«, rief Gerti, als sie später alle zusammen aus dem Wasser stiegen.

»Klasse, dass ihr auch ins Wasser gefallen seid«, sagte Schlunz fröhlich. »Als wir vor euch hergegangen sind, ist auch jeder von uns ins Wasser geflogen und wir haben gehofft, ihr würdet auch reinfallen!«

Dann öffnete Schlunz feierlich die Schatzkiste und verteilte die Süßigkeiten an alle.

12

Als die Kinder im Garten der Schmidtsteiners angekommen waren, schrien alle Erwachsenen erst mal auf vor Schrecken.
»Was ist denn mit euch passiert?«, rief Mama.
»Eine Schlacht im Bach!«, rief Samy. »Das war klasse!«
»Und alle Mamas haben es erlaubt!«, freute sich Gerti.

»Davon wüsste ich was«, sagte Mama streng und zu Schlunz sagte sie: »Das war doch wieder deine Idee, stimmt's?«

»Die Schatzsuche war meine Idee«, sagte Schlunz, »aber dass wir ins Wasser gefallen sind, dafür konnte ich nichts.«

»Alle sind ins Wasser gefallen«, erklärte Samy. »Die Einzige, die nicht reingefallen ist, sondern absichtlich reingesprungen ist, war Gerti!« Und damit zeigte er direkt auf Gerti.

»Gerti!«, entfuhr es Mama streng und sie stemmte ihre Hände in die Seite.

Gerti erschrak und legte sich beide Hände auf den Mund. »Durfte ich das nicht?«

»Mama, bitte«, flehte Lukas und hoffte, Mama würde kapieren, was er ihr sagen wollte. Anscheinend kapierte sie es zumindest ansatzweise, denn sie lächelte wieder und sagte zu Gerti: »Na, wir finden schon was Frisches für dich zum Anziehen.«

Als alle mit frischen Klamotten, aber leider nicht mehr im Prinzessinnen-Kostüm im Garten waren, kam Mama auf Schlunz zu: »Schlunz, du hast Besuch bekommen.«
»Was?«, wunderte sich Schlunz zuerst, aber dann machte er sofort ein strahlendes Gesicht: »Ach ja, richtig! Mein Geburtstagsgeschenk!«

Er rannte vors Haus und kam kurz darauf mit fünf Kindern zurück, die Lukas zum Teil flüchtig kannte.

»Das ist meine Band«, verkündete Schlunz stolz und zeigte auf die Jungen und Mädchen, die sich ein wenig schüchtern hinter ihm aufhielten. »Wir bringen Nele jetzt unser Geburtstagsständchen.« Nach einigen Kommandos hatten die Kinder ihre mitgebrachten Instrumente ausgepackt und Schlunz hatte mithilfe von Papa sein Keyboard aus der Wohnung geholt. Als Schlagzeug hatte Guido von zu Hause nur eine kleine Trommel und ein Becken auf einem Metallständer mitgebracht, aber Schlunz hatte ein paar Töpfe aus der Küche und eine leere Betonwanne aus dem Schuppen geholt und sie im Halbkreis vor Guido aufgebaut.

Alle Gäste nahmen gespannt auf den Bänken Platz und dann begann das kleine Konzert. Zuerst spielten sie »Alle Vögel sind schon da«, wobei Nina und Michaela, die Sängerinnen, schon nach einer Strophe den Text nicht mehr wussten und einfach »La, la, la« weitersangen. Danach kam »Morgen kommt der Weihnachtsmann«, was zwar auch nicht so gut zur Jahreszeit passte, aber Schlunz hatte vorher erklärt, dass die Noten dazu schön einfach waren und sie es deshalb eingeübt hatten. Insgesamt klang es ein bisschen schief, aber Lukas fand es gar nicht schlecht dafür, dass sie sich erst zweimal getroffen hatten.

Als Drittes spielten sie »Happy Birthday to you« und in dieses Lied stimmten alle Gäste fröhlich mit ein und klatschten laut Beifall.

»Und jetzt kommt unser bestes Lied«, kündigte Schlunz an, »und das spielen wir für Nele und alle anderen, die auf der Siegerseite des Lebens stehen!«

Schlunz und die Kinder am Bass und an der Gitarre begannen mit einem kleinen Vorspiel und nachdem Guido einmal mit beiden Schlagstöcken auf alle Töpfe und Wannen gleichzeitig eingedroschen hatte, sangen sie alle miteinander lautstark: »We are the champions«. Der laute Gesang schien dabei im Vordergrund zu stehen, denn alles andere passte überhaupt nicht zusammen. Guido hämmerte wie ein Tier auf seinen Töpfen herum, Anna hatte sich mit ihrer Gitarre auf ihre Knie fallen lassen, lehnte sich zurück wie eine Bodenturnerin und quietschte ungebremst auf ihren Gitarrenseiten herum,

YAMA

Niko warf seinen Kopf rhythmisch vor und zurück, als müsste er sich ein wildes Tier vom Kopf schütteln, seine langen Haare fielen ihm dabei wirr ins Gesicht und blieben an seiner großen Nase hängen. Nina und Michaela schrien aus Leibeskräften ihre Texte in ihre Hände, mit denen sie so taten, als hielten sie Mikrofone fest, und es war nicht zu überhören, dass sie außer der ersten Zeile überhaupt keinen Schimmer hatten, wie das Lied weiterging. Aber es klang englisch und darum schrien sie munter weiter. Schlunz hopste hinter seinem Keyboard auf und ab, versuchte mit einer Hand die Melodie zu spielen und stach mit der anderen Hand siegesfreudig seinen Zeigefinger in die Luft. Insgesamt hörte sich das an wie eine Metallfabrik mit Monstergeschrei. Aber der Band machte es offensichtlich Spaß. Lukas hielt sich heimlich die Ohren zu und er sah, dass die meisten der Gäste das auch taten. Nur Caroline und Maria begannen, vor der Band herumzuspringen, als wären sie die auserwählte Tanzgruppe dazu. Und Nele klatschte von ihrem Platz aus Beifall, auch wenn der bei dem Krach nicht zu hören war.

Als das Lied zu Ende war und sich die Band wie die Champions mit erhobenen Armen hinter ihren Instrumenten aufstellte, klatschten alle höflich. Aber bei manchen sah es aus, als klatschten sie mehr aus Freude darüber, dass die Vorstellung beendet war.

»Das war klasse«, rief Nele, sprang auf Schlunz zu und umarmte ihn.

»Extra für dich«, strahlte Schlunz. »Sollen wir‹s noch mal spielen?«

»Lieber nicht«, rief Mama schnell dazwischen. »Weißt du, äh, es gibt nämlich jetzt Abendessen. Pommes und Würstchen. Und sicher will deine Band sich nach dem anstrengenden Konzert ein bisschen stärken.« Sie schaute die anderen Mitglieder der Band an: »Mögt ihr?«

»Ja!«, jubelten sie und ließen ihre Instrumente da stehen und liegen, wo sie waren.

»Das war doch nicht anstrengend«, prahlte Schlunz und lehnte sich nach hinten. »Wir haben doch einfach drauflosgespielt.«

»Ach«, sagte Mama und zog die Augenbrauen hoch, »darauf wäre ich jetzt von alleine nicht gekommen.«

Anna, die Gitarrenspielerin, setzte sich neben Schlunz. Sie hatte ihre braunen Haare mit einem Stirnreif zurückgesteckt, aber bei jedem Lachen fielen ihr die Haare wieder ins Gesicht. Und Anna lachte viel.

Abends im Bett erzählten sich Lukas und Schlunz noch einmal gegenseitig die witzigsten Erlebnisse des Nachmittags. Schlunz lachte sich halbtot, als Lukas ihm erzählte, wie er auf der Terrasse von Adelheid gesessen und mit dem Kochlöffel nach ihr geworfen hatte. »Ich bin ganz schnell wieder aus Adelheids Garten weg gewesen«, erzählte Schlunz, »ich bin als Einziger reingelaufen, habe schnell die Wollfäden angeknüpft und mich auf der anderen Seite wieder mit den anderen getroffen.«

»Was ich mich auch noch gefragt habe«, begann Lukas ein neues Thema, »warum hattest du keine Angst vor dem Wasser im Bach? Als wir an der Nordsee waren, hattest du ganz große Angst vor dem Wasser.«

»Hm.« Schlunz wurde still. »Ein Bach ist ja noch mal was anderes als ein Meer.« Er schien noch weiter zu überlegen. »Aber es stimmt, als wir den Bach überqueren wollten, hatte ich zuerst auch Angst. Aber als wir dann alle plötzlich im Wasser lagen, fand ich es lustig.«

»Warum hast du denn Angst vor Wasser?«, tastete sich Lukas langsam vor. »Erinnerst du dich denn daran?«

»Ach«, machte Schlunz langsam und dann kam lange Zeit nichts. Dann sagte er leise: »Ich glaube«, er atmete schwerer und Lukas ahnte, dass Schlunz heimlich zu weinen begann. »Ich glaube«, sagte Schlunz noch einmal, aber diesmal klang seine Stimme schon sehr belegt. Er zog ein paar Mal die Nase hoch und dann beendete er seine Überlegung mit: »Ich weiß nicht.«

Lukas versuchte es weiter: »Weißt du es wirklich nicht oder willst du nur nicht darüber reden?«

»Ach Lukas«, schniefte Schlunz leise, »es ist alles so furchtbar.«

Lukas hielt die Luft an. Würde Schlunz jetzt von seiner Vergangenheit erzählen?

»Was denn?«, fragte er vorsichtig. »Was ist denn furchtbar?«

Schlunz atmete einmal schwer ein und aus. »Alles.«

»Mir kannst du es doch erzählen.«

»Bitte, Lukas«, flüsterte Schlunz, »frag nicht weiter.«

Lukas merkte, wie Enttäuschung in ihm aufstieg. »Aber ich bin doch dein Freund.«

»Ja«, sagte Schlunz leise. »Das bist du. Der beste Freund auf der ganzen Welt.« Sein Atem zitterte, als er noch mal tief Luft holte. »Du bist mein Freund, auch wenn ich ein Loch in meinem Kopf habe.«

»Ein Loch im Kopf?« Lukas musste an sich halten. In seinem Hals fühlte es sich an, als wollte sich da ein Weinen zusammenbrauen. Aber das wollte Lukas nicht.

»Ein Loch in meinem Gedächtnis«, flüsterte Schlunz und zog wieder die Nase hoch. »Ein Loch in meinem Leben. Ein Loch in meinem Herzen.«

»Schlunz«, flüsterte Lukas. Sein Kinn zitterte. »Was denn für ein Loch? Kann ich dir denn nicht helfen?«

»Doch«, schniefte Schlunz, »indem du mein Freund bist, auch wenn ich nicht alles sagen kann.« Und damit zog er sich die Decke über den Kopf und war offensichtlich bemüht, leise zu sein. Aber Lukas konnte hören, wie er unter seiner Decke heftig weinte. Aber warum? Lukas überkam ein Gefühl von Enttäuschung, Hilflosigkeit und Mitleid. Alles zusammen trieb ihm nun doch die Tränen in die Augen. Er zog seinen Kopf unter die Decke und weinte auch. Zusammen weinen wäre fast so schön wie zusammen lachen, dachte er. Aber in dieser Nacht weinten sie nicht zusammen. Jeder weinte alleine. Und das tat sehr, sehr weh.

13

Am nächsten Tag stimmte Adelheid im Kindergottesdienst mit allen ein Geburtstagsständchen für Nele an. Und dann überreichte sie Nele das Kindergottesdienst-Geburtstagsgeschenk: ein Lesezeichen mit einem Bibelvers drauf. Adelheid las den Vers für alle vor: »Zuflucht ist bei dem alten Gott und unter den ewigen Armen.« Sie lächelte Nele an und sagte: »Und das wünsche ich dir für dein ganzes Leben, Nele, dass Gott deine Zuflucht ist.«

Nele strahlte.

»Wieso bei dem alten Gott?«, fragte Schlunz. »Wie alt ist denn Gott?«

»Was?« Adelheid stockte kurz. »Wie alt? Tja, ich weiß auch nicht. Sehr alt, würde ich sagen. Älter als die Erde natürlich.« Sie drückte ihre Brille gegen ihre Stirn. »Also, um genau zu sein«, sie drückte ihre Brille noch einmal gegen die Stirn, »ist Gott ohne Alter. Gott ist ewig. Ohne Anfang und Ende.«

»Kapier ich nicht«, sagte Schlunz.

»Ich auch nicht«, sagte Adelheid und schaute kurz gedankenverloren vor sich auf den Boden. Dann fasste sie sich sofort wieder und schob hinterher: »Ich wollte sagen, ich kann mir das auch nicht vorstellen. Aber ich finde es sehr gut, dass Gott heute noch derselbe ist wie damals zur Zeit von Mose. Und dass wir immer bei ihm Zuflucht finden können.«

»Was ist Zuflucht?«, fragte Schlunz.

»Zuflucht?« Adelheid schob ihre Brille nach vorne. »Zuflucht? Also, Zuflucht ... also ... ist da, ... wo man, äh, Zuflucht findet.«

»Aha«, sagte Schlunz, »und was ist Zuflucht?«

Adelheid runzelte die Stirn. »Hab ich doch gerade gesagt.«

»Zuflucht ist da, wo man Zuflucht findet«, fasste Schlunz noch mal zusammen. »Damit weiß ich aber immer noch nicht, was Zuflucht ist. Vielleicht heißt Zuflucht Gold. Dann heißt es: Gold ist da, wo man Gold findet.«

»Also!« Adelheid schob ihre Brille nach vorne und sah Schlunz streng an. »Zuflucht.« Sie sah die anderen Kinder an. »Jeder weiß doch, was Zuflucht ist. Nicht wahr, Kinder? Wer von euch weiß es? Was heißt Zuflucht?«

Die meisten zuckten mit den Schultern. Christoph meldete sich.

»Ja, Christoph?«, lächelte Adelheid.

»Zuflucht ist, wenn der Opa seine Brille nicht findet und laut mit der Oma schimpft. Dann sagt Mama immer, dass der Opa der Oma wieder was zu-flucht.«

Adelheid sperrte den Mund auf. Aber weil Christoph so brav schaute und nicht so frech wie Schlunz, sagte sie nicht: »Also!« Stattdessen erklärte sie: »Zuflucht ist da, wo man hinfliehen kann. Wohin man sich zurückziehen kann. Wo man zu Hause ist und sich geborgen fühlt. Für viele ist die Familie ein Zufluchtsort. Auch wenn Kinder erwachsen werden, ausziehen und weggehen, können sie doch immer wieder nach Hause kommen und sich dort wohlfühlen.« Adelheid schaute in die Runde und schob ihre Brille wieder zurück. »Hunde haben ihre Hundehütte zum Zurückziehen. Küken fliehen zur Henne ins Nest. Manche Kinder bauen sich unter dem Tisch eine Höhle und ziehen sich zurück, wenn ihnen alles zu viel wird.«

»Das mach ich auch!«, rief Sarah.

»So«, sagte Adelheid, schob ihre Brille nach vorne und sah Schlunz an. »Jetzt verstanden?«

»Ja«, sagte Schlunz. »Und wo ist Ihre Zuflucht?«

»Meine?« Adelheid holte wieder tief Luft und schob ihre Brille zurück. Dann schmunzelte sie ein wenig und schaute verklärt in die Luft. Wahrscheinlich hatte sie sich gerade vorgestellt, wie sie sich in ihre Kuschelecke zurückzog. Aber sofort besann sie sich wieder und sah Schlunz kühl an. »Meine Zuflucht ist natürlich bei Gott. So wie ich es eben vorgelesen habe. ›Zuflucht ist bei dem alten Gott und unter den ewigen Armen.‹ In Gottes Arme kann man immer kommen.«

»Wo sind denn Gottes Arme?«, fragte Schlunz.

Adelheid schnappte nach Luft. »Jetzt geht das schon wieder los. Die kann man natürlich nicht sehen. Es ist ja auch mehr ein Bild. Ein Bild, in dem Gott mit ausgestreckten Armen dasteht und jeder kann zu Gott kommen. In seine Arme.«

»... die man nicht sehen kann«, ergänzte Schlunz.

»Genau.« Adelheid schob ihre Brille wieder zurück.

»Ewige Arme ohne Anfang und Ende?«, überlegte Nele. »Also länger als von hier bis Amerika?«

»Ja«, sagte Adelheid kurz. »Einmal um die ganze Welt.«

»Das sieht bestimmt witzig aus«, grinste Nele.

»Nein«, sagte Adelheid, »das sieht überhaupt nicht witzig aus, denn es ist ja auch nur ein Bild. Ein Vergleich. Ein Symbol sozusagen.«

Schlunz hob seinen Finger, als hätte er einen Einfall: »So wie wir nicht wirklich unsere Hände zum Beten erheben, sondern nur symbolisch in unseren Herzen.«

Adelheid schaute über ihren Brillenrand: »Was soll denn das nun wieder?«

»Neulich im Erwachsenengottesdienst habt ihr gesungen: ›Wir erheben unsere Hände‹ oder so, aber niemand hat es gemacht. Und da hat Papa gesagt, das macht man nur in seinem Herzen.«

»Na gut«, sagte Adelheid. »Aber die Hände zu heben ist auch eine Gebetshaltung. Viele Menschen heben ihre Hände beim Beten.«

»Hab ich noch nie gesehen.«

»Hier ist das auch nicht üblich.«

»Warum nicht?«

»Weil es bei uns üblich ist, die Hände zu falten.«

»Warum singt ihr dann nicht: ›Wir falten unsere Hände‹, sondern ›Wir erheben unsre Hände‹?«

»Junge!«, mahnte Adelheid streng und schob ihre Brille

wieder nach vorne. »Du treibst es bald auf die Spitze. Die einen falten ihre Hände, die anderen erheben sie, aber beides ist richtig und beides kann man singen, so viel man will. Einverstanden?«

»Einverstanden«, sagte Schlunz fröhlich, »dann können wir ja gleich alle beim Beten die Hände nach oben halten.«

»Von mir aus«, gab Adelheid sich geschlagen, »so lange ihr dabei keinen Quatsch macht und das Gebet veralbert!«

»Machen wir nicht«, sagte Schlunz, »versprochen.« Und dann grinste er Nele an und Nele zappelte schon aufgeregt mit den Füßen unter ihrem Stuhl.

Später übte Adelheid mit den Kindern noch mal das Lied fürs Gemeindefest ein. Anschließend sagte sie, alle Kinder sollten ihre Freunde und Bekannten einladen, damit es ein schönes und buntes Gemeindefest würde. So wie es die Diener in der Geschichte von letzter Woche getan hatten.

»Das mach ich nicht«, protestierte Schlunz laut.

»Das war mir klar«, fauchte Adelheid gleich hinterher und schob ihre Brille nach vorne. »Darf ich fragen, warum nicht?«

»Weil ich es total peinlich finde, wenn wir dieses Liedchen dabei vorsingen. Da schäme ich mich ja in Grund und Boden!«

»Na, jetzt übertreibst du aber«, entrüstete sich Adelheid.

»Und es ist ja nicht nur unser Lied. Es sind die ganzen Lieder, die ihr da singt«, fuhr Schlunz fort. »Das sind Lieder und Sprüche, die man nur kapiert, wenn man hier in dieser Gemeinde schon geboren wurde und ein ganzes Leben lang damit groß geworden ist.«

»Was redest du denn da?« Adelheid schob ihre Brille zurück und gleich wieder vor.

»Ich komm nun schon ein halbes Jahr in eure Gottesdienste. Und trotzdem muss ich mir ständig anhören, wie ihr singt: ›Wir erheben unsere Hände‹, aber keiner erhebt sie. Und Papa übersetzt: Die erheben wir nur in unseren Gedanken! Dann sagt einer: ›Dein Wort ist meines Fußes Leuchte‹ und alle wissen sofort, dass Wort Bibel heißt, Fuß ein Lebensweg und Leuchte irgendwas mit ermutigen. Das weiß doch kein Mensch von alleine!«

Adelheid hatte ihren Mund zu einem großen »Oh« geformt, aber heraus kam nur: »Also!«

»Und wir singen ein Liedchen, dass alle flott, flott, flott zu Gott kommen sollen, aber kein normaler Mensch weiß, wohin er flott rennen soll, wenn er zu Gott kommen soll!« Schlunz redete immer schneller und lauter. »Dass Gott unsichtbar überall gleichzeitig ist und man eigentlich nirgendwo hinkommen muss, weil Gott schon da ist – das erklärt einem doch niemand!« Schlunz hob seinen Zeigefinger und deutete damit direkt auf Adelheid. »Und dann sagen Sie, wir sollen ganz viele Fremde einladen, damit es hier schön voll wird? Kriegt denn jeder, der hierher kommt, auch einen eigenen Übersetzer?«

»Also!«, machte Adelheid wieder und schob ihre Brille zurück.

»Und wenn der Rest des Festes genauso wird wie der Gottesdienst, dann frag ich mich, wer außer euch, die ihr immer hier seid, fände das lustig? Ihr wisst ja noch nicht einmal, wie man ein richtiges Fest feiert! Denn da, wo die Leute feiern, die ich einladen soll, da wart ihr ja noch nie!« Schlunz lehnte sich in seinem Stuhl zurück und sagte noch: »So. Jetzt wissen Sie, warum ich hier nie jemanden freiwillig einladen würde.«

Adelheid schnaufte, als hätte sie selbst diese lange Rede gehalten. Sie nahm ihre Brille ab, wischte sich einmal mit einem Taschentuch aus ihrer Rocktasche übers Gesicht und setzte die Brille wieder auf. »So, so«, sagte sie dann, aber sie schien immer noch außer Puste zu sein. »Und du – du würdest natürlich alles besser machen.«

»Ja, würde ich auch«, sagte Schlunz laut.

»Und wie, wenn ich fragen darf?«

Schlunz überlegte kurz und tippte sich dabei mit einem Finger gegen sein Kinn. »Zum Beispiel, indem ich Lieder singen würde, die alle kennen. Lustige Lieder, die man gern mitsingt.«

»Aber wir wollen doch Lieder für Gott singen!«

»Das will ich auch«, sagte Schlunz. »Aber die können doch trotzdem so sein, dass sie ein normaler Mensch auch mitsingen kann.«

»Und welche zum Beispiel?«

»So schnell fällt mir keins ein.« Schlunz setzte sich in seinem Stuhl aufrecht hin. »Aber wenn ich darf, dann würde ich mit meiner Schülerband ein paar gute Lieder aussuchen und einüben und dann hier auf dem Gemeindefest vorspielen.«

»Das kommt überhaupt nicht infrage.«

»Und warum nicht?«

»Weil eine Schülerband – also, äh«, sie rang nach Worten, »weil eine Schülerband nicht christlich ist.«

»Ach«, sagte Schlunz und machte ein gefährliches Gesicht, »aber ein Klavier ist christlich, ja? Nur weil es wahrscheinlich schon hundert Jahre lang hier steht!«

»Also!«

Schlunz hob noch mal seinen Finger: »Ich mach Ihnen ein Angebot: Ich spiel mit meiner Schülerband die Lieder für den Gottesdienst, und zwar solche, die alle mitsingen können und die trotzdem von Gott handeln. Und im Gegenzug lade ich alle meine Mitschüler und deren Eltern ein. Okay?«

»Na ja«, Adelheid fasste ihre Brille am Brillenrand und wusste anscheinend nicht, ob Hochschieben oder Runterschieben dran war.

Nele platzte dazwischen: »Die Schülerband vom Schlunz ist echt klasse! Und die Kinder, die da mitspielen, sind sehr nett!«

»Ja«, rief plötzlich auch Gerti. »Ich find die Schülerband vom Schlunz auch toll!«

»So?« Adelheid schaute etwas verwirrt zu Nele und Gerti. »Findet ihr?« Sie schnaufte noch ein paar Mal und sagte dann:

»Na gut. Ich sprech mal mit dem Pastor und den anderen vom Gemeindevorstand.« Dann hob sie wieder ihren Zeigefinger: »Aber ich bestehe darauf, dass ein Erwachsener mit dabei ist, der mitsingt und aufpasst, dass das Liedgut auch zum Gottesdienst passt.«

»Einverstanden«, strahlte Schlunz. »Und ich weiß auch schon wer: Lilian!«

»Auf keinen Fall«, widersprach Adelheid hart.

»Warum denn nicht?«

»Lilian ist nicht die Vorzeigeperson der Gemeinde.«

»Und warum nicht?«

»Sie ist es einfach nicht«, Adelheids Ton wurde wieder strenger, »und jetzt ist Schluss!«

14

Nach dem Gottesdienst tobten Schlunz, Nele und Lukas wieder durch den Gottesdienstsaal und die anderen Gänge. Die Fächer von Kunzes und Schütterlings waren wieder sauber, das hatten sie gleich überprüft. Als Schlunz gerade dabei war, die Bonbonpapierchen aus den namenlosen Fächern herauszuziehen und Arthur Preisel ins Fach zu schieben, sah Lukas voller Schrecken vier Personen auf sich zukommen: Arthur Preisel, Pastor Finke, Helmut Eschenbach und Adelheid. Im Nu standen alle drei Kinder mit dem Rücken zu den Fächern da und warteten darauf, von den vier Erwachsenen verhaftet zu werden.

»Es waren doch nur Bonbonpapierchen«, stammelte Schlunz.

»Was waren nur Bonbonpapierchen?«, fragte Arthur Preisel.

»Die wir Ihnen ins Fach gelegt haben!«

Arthur klappte den Mund auf: »Was? Na, darüber reden wir später noch!«

»Wir wollten mit euch über das Gemeindefest sprechen«, sagte Helmut freundlich.

»Ach so«, sagte Schlunz, aber es schien immer noch so, als sollten sie nun in Ketten gelegt werden.

»Adelheid hat uns von deiner tollen Idee erzählt, mit deiner Schülerband im Gottesdienst die Lieder zu begleiten«, redete Helmut weiter.

»... und auszusuchen«, ergänzte Schlunz, aber er behielt seine Hände auf dem Rücken.

»Ach so«, raunzte Arthur und fasste sich an seinen Schnurrbart, »darüber hatten wir noch nicht ...«

»Ja, genau«, sagte Helmut weiter zu Schlunz und ließ sich von Arthur nicht unterbrechen. »Wir finden es klasse, wenn viele Vorschläge zum Gemeindefest eingehen, besonders wenn sie von Kindern kommen. Darum möchten wir euch das gern erlauben.«

»Und Lilian singt mit?«, fragte Schlunz begeistert.
»Nun«, begann Arthur, »das finden wir ...«
»Das besprechen wir zum Beispiel morgen«, sagte Helmut weiter zu Schlunz, ohne auf Arthur zu achten.
»Morgen?«
»Ja. Morgen Abend treffen sich alle, die bei der Planung des Gemeindefestes mitüberlegen wollen. Und wenn du so viele gute Ideen hast, wie Adelheid es gesagt hat, dann bist du morgen Abend herzlich eingeladen.«
»Klasse!«, freute sich Schlunz. »Darf Lukas auch mitkommen?«
»Selbstverständlich.«
»Ich auch?«, rief Nele.
Wieder begann Arthur: »Nun, wir finden, allzu viele sollten es dann ...«
»Du auch«, sagte Helmut zu Nele, »na klar.«
»Hurra!« Nele hüpfte auf der Stelle.
Arthur hob doch noch mal seine Hand: »Und das mit den Bonbonpapierchen, das müssen wir ...«
»Ich wette«, sagte Helmut zu Arthur, »wenn wir in fünf Minuten noch mal in unsere Fächer schauen, liegen da keine Papierchen mehr drin.« Damit fasste er Arthur locker am Ärmel und bewegte ihn und die anderen dazu, den Rückweg einzuschlagen. Im Umdrehen zwinkerte Helmut den Kindern noch mal kurz zu und dann marschierten die vier Erwachsenen weg.
»Wehe, wenn nicht«, hörten sie Arthur noch sagen.
»Das wird klasse«, juchzte Schlunz und stieß seinen Arm in die Luft.

Beim Mittagessen zeigte Nele stolz ihr Lesezeichen herum. »Ich weiß auch, was Zuflucht bedeutet«, schob sie gleich hinterher, »Hundehütte, Vogelnest und Höhle.«
Mama lachte. »Ja, das finde ich ganz gute Vergleiche.«
»Ich hatte früher immer ein Baumhaus, in das ich mich zurückgezogen habe«, sagte Papa.

»Echt?«, sagte Lukas. »Das hast du ja noch nie erzählt!«

Schlunz hatte sich Neles Lesezeichen genommen und las sich den Vers noch einmal halblaut vor: »... bei dem alten Gott und unter den ewigen Armen.« Doch dann stockte er: »Hey, seht mal hier! Ich glaub, ich spinne!«

»Was denn?« Lukas und Nele sprangen von ihren Stühlen auf und schauten Schlunz über die Schulter.

»Da steht unser Code! Das Passwort! 5-M-o-3-3-2-7!«

»Nein«, lachte Lukas. »Das ist die Bibelstelle! Fünfte Mose 33, Vers 27!«

»Was?« Schlunz hatte die Augen aufgerissen und schien nichts zu kapieren. »Was heißt das? Bibelstelle?«

»Na ja, jeder Satz oder jeder Vers in der Bibel hat eine eigene Beschreibung, damit man ihn in jeder Bibel findet.«

»Ein Geheimcode etwa? Jeder Bibelvers hat einen Geheimcode?«

»Na ja«, sagte Lukas, während er sich wieder hinsetzte, »nicht wirklich ein Geheimcode. Aber wenn man nicht weiß, was die Zahlen und das Mo bedeutet, dann ist es vielleicht wirklich wie ein Geheimcode.«

»Und was bedeuten dann die Zahlen und das Mo?«

»Hab ich doch gerade gesagt: 5 Mo bedeutet das fünfte Buch Mose. Die 33 ist das Kapitel und die 27 ist der Vers.«

»Cool«, Schlunz nickte vor sich hin. »Und wer hat sich diesen Code ausgedacht?«

»Das weiß ich auch nicht.«

»Den gibt es schon ganz lange«, erklärte Papa. »Früher, als die Leute die Bibel aufgeschrieben haben, haben sie das natürlich nicht in Kapitel eingeteilt. Aber irgendwann haben sich irgendwelche schlauen Leute überlegt, die Bücher der Bibel in Kapitel und Verse einzuteilen und sie durchzunummerieren. Damit kann man einen bestimmten Satz aus der Bibel schneller finden.«

»Aha«, sagte Schlunz. »Das ist auch wieder so ein Trick, nicht wahr, damit nur die Leute die Bibel kapieren, die schon immer damit aufgewachsen sind.«

»Nein«, sagte Papa. »Das ist wirklich nur, um die Bibelstellen besser zu finden.«

»Und wie soll ich die Stelle nun finden?«

»Nun, genau in der Reihenfolge, wie es dort unter dem Vers steht: Zuerst das Buch ›fünfte Mose‹ finden, dann das 33. Kapitel aufschlagen und da dann den Vers Nummer 27.«

»Aha«, sagte Schlunz wieder, »und wo finde ich das 5. Buch Mose? Ist das in irgendeiner Höhle in der Wüste versteckt? Oder habt ihr es am Ende bei euch im Bücherregal stehen?«

Papa lachte. »Bei uns im Bücherregal. Sogar bei Lukas und Nele im Zimmer.«

»Was?« Schlunz riss wieder die Augen auf. »So geheime Bücher habt ihr?«

»Das fünfte Buch Mose ist eins der Bücher in der Bibel«, begann Papa.

»Bücher in der Bibel?«, unterbrach ihn Schlunz. »Was soll das denn heißen? Die Bibel ist doch ein Buch, oder nicht?«

»Doch. Aber in der Bibel sind wieder viele Bücher hintereinandergestellt. Du kannst dir das wie einen Sammelband vorstellen. Da sind auch in einem Buch viele kleinere Bücher hintereinandergestellt. Und eins davon heißt ›fünfte Mose‹.«

»Aha«, sagte Schlunz wieder, »und die anderen dann ›zehnte Mose‹ und ›hundertste Mose‹.«

»Nein«, lachte Papa. »Es gibt nur fünf Bücher Mose. Die anderen heißen dann Psalmen, Jesaja oder Lukas.«

»Lukas!«, wiederholte Schlunz. »Cool! Gibt es auch ein Buch Schlunz?«

»Nein.« Jetzt lachten Mama und Papa.

»Und ein Buch Nele?«, fragte Nele.

»Nein«, grinste Mama.

»Wieso kennt ihr euch da so gut aus?«, fragte Schlunz.

»Weil uns die Bibel wichtig ist«, sagte Mama. »Die Bibel ist das Buch, aus dem wir erfahren, was Gott möchte und wie Gott über uns denkt.«

Schlunz nickte anerkennend und Papa schob noch hinterher: »Wir lesen jeden Tag einen Abschnitt in der Bibel.«

»Jeden Tag?« Schlunz staunte schon wieder. »Dann habt ihr sie doch bestimmt schon längst ausgelesen.«

»Ja«, sagte Papa, »dann lesen wir trotzdem weiter darin. Je mehr wir in der Bibel lesen, umso besser lernen wir Gott kennen.«

»Ist ja krass«, sagte Schlunz und betrachtete weiter das Lesezeichen, »ein Geheimcode in der Bibel. Was man bei euch alles lernt!«

Nach dem Mittagessen flitzten Lukas, Schlunz und Nele sofort nach oben in Lukas‹ Zimmer. »Los«, befahl Schlunz, »holt den Zettel mit dem Code von dem unbekannten Täter! Und eine Bibel!«

Nele holte den Zettel und Lukas seine Bibel.

»5mo3235«, las Schlunz noch einmal vor. »Das könnte also heißen: Fünfte Mose, Kapitel 32, Vers Nummer 35.«

Lukas blätterte in seiner Bibel. Die ersten fünf Bücher der Bibel waren Mose-Bücher. Das fünfte Buch der Bibel war also auch das fünfte Buch Mose. Das stand auch groß oben auf der Seite. Lukas suchte nach Kapitel 32. Er wusste, dass die dicken Zahlen am Rand der zwei Textspalten die Kapitel-Angaben waren. Dann ging er in den Spalten die kleinen Zahlen durch, die vor fast jedem neuen Satz angegeben waren. Das waren die Versnummern. Als er Vers 35 gefunden hatte, las er ihn laut vor: »Ich werde bald an ihnen Rache nehmen und sie für alle Bosheit bestrafen. Noch kurze Zeit, dann kommt ihr Untergang, ihr Ende ist nicht aufzuhalten.«

Nele stieß einen erstickten Schrei aus, als Lukas den Vers zu Ende gelesen hatte. Lukas spürte ebenfalls, wie ihm ein kalter Schauer über den Rücken lief. So etwas hatte er in der Bibel noch nie gelesen. Im Kindergottesdienst lernten sie eigentlich nur Bibelverse, in denen es darum ging, dass Gott die Menschen liebt. Bibelverse, die von Rache und Strafe handelten, kannte er nicht. Auch so etwas stand in der Bibel? Lukas fand das unheimlich. Aber Schlunz grinste geheimnisvoll, leckte sich einmal mit der Zunge über den ganzen Mund und sagte: »Lukas, wir sind auf der richtigen Spur!«

15

Am nächsten Tag nach den Hausaufgaben fuhren Schlunz, Lukas und Nele zu Schütterlings in den Laden und zeigten ihnen, was sie herausgefunden hatten.

»Das kann doch auch alles Zufall sein!«, schimpfte Herr Schütterling.

»Aber wissen Sie nicht mehr?«, rief Schlunz. »Auf den ausgerissenen Seiten in Ihrem Gesangbuch und der Bibel waren auch die Wörter Rache und so weiter unterstrichen!«

»Alles Quatsch«, schimpfte Herr Schütterling. »Wer sollte sich an mir rächen wollen? Wer denn?«

»So ein Elend«, jammerte Frau Schütterling, die wieder hinter der Kasse eingequetscht war. »Ein Leben lang immer nur Arbeit und Kummer. Allen wollten wir es recht machen und das ist der Dank.«

»Wieso nur Arbeit und Kummer?«, fragte Schlunz zurück.

»Ach, der Laden hier, der nur Arbeit macht und so wenig einbringt«, jammerte Frau Schütterling weiter.

»Jetzt hör auf damit«, schimpfte Herr Schütterling, »das bringt doch nichts.«

»Und ein Leben lang den Ärger mit der Mutter«, ließ sich Frau Schütterling nicht beirren.

»Sie meinen die, die immer oben aus dem Fenster schaut?«

»Ja!« Frau Schütterling deutete mit ihrem Kinn verächtlich auf Herrn Schütterling. »Immer nur Geschimpfe und Gekeife. Das soll noch ein Mensch aushalten.« Sie wackelte mit dem Kopf, als wollte er ihr gleich vom Hals fallen. »Immer nur Ärger. Keine Dankbarkeit.«

»Die sieht wirklich nicht sehr freundlich aus«, gab Schlunz zu. »Könnte es sein, dass die sich rächen wollte?«

»Ach Quatsch«, sagte Herr Schütterling. »Die kann doch gar nix mehr. Die sitzt da oben und schimpft vor sich hin. Ist auch gut so. So lange sie da oben schimpft, kann sie uns hier unten nicht mehr das Leben zur Hölle machen.«

»Zur Hölle«, wiederholte Schlunz erschrocken.

»Du weißt schon«, sagte Herr Schütterling und schimpfte dabei nicht mehr.

»Ja, zur Hölle hat sie es uns gemacht«, fing Frau Schütterling wieder an. »Und dann die Last mit dem Jungen!«

»Mit dem Jungen?«

»Mit dem Hannes.« Frau Schütterling hörte gar nicht mehr auf, mit dem Kopf zu wackeln. Irgendwie sah das unheimlich aus, fand Lukas.

»Wieso ist der Hannes eine Last?«, fragte Schlunz.

»Ach, du siehst doch, was aus ihm geworden ist.«

»Was denn?«

»Na, nichts! Nichts ist aus ihm geworden!« Sie gluckste und schluchzte und hielt sich mit beiden Händen ihren Kopf fest, vermutlich, damit er nicht runterfiel.

»Schlechte Noten in den Schulzeugnissen«, ergänzte Herr Schütterling böse, »keine abgeschlossene Berufsausbildung, nur Kistenschleppen in unserem Laden! Unser Brot isst er, aber nützen tut er uns nichts!«

Lukas erschrak darüber, wie jemand so über sein eigenes Kind reden konnte. Er musste wieder mal daran denken, wie gut er es zu Hause hatte. Seine Eltern würden nie so über ihn reden.

Hannes kam um die Ecke und machte mal wieder ein Gesicht, das ein Gemisch aus Erschrecken und Angst darstellte. »Hallo«, sagte er vorsichtig.

»Da bist du ja«, knurrte Herr Schütterling und hielt ihm den Zettel vor die Nase, auf den Nele den Bibelvers geschrieben hatte. »Schau mal, was die Kinder rausgefunden haben. Jemand will sich an uns rächen!«

Hannes las den Zettel und erschrak. »Wie habt ihr das rausgefunden?«

»Es hat eine Weile gedauert, aber dann kamen wir drauf«, sagte Schlunz. »Der Täter ist also jemand, der sich mit der Bibel auskennt!«

»Na, so was«, sagte Hannes und schaute Herrn Schütterling an. »Wieso habt ihr das nicht schon längst rausgefunden?«

»Ach, was weiß ich!«, schimpfte Herr Schütterling. »Weil ich solchen Schmierereien nicht auch noch Beachtung schenken will!«

»Ich hab aber Angst«, begann Frau Schütterling von Neuem. »Wenn uns wirklich jemand Böseres antun will, was kommt dann noch alles?«

»Die Polizei hat gesagt, sie kümmert sich. Und damit ist die Sache für uns erledigt!«, sagte Herr Schütterling.

»Hannes«, jammerte Frau Schütterling, »du bist doch unser Ein und Alles! Du beschützt uns, nicht wahr?«

Hannes kam sofort auf sie zu, stützte ihren Kopf mit seinem Körper und strich ihr tröstend über die Schultern. Aber sein Blick blieb ängstlich. »Na klar mach ich das.«

Auch Herr und Frau Kunze waren erschüttert über die Entdeckung der Kinder. »5. Mose 32,35«, las Herr Kunze die Bibelstelle noch mal vor sich hin. »Dass ich da nicht gleich draufgekommen bin.« Er schaute seine Frau an. »Gunhild, was sollen wir jetzt tun?«

»Beten, Eugen«, sagte seine Frau und streichelte ihrem Mann fürsorglich den Rücken, »beten.«

In den Augen von Herrn Kunze lag etwas wie Angst. »Und was noch?«

»Gott ist unser Richter«, sagte Frau Kunze. »Er wird für uns streiten.«

»Ja«, sagte Herr Kunze langsam und nickte. »Aber auch gegen einen Wahnsinnigen?«

»Ja«, sagte Frau Kunze wieder.

»Haben Sie denn keine Angst?«, fragte Schlunz Frau Kunze.

»Doch«, sagte Frau Kunze, »sehr. Aber ich weiß, dass Gott auf meiner Seite steht. Darum kann ich feste stehen.«

»Herr Kunze«, sagte Schlunz, »haben Sie denn jetzt eine Ahnung, wer Ihnen so Böses wünscht?«

Herr Kunze schüttelte den Kopf. »Karl-Heinz ist uns noch böse wegen der Sache von damals. Aber er würde so etwas niemals tun.«

»Was ist mit Arno und Süffi?«

»Süffi?« Herr Kunze schaute auf. »Wer soll das sein?«

»Er meint den Kleinen von Hannemanns«, erklärte Frau Kunze, »den Benjamin.«

»Ach«, seufzte er und schüttelte lange schweigend den Kopf. »Meint ihr, diese Buben könnten solches tun?«

»Hätten sie denn Grund dazu?«

Wieder schüttelte er lange seinen Kopf.

»Viele junge Leute haben Zorn auf meinen Mann«, sagte dann Frau Kunze, »weil er zu seiner Zeit als Pastor auch schon mal die Menschen ermahnt hat, ihr Leben zu ändern.«

»Auch Arno und ... also, Benjamin?«

»Die beiden waren ja noch kleine Kinder, als mein Mann in den Ruhestand ging. Ich glaube nicht, dass sie vorher Grund zum Zorn auf ihn bekommen hatten. Aber was er ihnen danach manchmal gesagt hat, das kann ihnen nicht immer nur gefallen haben.«

»Was denn zum Beispiel?«

Herr Kunze winkte ab. »Ach«, sagte er und schüttelte den Kopf. »Nichts, was so schlimm wäre, dass man dafür Hauswände beschmiert.«

»So, so«, sagte Schlunz langsam. Und damit verabschiedeten sie sich von den Kunzes.

Am Abend machten sich Lukas und Schlunz zusammen mit Papa auf den Weg ins Gemeindehaus. Nele hatte noch lange darum gebettelt, mitkommen zu dürfen, aber Mama fand, dass es zu spät war, immerhin war am nächsten Tag Schule und Nele war erst neun.

»Ich freu mich schon«, sagte Schlunz ein paar Mal, während sie mit dem Auto zur Gemeinde fuhren. In der Hand hielt er sein Pupskissen.

»Was hast du denn damit vor?«, fragte Lukas leise.

»Kann man immer mal gebrauchen«, freute sich Schlunz.

Als sie aus dem Auto stiegen und auf die Eingangstür zugehen wollten, sah Lukas, wie Schlunz erstarrt stehen blieb und erschrocken seine Augen aufriss.

»Marius«, entfuhr es ihm, aber er sagte es ohne Stimme.

Lukas schaute in die Richtung, in die Schlunz starrte. Ein Jugendlicher von höchstens 20 Jahren war gerade dabei, von seinem Fahrrad abzusteigen. Er lächelte die Jungen freundlich an.

»Marius«, sagte Schlunz noch einmal, diesmal etwas lauter, aber er bewegte sich immer noch nicht.

Der Jugendliche stellte sein Fahrrad vor der Treppe ab und legte ihm ein Schloss an. »Hallo«, sagte er und schaute Schlunz an, der ihn immer noch regungslos anstarrte. »Wen meinst du?«

»Wo warst du so lange?«, fragte Schlunz, aber seine Stimme schien noch Schwierigkeiten zu haben, sich wieder in seinem Hals ausbreiten zu können.

»Ich hab Zivildienst gemacht«, sagte der Jugendliche, »in Kassel. Aber Ende des Monats bin ich fertig. Und jetzt hab ich noch Urlaub.« Er kam auf Schlunz zu. »Und wer bist du?«

Schlunz legte seinen Kopf schief. Tränen schossen in seine Augen. »Das weißt du doch«, sagte er. In seiner leisen Stimme lag ein wenig Verzweiflung.

»Nein«, sagte der andere. Sein Lächeln wirkte plötzlich verunsichert. »Als ich das letzte Mal hier war, hab ich dich noch nicht gesehen. Wie heißt du denn?«

»Marius!« Jetzt bekamen Schlunz‹ Blick und Stimme etwas Flehendes. »Marius! Endlich bist du wieder da!« Schlunz griff nach beiden Armen des jungen Mannes.

»Hallo Marius«, sagte der Jugendliche. »Ich bin Tim.«

Lukas begriff hier gar nichts mehr. Marius? Wer war hier Marius? Hieß der Schlunz Marius? War das nun plötzlich das Ende der Suche? So ganz unvermittelt vor dem Gemeinde-

21

haus? Schlunz hielt die Arme seines Gegenübers fest und schüttelte daran, als müsste er jemanden wecken.

»Nein, Marius«, sagte er jetzt laut und dicke Tränen rannen über seine Wangen. »Du bist Marius! Du bist der Marius!«

»Du musst mich verwechseln«, sagte der junge Mann weiter und versuchte sich vorsichtig aus Schlunz‹ Griff zu lösen. »Ich heiße Tim.«

Aber Schlunz ließ ihn nicht los. »Hör auf damit, Marius«, weinte er jetzt und umschlang mit beiden Armen den Körper des anderen. »Ich weiß es doch! Ich weiß es doch!« Schlunz schluchzte und weinte wie an dem Tag, als Papa ihn zum ersten Mal in seinen Armen gehalten hatte, als sie ihn im Wald gefunden hatten und er seine ganze Angst und Verzweiflung in Papas Hemd geweint hatte. Papa näherte sich Schlunz und legte ihm vorsichtig die Hände auf die Schultern.

»Gehört der zu euch?«, fragte der Jugendliche und schaute Papa an.

»Ja«, sagte Papa und drehte Schlunz an den Schultern so um, dass er seinen Griff lösen musste und sich sofort an Papa festkrallte. »Wir kennen seinen richtigen Namen nicht. Er nennt sich Schlunz. Er kann sich an seine Vergangenheit nicht mehr erinnern.«

»Ach ja«, sagte der Jugendliche und strich sich sein T-Shirt wieder glatt, wo Schlunz ihn umarmt hatte. »Davon habe ich gehört.« Er lächelte wieder und versuchte, Schlunz anzuschauen. »Freut mich, dich kennenzulernen.« Er streckte seine Hand aus, als wollte er Schlunz die Hand geben. Die Haut seiner Arme war hell und unzählige Sommersprossen verrieten, dass er sich gern in der Sonne aufhielt. Insgesamt wirkte er nett und sportlich. Seine Kleidung und seine Turnschuhe verstärkten diesen Eindruck. Seine blonden, kurzen Haare waren vorne am Pony mit Gel nach oben gestellt und das, obwohl er gerade erst seinen Fahrradhelm abgezogen hatte. Schlunz blinzelte nur vorsichtig aus seinen verheulten Augen in Tims Richtung. Er hielt Papa umschlungen.

»Tut mir leid, dass ich dir nicht helfen kann«, sagte der Jugendliche weiter, »aber ich heiße wirklich Tim. Tim Hansen. Nicht Marius.« Er presste seine Lippen zusammen und zog die Augenbrauen hoch. »Okay?«

Schlunz nickte ein wenig. »Okay«, kam es leise aus Papas Pullover.

Papa strich Schlunz über den Rücken und sagte: »Es stimmt, Schlunz. Das ist Tim. Er ist seit seiner Kindheit in unsere Gemeinde gegangen. Und seit Anfang des Jahres ist er zum Zivildienst nach Kassel gegangen. Darum haben wir ihn in den letzten Monaten so selten hier gesehen.«

»Genau«, stimmte Tim ihm zu.

»Und du?«, fragte Papa und schaute Schlunz dabei an. »Hast du dich denn jetzt an etwas Wichtiges erinnert? An deinen Namen? An Marius? Wer ist Marius und woher kennst du ihn? Fällt dir irgendetwas ein?«

Schlunz bewegte sich lange nicht. Er schaute mit wässrigen Augen starr vor sich hin, als hinge er irgendwelchen verborgenen Erinnerungen nach. Dann schüttelte er langsam den Kopf. »Nein«, sagte er traurig. »Ich weiß nichts.«

»Dann lass uns jetzt reingehen«, wollte Papa die Unterhaltung abschließen.

»Aber später«, sagte Schlunz noch und zeigte auf Tim, »später erzählst du mir alles, ja?«

»Was meinst du damit?« Tim schaute unsicher von Schlunz zu Papa, dann wieder zu Schlunz.

»Na, alles«, sagte Schlunz. »Ich will alles wissen. Von mir aus sag ich auch immer Tim zu dir. Aber ich will wissen, woher ich komme.«

»Puh«, stieß Tim seufzend aus und fuhr sich mit seinen Händen über seine Haare.

»Komm schon«, sagte Papa und schob Schlunz ins Gemeindehaus.

16

In dem Besprechungsraum saßen um einen großen Tisch bereits mindestens zehn Leute: Pastor Finke, seine Sekretärin Frau Opelbrink, Hausmeister Karl-Heinz Brause, Arthur Preisel, Adelheid und noch einige Männer und Frauen, deren Namen Lukas nicht kannte. Sie alle waren in verschiedene Gespräche vertieft und verstummten augenblicklich, sobald Papa, Lukas, Schlunz und Tim den Raum betraten.

»Tim«, sagte der Mann, der neben Pastor Finke saß, und erhob sich, »schön, dass du mal wieder bei uns bist!« Er kam um den Tisch herum und gab Tim freudig die Hand. Lukas, Schlunz und Papa beachtete er nicht. Papa setzte sich neben Arthur Preisel. Arthur gab Papa die Hand und grüßte ihn freundlich: »Guten Abend, Jens.« Schlunz und Lukas wurden auch von ihm nicht begrüßt. Erst als sie sich setzten, sahen sie, dass auch Helmut Eschenbach da war und dass Schlunz sich zufällig genau neben ihn gesetzt hatte. Helmut grinste über sein ganzes Gesicht und knuffte Schlunz freundschaftlich in den Oberarm. »Hallo, mein Freund«, gab er kaum hörbar von sich. Diese Worte mussten ein Zauberspruch gewesen sein. Denn Lukas konnte zusehen, wie innerhalb der nächsten zehn Sekunden aus dem traurigen, verheulten Gesicht vom Schlunz wieder ein fröhliches, mutiges Gesicht wurde.

»Hallo«, sagte Schlunz und freute sich.

Neben Helmut beugte sich noch eine Person nach vorne, um Schlunz und Lukas besser sehen zu können. »Guten Abend, ihr drei«, sagte sie. Und erst jetzt erkannte Lukas, dass es sich dabei um Lilian handelte, die Klavierspielerin vom letzten Sonntag. »Hallo«, sagten Lukas und Schlunz wie aus einem Mund und ihr Gesicht hellte sich noch mal auf.

Pastor Finke räusperte sich und fuhr sich mit beiden Händen über seine Krawatte. Das schien der entscheidende Hinweis für Arthur Preisel zu sein, denn er räusperte sich sofort danach ebenfalls und richtete das Wort an die Anwesenden: »Nun, liebe Brüder, wir sind zusammengekommen, um gemeinsam das Gemeindefest zu planen. Dabei freuen wir uns besonders, dass in diesem Jahr auch die Jugend ihren Beitrag dazu leisten möchte.« Dabei warf er Schlunz und Lukas einen seltsamen Blick zu, der wahrscheinlich freundlich sein sollte, der aber mehr wie eine Drohung aussah. »Wehe, ihr macht unser schönes Gemeindefest kaputt mit euren verrückten, schlunzigen Ideen«, schienen seine Augen zu sagen.

Pastor Finke hustete vorsichtig in seine Faust und strich sich mit der anderen Hand über seine Krawatte. Es schien, als wolle er etwas sagen. Aber Arthur Preisel redete gleich weiter: »Ich denke, das Gemeindefest in den letzten Jahren hat allen immer wieder gut gefallen und ist allen zum Segen geworden. Von daher schlage ich vor, dass wir die Einteilung und den groben Ablauf vom letzten Jahr einfach wieder übernehmen. Rosemarie«, er deutete mit seiner Hand auf die Gemeindesekretärin, »hat den Ablauf schon mal aufgeschrieben und für uns alle kopiert.«

»Moment mal«, mischte Schlunz sich ein, »ihr habt doch gesagt, die Schülerband darf in diesem Jahr mitmachen.«

»Ja«, antwortete Arthur Preisel, »das finde ich auch eine sehr gute Idee. Und wir dachten, ihr könnt in der Mittagspause im Jugendraum unten im Keller für interessierte Besucher gern das eine oder andere Lied vorspielen.«

Rosemarie Opelbrink hatte sich von ihrem Platz erhoben und ging einmal um den Tisch herum, um jedem ein Blatt Papier auszuteilen.

»Nein, nein«, entgegnete Schlunz, »ihr hattet gesagt, wir dürfen die Lieder im Gottesdienst aussuchen und begleiten.«

»Nun«, begann Arthur, »sicher weißt du, dass ein Gottesdienst nicht der richtige Ort ist, an dem ...«

»Oh«, unterbrach ihn Schlunz und hob seine Hand, »mein Schuh ist auf!« Und damit verschwand er unter dem Tisch.

Arthur war etwas verwirrt, wollte aber weiterreden: »... an dem ... also, an dem eine Band, also eine weltliche Musikgruppe ... ihren ... äh ... Ort hat.«

Schlunz tauchte wieder auf: »Das habt ihr gestern aber gesagt. Nicht wahr, Helmut?«

Helmut lächelte immer noch. »Das stimmt, das haben wir gesagt. Das hat Arthur sicher vergessen.«

»Das hab ich nicht vergessen«, widersprach Arthur. »Aber ich finde, also, Gott findet, dass der Gottesdienst zu seiner Ehre gefeiert werden muss.«

»Das wird er doch«, sagte Helmut.

Rosemarie Opelbrink war wieder an ihrem Platz angekommen und setzte sich. Es pupste unverschämt laut, als sie sich auf ihren Stuhl fallen ließ. Alle drehten sich zu ihr um. Lilian lachte laut, Schlunz grinste selbstzufrieden einmal übers ganze Gesicht. Rosemarie Opelbrink errötete: »Entschuldigung.«

»Arthur«, begann Helmut nun, »lass uns doch mal die Chance nutzen, dass hier ein paar junge Kerle sind, die sich für unsere Gemeinde einsetzen und die was tun wollen. Das sollten wir unbedingt unterstützen.«

»Ja, aber doch nicht im Gottesdienst.« Arthur strich sich mit den Fingern über seinen Schnurrbart.

»Doch, auch im Gottesdienst.«

»Ich find das auch gut«, sagte eine Frau, die in der Nähe der Sekretärin saß.

Adelheid beugte sich leicht nach vorne: »Dieser Junge will Rockmusik spielen, hat er gesagt.«

»Hab ich nicht gesagt«, empörte sich Schlunz, »ich hab gesagt, ich will Lieder singen, die alle kapieren und die alle gern mitsingen und die nicht so Geheimwörter haben, wie ihr sie in euren Liedern habt.«

Adelheid schob ihre Brille nach vorne: »Aber sie sollen Gott loben!«

»Weiß ich doch«, sagte Schlunz, »aber man kann doch auch Gott loben, ohne eine Geheimsprache zu benutzen!«

Adelheid schnappte nach Luft, aber sie sagte nichts. Schlunz redete weiter: »Wenn der Arthur Preisel Ihren Samstagstee lobt, dann tut er das doch auch ohne Geheimsprache, oder?«

»Was?« Adelheid schob ihre Brille zurück und wieder nach vorne. Sie schaute sich hektisch im Raum um. Einige tuschelten. »Woher weißt du ... ich meine, wer sagt denn ...«

Schlunz ließ sich nicht beirren: »Und wenn wir wirklich unsere Freunde und Mitschüler mitbringen sollen, dann sollen die doch auch kapieren, was wir da singen. Dachte ich zumindest.«

Helmut legte Schlunz eine Hand auf seinen Unterarm. »Du hast recht, Schlunz. Aber du musst auch verstehen, dass das für manche von uns nicht ganz so schnell geht, mal was anderes auszuprobieren.«

»Warum nicht?«

»Wie gesagt«, sagte die Frau von vorhin noch einmal, »ich find das gut.«

Rosemarie Opelbrink erhob sich kurz von ihrem Stuhl und griff nach einem der übrig gebliebenen Blätter in der Tischmitte: »Hier liegen noch Abläufe, falls noch jemand einen braucht.« Mit einem Blatt in der Hand ließ sie sich wieder auf ihren Stuhl plumpsen. Wieder pupste es laut. Einige ließen empört ein »Oooh« hören und Adelheid flüsterte: »Also!« Rosemarie Opelbrink wurde wieder rot und piepste: »Entschuldigung.«

Es entstand ein merkwürdiger Moment der Stille. Dann meldete sich Tim zu Wort: »Ich find das auch gut, wenn der Schlunz mit seiner Band Musik macht. Ich würde sogar mitmachen.«

»Ich auch«, freute sich Lilian.

Arthur bekam ein strenges Gesicht: »Lilian, bitte!«

Jetzt beugte sich wieder Helmut vor. »Was hast du, Arthur? Es ist doch alles gut. Da sind Kinder, die Musik machen wollen. Da sind zwei Erwachsene, die die Kinder begleiten und ihnen Ratschläge geben. Und wir vertrauen Gott, dass er dafür sorgt, dass es ein Gottesdienst wird, der ihn ehrt.«

Arthur fuhr sich mit seiner Hand über den Schnurrbart. »Meinst du nicht, dass Tim noch ein bisschen zu jung ist?«

»Er ist neunzehn«, sagte Helmut, »er ist erwachsen.«

»Und Lilian«, setzte Arthur erneut an, aber er brachte seinen Satz nicht zu Ende.

Helmut wandte sich Lilian und Tim zu, die an einer Ecke des Tisches saßen. »Tim, Lilian, habt ihr Gott lieb?«

»Ja«, sagten beide wie aus einem Mund und ihre Gesichter wurden hell.

»Und liebt ihr Musik, mit der Gott verehrt wird?«

»Ja«, sagten die beiden noch entschiedener.

»Und liebt ihr Kinder?«

»Ja«, antworteten Tim und Lilian und strahlten.

Helmut sah Arthur fest an. »Dann sehe ich keinen Grund, warum wir den beiden nicht zutrauen sollten, mit Schlunz und den anderen Kindern wunderbare Musik für das Gemeindefest vorzubereiten.«

Schlunz lächelte vorsichtig Tim an und sagte leise: »Danke, Marius.«

17

Im weiteren Verlauf des Abends wurde überlegt, mit welchem bunten Programm man die Gäste noch unterhalten könnte. Das heißt, eigentlich wurde das nicht überlegt, denn die Programmpunkte der letzten Jahre waren schon auf dem Blatt notiert, das Frau Opelbrink allen ausgeteilt hatte.

»Ich hab noch kein Blatt«, sagte der Mann, der neben Pastor Finke saß.

»Hier ist noch eins«, sagte Frau Opelbrink, erhob sich kurz von ihrem Stuhl, griff in die Mitte des Tisches und reichte ihm einen Ablaufplan. Als sie sich setzte, pupste es wieder laut durch den ganzen Raum.

»Entschuldigung«, sagte sie und errötete von Neuem.

In all den letzten Jahren boten die Frauen des Frauenkreises auf einem Basar selbst gehäkelte Topflappen und mit Servietten beklebte Untersetzer, Lampenschirme und Türschilder an. Ein Basar, das musste Lukas dem Schlunz schnell erklären, war so etwas wie ein Flohmarkt. Aber ein Flohmarkt im Gemeindehaus hieß eben Basar.

»Einen Flohmarkt finde ich klasse«, sagte Schlunz. »Den gab es auch auf dem Feuerwehrfest. Lasst es uns so machen, dass alle Kinder, die wollen, ihre alten Spielsachen mitbringen und dort verkaufen dürfen.«

»Das geht nicht«, fuhr Arthur dazwischen.

»Warum nicht?«, wunderte sich Schlunz.

»Das«, Arthur rang nach Worten, »das war noch nie so!«

Wieder war es Helmut, der Schlunz rettete: »Dann lasst es uns doch in diesem Jahr mal so ausprobieren.«

»Eine gute Idee«, sagte die Frau in der Nähe der Sekretärin.

Zum Mittagessen sollte es eine Suppe vom Frauenkreis geben, dazu Pflaumenkuchen, Schmalzbrote und nachher selbst gebackene Waffeln.

»Und was ist mit Pommes?«, warf Schlunz noch ein.

»Ja«, rief der Mann, der neben Pastor Finke saß, begeistert. »Eine gute Idee!«

»Wer soll die denn alle zubereiten?«, wandte Arthur ein.

»Dieselben, die auch die Suppe zubereiten«, schlug Schlunz vor.

»Suppe reicht völlig«, sagte Adelheid entschieden. »Das war all die Jahre immer genug.«

»Aber jetzt sollen wir doch unsere Freunde mitbringen«, sagte Schlunz. »Und die mögen keine Suppe. Die mögen Pommes.«

Als Programm zur Unterhaltung sollte der Chor einige Lieder vortragen. »Und wer bereitet die Schatzsuche für die Kinder vor?«, fragte Schlunz.

»Schatzsuche?« Arthur hatte bereits einige Schweißperlen auf der Stirn. »Die gibt es nicht.«

Tim hob seine Hand: »Ich bereite eine vor.«

»Klasse«, sagte Helmut fröhlich.

»Ist das denn noch ein Gemeindefest oder ein Kindergeburtstag?«, fragte Arthur.

»Ein Gemeindefest«, sagte Helmut.

»... auf dem es so schön ist wie auf einem Kindergeburtstag«, ergänzte Schlunz und nach einer kurzen Pause fiel ihm noch ein: »Und wie auf einem Feuerwehrfest.«

Adelheid japste nach Luft. »Also«, krächzte sie und schob ihre Brille runter und wieder hoch.

»Wir sind nicht auf einem Feuerwehrfest«, sagte Arthur mit erhobenem Zeigefinger, »sondern in einer Gemeinde, die sich unter dem Wort Gottes trifft.«

»Auf dem Feuerwehrfest waren auch Leute aus eurer Gemeinde«, platzte es aus Schlunz heraus.

»So«, sagte Arthur und rümpfte die Nase.

Jetzt war es Papa, der sich einmischte: »Schlunz, jetzt sei aber mal leise.«

»Keine Angst«, sagte Schlunz, ohne leise zu werden, »ich verrate ihnen nicht, dass du auch da warst.«

Papa wurde sofort rot und schaute zu Arthur rüber: »Also, äh, nur weil, weil der Schlunz unbedingt ... also ...«

Schlunz ließ Papa nicht ausreden. »Der Arno und der Süffi waren auch da.«

»Natürlich«, pfiff Adelheid zwischen den Zähnen heraus.

»Und Hannes war da«, zählte Schlunz weiter auf.

»Der gehört ja auch dorthin.« Das war von Hausmeister Brause gekommen.

Arthur ermahnte ihn: »Karl-Heinz, bitte!«

»Ist doch wahr«, redete Karl-Heinz Brause weiter. »So wie die ganze Familie mit ihren Kunden umgeht – kein Wunder, dass die jetzt diese Schmierereien an der Hauswand haben.«

»Karl-Heinz«, sagte Arthur schärfer.

»Was hast du?«, sagte Karl-Heinz Brause. »Du hast doch selbst gesagt, wenn du das nächste Mal ...«

»Karl-Heinz, Schluss jetzt!«, schimpfte Arthur Preisel laut.

Wieder entstand eine gespenstische Stille von zehn Sekunden.

»Wissen Sie denn was über die Anschläge an den Wänden von Schütterlings?«, fragte Schlunz und schaute auf Arthur.

»Ich weiß von nichts«, sagte Arthur schnell, ohne Schlunz anzuschauen.

»Und von den Anschlägen auf Kunzes?«

»Auch nicht.« Er griff nach ein paar übrigen Blättern, die auf dem Tisch lagen. »Hier, Rosemarie, das ist der Rest der Kopien.«

Rosemarie Opelbrink erhob sich, reckte sich über den Tisch und nahm die Blätter entgegen.

»Und Sie, Herr Brause?«, fragte Schlunz. »Wissen Sie mehr darüber?«

»Ich weiß so wenig wie Arthur«, brummte der Hausmeister und verschränkte die Arme. Rosemarie Opelbrink setzte sich mit den Blättern in der Hand hin. Diesmal knallte der Pups besonders laut. »Na!«, schnauzte Karl-Heinz Brause, der direkt neben ihr saß. »Kannst du auch noch was anderes als pupsen?«

»Entschuldigung«, sagte sie und hielt sich mit beiden Händen ihre erröteten Wangen fest. »Ich versteh das auch nicht.«

Als Schlunz und Lukas im Bett lagen, mussten sie noch lange über den Abend reden. Über das Gemeindefest, über die vielen Aktionen, die Schlunz sich noch überlegt hatte, über die Schülerband und dass der Schlunz sich jetzt ganz oft mit den anderen zum Proben treffen würde.

»Der Arthur Preisel und der Karl-Heinz Brause«, sagte Schlunz auf einmal, »die wissen was über die Anschläge auf Kunzes und Schütterlings.«

»Wie kommst du darauf?«, fragte Lukas.

»Hast du nicht gemerkt, wie die ins Stottern gekommen sind, als ich sie gefragt habe, ob sie was wissen?«

»Nein, hab ich nicht gemerkt.«

»Ich finde, die haben sich sehr verdächtig verhalten. Die sollten wir unbedingt weiter beobachten.«

Lukas interessierte noch etwas ganz anderes. »Schlunz«, begann er vorsichtig.

»Ja?«

»Das mit Tim vorher auf der Straße – ist dir da was eingefallen?«

Schlunz antwortete nicht. Lukas hörte, wie Schlunz lang und tief ein- und ausatmete. Dann zog er die Nase hoch. Und dann endlich sagte er wieder etwas: »Ich weiß nicht.«

»Du hast ihn mit Marius angesprochen«, versuchte es Lukas weiter. »Weißt du, wer Marius ist?«

Wieder seufzte Schlunz schwer, bevor er antwortete: »Nicht richtig. Es ist wie eine Wand. Eine Wand aus Glas. Aus dunklem Glas. Ich sehe, dass da eine Erinnerung ist, aber ich komm nicht dran.«

»Und was erkennst du hinter dem dunklen Glas?«

»Hm.« Wieder langes Schweigen. »Ich erkenne Marius. Und ich weiß, dass Marius jemand ganz Wichtiges für mich ist. Mein Bruder. Oder mein Vater. Nein. Nicht mein Vater. Das geht ja gar nicht. Aber so was Ähnliches.«

Lukas‹ Herz schlug schneller. Würde jetzt Schlunz sein Gedächtnis zurückbekommen?

»Und ich weiß ganz genau«, redete Schlunz leise weiter, »dass der, den wir heute Abend getroffen haben, Marius heißt.« Seine Stimme wurde wieder fest, als er sagte: »Es ist Marius. Mein Marius! Und er lügt, wenn er sagt, er heißt Tim. Das weiß ich ganz genau!«

»Aber es ist Tim«, sagte Lukas. »Ich kenne ihn doch auch. Er geht schon ganz lange in unsere Gemeinde. Nur in der letzten Zeit nicht mehr so oft. Weil er weggezogen ist. Hat er doch gesagt.«

»Ja, das hat er gesagt«, gab Schlunz zurück. »Aber es stimmt nicht. Vielleicht sieht er deinem Tim ähnlich. Aber dieser Typ ist Marius. Das sehe ich und das spüre ich. Er lügt uns an.«

Lukas hörte eine Weile zu, wie Schlunz nichts sagte, bevor er sich weiter vorantastete: »Aber warum sollte er das tun? Wenn er dich doch kennt, warum gibt er es nicht zu?«

»Tja«, sagte Schlunz und überlegte wieder lange, »wenn ich das wüsste.« Wieder eine Pause. Dann: »Irgendwas will er mir verheimlichen. Oder mich schützen. Irgendwas ist passiert, das ich nicht wissen soll.«

»Warum ist er dann nicht weggeblieben?«

»Vielleicht hat er mich vermisst.« Schlunz schniefte. Zuerst ein bisschen, dann immer mehr. »Ich vermisse ihn auch«, sagte er noch. Und dann hörte Lukas, wie Schlunz sich die Decke über den Kopf zog und weinte. »Ich will nach Hause«, hörte er ihn durch die Bettdecke weinen, »ich will nach Hause.«

Lukas fühlte sich hilflos. Armer Schlunz, dachte er nur. Wie kann ich ihm nur helfen? »Bitte, lieber Gott«, betete er leise vor sich hin, »beschütze den Schlunz. Bitte gib ihm sein Gedächtnis zurück. Bitte mach, dass das jetzt endlich bald ein gutes Ende nimmt.« Lukas war zu müde und zu traurig, um weiterzubeten. »Bitte, lieber Gott«, flüsterte er noch ein paar Mal vor sich hin. Dann schlief er ein.

18

»Frau Huhn hat uns erlaubt, dass wir bis übernächsten Sonntag dreimal die Woche nachmittags mit unserer Band proben dürfen«, verkündete Schlunz am nächsten Mittag stolz. »Mann, das wird klasse! Wenn alles so klappt, wie wir uns das vorstellen, dann wird es wirklich ein toller Gottesdienst. Dann lad ich wirklich alle aus der Schule ein.«
Mama, die gerade dabei war, das Essen auf die Teller zu verteilen, lachte. »Da bin ich ja mal sehr gespannt«, sagte sie.

Am Nachmittag fuhren Schlunz und Lukas wieder mit den Fahrrädern durch die Stadt. Am Haus der Schütterlings vorbei, am Haus der Kunzes vorbei, dann zum Stadtweiher. Die

beiden Häuser wiesen keine neuen Schmierereien auf. Ob sich der geheime Rächer zurückgezogen hatte? Die beiden Jungen stellten ihre Fahrräder ab und Lukas holte sein neues ferngesteuertes Boot vom Gepäckträger. »Ich zuerst!« Schlunz meldete sich wie in der Schule.

Lukas musste lachen.

Warum er im nächsten Augenblick nach oben zur Straße schaute anstatt aufs Wasser, wusste Lukas gar nicht. Es war, als hätte irgendetwas da oben seinen Blick magisch angezogen. Das leise Klicken des Fotoapparates konnte es nicht gewesen sein. Trotzdem durchfuhr ihn ein Schauer, als er die Frau mit dem Fotoapparat sah.

»Schlunz«, sagte er schnell und zeigte nach oben.

Schlunz schaute in dem Moment zur Straße, als sich die Frau umdrehte und verschwand.

»Das ist sie«, brach es aus Schlunz heraus und ohne ein weiteres Wort rannten beide über die Wiese vor dem Stadtweiher bis zur Straße. Oben angekommen, sahen sie gerade noch, wie die Frau schnellen Schrittes den Gehweg entlangging und dann gezielt auf eins der Autos zusteuerte, die am Straßenrand parkten. Sie trug ein hellbraunes Kleid, das gerade noch ihre Knie bedeckte. Kein Kopftuch, sondern einen Hut. Oder eine Mütze. Ein Gemisch aus beidem. Ein mützenartiger Hut in Rot. Ihre Haare sah man darunter nicht.

Schlunz und Lukas rannten los. Lukas war schneller. Die Frau war bereits um ihr Auto herumgelaufen, jenen silbernen Audi TT Roadster mit geschlossenem Verdeck, den sie nun schon so oft gesehen hatten. Sie stieg ein und startete den Motor.

»Halt!«, rief Schlunz. Fast hatte Lukas den Wagen eingeholt. Der Motor heulte laut auf und mit quietschenden Reifen brach der Audi aus der Parklücke heraus. Am liebsten hätte Lukas das Auto noch festgehalten. Mit einem Sprung hätte er die Stoßstange berühren können, so nah war er. Lukas stolperte und fiel auf die Straße.

»Die Fahrräder!«, rief Schlunz und rannte zurück. Lukas rappelte sich auf und versuchte, noch einen Blick auf das Nummernschild des Audi zu werfen. Aber zu viele parkende Autos versperrten ihm die Sicht. Lukas sah, wie der Audi die Straße runterfuhr und hinten irgendwo rechts abbog.

Schon stand Schlunz mit seinem Fahrrad neben ihm: »Wo ist sie?«

»Da vorne ist sie reingefahren!« Und dann rannte auch Lukas zurück, um sein Rad zu holen. Das Boot ließ er liegen. Hoffentlich würde das niemand klauen. Lukas sprang auf sein Rad und fuhr los. Vor sich sah er, wie Schlunz in die kleine Straße rechts abbog, in der auch der Audi verschwunden war. Lukas musste ganz schön in die Pedale treten, um Schlunz einzuholen. Jetzt bog auch er in dieselbe Straße ab. Sie war so schmal, dass sie den Audi hier leicht finden würden. Rechts ging wieder eine Straße ab. Schlunz fuhr geradeaus weiter. Lukas folgte ihm, aber dann sah er im Vorbeifahren den Audi in der Straße rechter Hand stehen, ein wenig versteckt hinter einem Baucontainer.

»Da ist er!« Lukas bremste scharf und bog in das schmale Seitensträßchen ab. Schlunz kam hinterher. Eine Einbahnstraße. Rechts und links der Fahrbahn parkten die Autos eng hintereinander. Die Frau in dem Audi schien sie bemerkt zu haben, denn der Wagen fuhr los. In dieser Straße kam er aber nicht so schnell voran. Schlunz und Lukas konnten mit ihren Fahrrädern gut folgen. Jetzt das Nummernschild lesen, dachte Lukas und starrte auf die Rückseite des Wagens. Die ersten zwei Buchstaben waren DA, dann HO, dann –

Plötzlich bremste das Auto. Lukas griff so schnell und fest wie möglich in seine Handbremsen. Er begann zu rutschen. Dann leuchteten zwei helle weiße Lichter auf der Rückseite des Autos auf. Lukas blieb kaum Zeit sich zu fragen, was das zu bedeuten hatte. Schon im nächsten Augenblick merkte er, dass das Auto den Rückwärtsgang eingelegt hatte. In einem Affentempo fuhr es nun geradewegs auf die beiden Jungen zu. Die Straße war zu schmal zum Ausweichen.

»Achtung!«, schrie Lukas und riss den Lenker zur Seite. Er schaffte es gerade noch, sich zwischen zwei parkende Autos am Rand zu retten. Schlunz bremste ab, aber sein Fahrrad geriet ins Schleudern. Es kippte zur Seite und landete auf der Straße. Die Frau im Audi nahm keine Rücksicht. In hohem Tempo fuhr sie auf den Schlunz zu. Sie schien fest entschlossen, den Jungen zu überfahren. Nur noch wenige Meter war sie entfernt. Mit einem langen Satz sprang Schlunz zur Seite hinter ein geparktes Auto. Im selben Augenblick hatte der Audi das Fahrrad auf der Straße erfasst und schleifte es mehrere Meter mit sich. Dann wieder Bremsen, Reifenquietschen. Motorheulen. Der Audi fuhr vorwärts und zog das Fahrrad, das sich hinten unter dem Auto verkeilt hatte, mit sich. Nach ein paar Metern löste sich das Fahrrad aber wieder mit lautem Krachen und blieb auf der Straße liegen. Viel zu schnell und mit viel zu lautem Motor bretterte der Wagen davon.

»Was, ihr habt euch das Nummernschild nicht gemerkt?« Mama war sehr besorgt, als die Jungen mit dem verbeulten Fahrrad und dem zum Glück nicht geklauten Boot von Lukas nach Hause kamen und von ihrem Unfall erzählten.

»Es ging alles so schnell«, sagte Schlunz und war noch völlig außer Puste. Sein Fahrrad war total verbeult. Das vordere Rad war ganz kaputt, das vordere Schutzblech und die Lenkstange waren verbogen. Der Rest sah außer ein paar schlimmen Kratzern zum Glück noch so aus, als könnte man das Fahrrad wieder reparieren.

Dass es nicht bloß ein Unfall war, sondern ein Anschlag von der Frau im silbernen Audi, erzählten sie nicht. Schlunz hatte darauf bestanden. Er hatte Angst, die Polizei oder Frau Rosenbaum würden ihm nun endgültig verbieten, vor die Haustür zu treten. Dafür hatte Lukas nichts davon gesagt, dass er die ersten Buchstaben auf dem Nummernschild erkannt hatte. DA, dann ... Mist, schon wieder vergessen. HO? HA? Eigentlich hatte er Schlunz sofort fragen wollen, was DA auf einem Nummernschild bedeutet. Aber Schlunz war so aufgeregt gewesen und so außer Atem, dass er sich nicht mehr getraut hatte.

»Wenn das Frau Rosenbaum erfährt«, sagte Mama noch und schüttelte sorgenvoll den Kopf.

»Sie muss es ja nicht wissen«, sagte Schlunz leise.

»Und da ist niemand ausgestiegen und hat nach euch geschaut?«, bohrte Mama weiter. »Das kann ich mir nicht vorstellen. So was ist unverantwortlich. Du hättest verletzt sein können. So jemand muss bestraft werden! Ich ruf gleich bei der Polizei an und erstatte Anzeige.« Sie ging zum Telefon. »Wisst ihr denn noch, wie das Auto aussah?«

Lukas wollte schon zugeben, dass es sich um einen silbernen Audi gehandelt hatte, da sagte Schlunz auch schon: »Ein VW. Ein schwarzer. Ein schwarzer, großer VW-Kombi.«

Und das sagte Mama dann auch der Polizei.

»Kannst du denn das Fahrrad wieder reparieren?«, fragte Schlunz Papa beim Abendessen.

»Kann sein«, sagte Papa, der sich das Fahrrad vor dem Essen schon einmal gründlich angeschaut hatte. »Aber ich kann euch nicht versprechen, dass ich das diese Woche noch schaffe.«

»Ist nicht schlimm«, sagte Schlunz, »irgendwann halt.«

»Hast du sie erkannt?«, fragte Lukas später am Abend, als er und Schlunz bereits im Bett lagen und das Licht aus war.

»Nein.« Schlunz überlegte eine Weile und sagte dann: »Ich kenne die Frau. Und ich weiß, ich hab keine gute Erinnerung an sie. Ihr Name liegt mir auf der Zunge. Aber ich komme nicht drauf.« Wieder überlegte er. »Irgendwas mit B.«

»Beate«, sagte Lukas.

»Nein.«

»Bärbel.«

»Nein.«

»Biene Maja.«

Schlunz lachte laut los. Lukas auch. Und dann lachten sie den ganzen Schrecken, der ihnen noch in den Gliedern saß, raus. Lukas wollte gar nicht mehr aufhören zu lachen und er spürte, dass da eine Angst in seinem Bauch saß, die das Lachen ersticken wollte. Aber dann fiel ihm wieder etwas anderes ein und er sagte: »Ich hab auch was erkannt.«

»Was denn?«

»Das Nummernschild vom Audi.«

»Echt?« Schlunz setzte sich in seinem Bett auf und hielt die Luft an. »Und wie lautet es?«

»Es fängt mit D - A an.«

»D - A?«

»Ja. Weißt du, was für ein Ort das ist?«

»Ja. DA steht für Dagobert-Stadt.« Und dann lachte er wieder los.

»Also weißt du es nicht«, sagte Lukas. Ihm war nicht mehr nach Lachen zumute.

»Doch«, sagte Schlunz und lachte auch nicht mehr. »Ich weiß, dass ich es kenne. D-A sagt mir was. Ich glaub, wir hatten auch D-A aufm Nummernschild.« Er starrte eine Weile ins Dunkle, bevor er sagte: »Aber ich bin mir nicht mehr sicher.«

Lukas knipste seine Bettlampe an, schwang sich aus dem Bett und holte den alten Autoatlas von Papa aus dem Regal. »DA heißt Darmstadt«, las er aus einer Tabelle vor.

»Darmstadt«, flüsterte Schlunz und starrte vor sich hin. Tränen schossen ihm in die Augen. »Papa«, flüsterte er. »Papa.«

Lukas stellte den Autoatlas zurück und setzte sich zu Schlunz auf die Bettkante. »Fällt dir jetzt alles wieder ein?«

Schlunz presste seine Hände vor die Augen. »Nein«, sagte er leise, »aber fast. Ich seh vieles vor mir, aber ich kann es nicht sagen. Ich seh so viel, aber mir fallen die Namen nicht ein.« Er kippte zur Seite und schluchzte leise in sein Kissen.

»Wir müssen nach Darmstadt fahren«, sagte Lukas, obwohl ihm der Gedanke nicht gefiel, dass die schöne Zeit mit Schlunz damit auch bald zu Ende sein würde.

»Ja«, seufzte Schlunz in sein Kissen hinein. »Aber zuerst müssen wir das Gemeindefest feiern.«

»Okay.«

Schlunz setzte sich wieder und sah Lukas an. »Und bis dahin sagen wir Mama und Papa nichts davon. Sonst hetzen sie sofort wieder den Psychologen und die Polizei auf mich und ich darf nicht mehr zum Gemeindefest.« Er kam mit seinem Gesicht Lukas noch näher. »Versprochen?«

»Versprochen«, sagte Lukas und fühlte sich dabei nicht wirklich erleichtert.

19

»Beim Getränkehandel Schütterling hat es gebrannt!« Anna hatte das gerufen, als Schlunz, Lukas, Nele und Meike gerade auf dem Weg zur Schule waren.

»Was?« Schlunz und Lukas schauten sich erschrocken an. Schlunz rannte sofort los. »Komm, Lukas, das müssen wir uns anschauen!«

»Wir kommen zu spät zur Schule!«, rief Lukas. Er war nicht losgerannt.

»Wir beeilen uns doch! Los, komm! Wenn der Rächer wieder zugeschlagen hat, sind seine Spuren heute Morgen noch frisch. Wenn wir schnell da sind, können wir bestimmt noch was entdecken!«

Anna, deren Schulweg ab der Rathausstraße den der Schmidtsteiners kreuzte, ging schon seit über einer Woche mit ihnen zusammen den Weg, wenn sie sich trafen. Immerhin spielte sie mit Schlunz in derselben Schülerband. Und seit Schlunz sich in den Kopf gesetzt hatte, auf dem Gemeindefest zu spielen, schmiedeten sie auf dem restlichen Schulweg unentwegt Pläne, welche Lieder in welcher Reihenfolge sie wohl singen könnten. Lukas war das manchmal gar nicht so recht, denn dann musste er mit Nele und Meike gehen, die ja beide über ein Jahr jünger waren als er.

Heute Morgen natürlich waren die Band und das Gemeindefest völlig uninteressant. Jetzt rannten sie alle in die Senkstraße zu Schütterlings: Schlunz, Anna, Nele, Meike – und weil sie alle rannten, setzte sich auch Lukas in Bewegung und lief hinterher.

Vor dem Zaun der Schütterlings standen schon etwa dreißig bis vierzig Neugierige, die leise und aufgeregt miteinander redeten. Der Holzschuppen neben dem Haus, der vorher noch dagestanden hatte, war zu einem großen Haufen Asche niedergebrannt. Ein paar Eisenteile deuteten noch darauf hin,

dass hier bis vor Kurzem noch Sachen gelagert haben mussten. Die Asche qualmte und verbreitete einen unheimlichen, stinkenden Nebel. Die Hauswand rund um den ehemaligen Schuppen war rabenschwarz. Auch das Gras war in einem großen Umkreis abgebrannt. Polizisten standen im Garten. Ein Feuerwehrmann sprach mit ihnen.

Dann sah Lukas, wie Hannes hinter dem Haus hervorkam. Er hielt einen Feuerlöscher in der Hand und stellte ihn in der Nähe des Aschehaufens ab. Auf der anderen Seite kam Herr Schütterling zur Haustür herausgewankt. Er schimpfte und fluchte und rief zwischendurch immer wieder nach Hannes.

»Was ist hier passiert?«, fragte Schlunz eine der herumstehenden Personen.

»Der Holzschuppen ist abgebrannt«, erklärte die angesprochene Frau. »Aber Hannes hat ihn schon gelöscht. Sie haben den Brand zum Glück früh genug entdeckt, sonst hätte es schlimm ausgehen können.«

»Wie ist das passiert?«

»Das weiß man noch nicht. Die Polizei ist gerade da, um etwas herauszufinden. Herr Schütterling ist fest davon überzeugt, dass das Feuer mit Absicht gelegt wurde.«

»Wirklich?«

»Ja. Hast du noch nichts davon gehört, dass hier jemand in letzter Zeit immer wieder Farbe an die Hauswand und an die Fenster schmiert? Jemand will die Schütterlings in Angst und Schrecken versetzen.«

»Und wer?«

»Das weiß keiner. Bis jetzt hat der Täter sich noch nicht dazu bekannt. Und auf frischer Tat ist er eben noch nicht ertappt worden.«

»Warum ist die Polizei nicht Tag und Nacht hier, um die Schütterlings zu beschützen?«

»Das weiß ich auch nicht.« Die Frau schaute kurz über den Zaun zu Herrn Schütterling, dann wieder zum Schlunz. »Es gibt hier ein Ehepaar, das die gleichen Angriffe erlebt.«

»Ich weiß«, sagte Schlunz, »Herr und Frau Kunze.«

»Genau.« Die Frau nickte mehrmals. »Manche erzählen, dass die beiden sich gegenseitig diese Dinge antun.«

Schlunz machte ein erstauntes Gesicht. »Glauben Sie wirklich?«

»Na ja«, sagte die Frau, »die beiden Ehepaare waren mal gut befreundet. Und jetzt reden sie kaum mehr miteinander. Irgendwas scheint da vorgefallen zu sein.«

»Aber deswegen zünden sie doch kein Haus an. Herr Kunze bestimmt nicht.«

»Nein«, sagte die Frau langsam, »das traut man dem gar nicht zu, nicht wahr?«

Lukas schaute sich um. In der Menge der Zuschauer stand auch Karl-Heinz Brause. Er schaute im selben Augenblick zu Lukas, als Lukas ihn entdeckte. Sofort schaute der Hausmeister wieder weg und tat so, als hätte er Lukas nicht gesehen.

»Schau mal, wer da steht«, sagte Lukas leise zu Schlunz und zeigte auf Karl-Heinz Brause.

»Ja«, sagte der, »und schau mal, wer da steht.« Schlunz zeigte in eine andere Richtung. Da standen Arno und Süffi und grinsten breit. Sobald sich Schlunz auf sie zubewegte, nahmen sie ihre Schultaschen, stiegen auf das Motorrad und fuhren los. »Ihr kommt zu spät zur Schule«, rief Arno ihnen noch zu.

»Das schauen wir uns heute Nachmittag noch mal genauer an«, beschloss Schlunz, als sie den Weg zur Schule fortsetzten.

»Au ja«, sagte Anna gleich, als hätte Schlunz das zu ihr gesagt. »Ich bin dabei.«

»Gemein«, sagte Nele, »heut Nachmittag hab ich Flöten!«

Ein Glück, dachte Lukas. Was sollte Herr Schütterling denken, wenn sie bei ihm mit einer halben Schulklasse anrückten?

Am Nachmittag standen drei Kinder im Getränkehandel Schütterling: Schlunz, Lukas und Anna Kaiser.

»Ihr schon wieder«, brummte Herr Schütterling, als er mit einem Stapel leerer Getränkekisten aus einem der Gänge herauskam.

»Haben Sie schon was Neues über den Täter herausgefunden?«, fragte Schlunz gleich los.

»Nein«, blaffte Herr Schütterling sie an.

»Willi«, sagte Frau Schütterling, die eingequetscht hinter der Kasse saß, »zeig ihnen das Holzschild, das du heute Morgen gefunden hast.«

»Ach Quatsch«, schimpfte Herr Schütterling. »So ein Unsinn. Das hat nichts zu bedeuten.«

»Was für ein Holzschild?«, fragte Schlunz.

»Gar nichts«, sagte Herr Schütterling. »Wieder so eine verrückte Idee von einem Verrückten!«

»Zeig es ihnen«, sagte Frau Schütterling in jammerndem Ton. »Die Kinder haben doch auch die anderen Zeichen deuten können.«

»Blödsinn«, brummte Herr Schütterling und verschwand zum Seitenausgang hinaus.

»Hat der Rächer denn wieder eine Botschaft hinterlassen?«, fragte Schlunz Frau Schütterling.

»Ja«, sagte sie. »Auf einem Holzschild. Das lag in der Nähe der Brandstelle. Die gleiche Schrift wie vorher an der Wand.«

»Interessant«, sagte Schlunz und sah Lukas und Anna an.

»Warum ist das nicht verbrannt?«, fiel Lukas ein.

»Das weiß ich auch nicht«, sagte Frau Schütterling. »Wir vermuten, dass der Brandstifter das weit genug weggeworfen hat, nachdem er den Brand gelegt hat.«

»Haben Sie das der Polizei gezeigt?«, fragte Schlunz.

»Nein. Willi meinte, das wäre alles Unsinn. Er hat die ganzen Zettel und Briefe nicht gezeigt, die wir in der letzten Zeit bekommen haben. Er sagt, er will den Täter nicht auch noch belohnen, indem wir seine Schmierereien ernst nehmen.«

»Es wird aber höchste Zeit, dass Sie die Schmierereien ernst nehmen«, sagte Schlunz. »Vielleicht kann man ihm so auf die

Spur kommen. Immerhin scheint er sich in der Bibel auszukennen. Und er kennt Ihre Fächer in der Gemeinde.«

»Ja«, jammerte Frau Schütterling und fing wieder an, bedrohlich mit ihrem Kopf zu wackeln, »das hab ich ihm ja auch gesagt. Aber er hört ja nicht auf mich.«

Herr Schütterling kam zurück und hatte ein Holzbrett in der Hand, das an der Seite vom Brand angekokelt war. »Hier ist es«, sagte er mürrisch. »Verrückte Drohungen eines Irren.«

Schlunz nahm das Brett in die Hand und zeigte es den anderen. »Die gleiche Farbe wie auf der Wand«, sagte er. »Und hier wieder ein Code. Diesmal ein anderer.«

»PS116«, las Anna vor.

»PS.«, wiederholte Schlunz langsam. »Was bedeutet das?«

»PS. schreibt man am Ende eines Briefes«, sagte Anna, »wenn man noch was Wichtiges am Schluss schreiben will, obwohl der Brief eigentlich schon zu Ende ist.«

»Also kein Satz aus der Bibel?«, fragte Schlunz.

»PS ist auch die Abkürzung für Psalm«, sagte Lukas, »das ist auch ein Buch aus der Bibel.«

»Klasse«, freute sich Schlunz und wandte sich an Herrn Schütterling. »Haben Sie zufällig eine Bibel da?«

»Im Haus natürlich«, knurrte Herr Schütterling, »aber wenn ihr meint, ich lauf jetzt noch mal rein ...«

»Ich hab eine hier«, sagte Frau Schütterling und griff umständlich in eine Ablage unterhalb der Kasse. »Hier unten. Moment.« Sie musste sich sehr anstrengen, um mit ihren dicken Fingern zwischen ihren Beinen und dem schmalen Brett mit der Kasse herumzutasten. Lukas befürchtete schon, sie würde ihre Hände zwischen sich und dem Brett einklemmen und nie mehr herausbekommen. Ihr Kopf wackelte hin und her vor Anstrengung und sie stöhnte beängstigend. Aber dann hatte sie gefunden, wonach sie suchte. »Hier, bitte schön.«

Schlunz nahm die Bibel und gab sie Lukas. »Findest du das Buch Psalm?«

»Ich denk schon«, sagte Lukas und begann zu blättern. »Das Buch ist ziemlich in der Mitte der Bibel. Hier, ich hab es.«

»Kapitel 116«, las Schlunz vom Brett vor. Lukas schlug die Bibel an der entsprechenden Stelle auf.

»Das sind aber viele Verse«, sagte Anna, die Lukas über die Schulter schaute.

»Vielleicht heißt es ja gar nicht Psalm 116«, sagte Lukas.

»Was denn sonst?«, fragte Schlunz.

»Der letzte Code mit 5. Mose hatte ja auch mehrere Zahlen. Und sie bedeuteten nicht nur das Kapitel, sondern auch die Verse.«

»Und was heißt das?«

»Es könnte doch sein, dass PS 116 nicht Psalm 116 heißt, sondern Psalm 1, Vers 16 oder Psalm 11, Vers 6.«

Lukas blätterte in der Bibel. »Psalm 1 hat nur 6 Verse, der kommt schon mal nicht infrage.« Er blätterte weiter. »Hier ist Psalm 11, Vers 6.« Er las vor: »Er wird regnen lassen über die Gottlosen Feuer und Schwefel. Und Glutwind wird er ihnen zum Lohn geben.«

Frau Schütterling schrie auf und kippte zur Seite. Wäre sie nicht in ihrem Kassensitz eingeklemmt gewesen, dann wäre sie sicher auf den Boden gefallen. Herr Schütterling riss Lukas mit einem Griff die Bibel aus der Hand. »Sofort aufhören!«, schimpfte er laut. »Ihr seht doch, was ihr mit meiner Alma macht! Los, verschwindet!« Er drohte mit seinem Finger, während er weiterschimpfte: »Wir werden in Zukunft selbst aufpassen, das sag ich euch! Das Feuer hätte sich sowieso längst nicht so schnell ausgebreitet, wenn unser Hannes schneller zur Stelle gewesen wäre!«

»Wieso ist Hannes jetzt wieder schuld?«, schimpfte nun auch Schlunz. »Er hat immerhin das Feuer gelöscht, wenn ich das richtig mitgekriegt habe!«

»Ja, aber viel zu spät! Wäre er früher zur Stelle gewesen, wäre überhaupt nichts passiert!«

»Aber wenn es doch mitten in der Nacht ausgebrochen ist! Soll der Hannes vielleicht neben dem Schuppen schlafen?«

»Jetzt werdet nicht noch frech!« Herr Schütterling hatte sich richtig in Fahrt geschimpft. Einige Kunden in der Getränkehalle schauten sich erschrocken um. »Wo ist er überhaupt wieder?« Und noch lauter brüllte er durch die ganze Halle: »Hannes!«

»Ja.« Mit einem Schritt stand Hannes vor ihnen. Er musste die ganze Zeit hinter einem Regal gestanden und alles mitangehört haben. Seine Augen waren müde und traurig.

Herrn Schütterling schien das überhaupt nicht zu wundern. »Wo treibst du dich die ganze Zeit herum, du Faulpelz! Hast du schon das Leergut nach draußen gebracht?«

»Nein.«

»Na, dann an die Arbeit! Worauf wartest du noch?« Und mit einem unsanften Stoß trieb er Hannes vor sich her, während er selbst nach hinten verschwand.

Frau Schütterling fasste sich an ihren Kopf und stöhnte. »Ich schaff das alles nicht mehr«, seufzte sie vor sich hin.

Schlunz wandte sich ihr zu: »Wie kann man nur so gemein zu seinem eigenen Sohn sein?«

»Was?« Frau Schütterling schaute Schlunz wie aus einer nebligen Welt heraus an. »Unser Sohn? Der Hannes?« Sie winkte mit einer Hand ab. »Ach.« Dann musste sie noch ein paar Mal schnaufen, bevor sie weiterredete: »Der Hannes ist doch gar nicht unser Sohn.«

»Was?« Schlunz schaute zu Lukas, dann wieder zu Frau Schütterling. »Was denn dann?«

»Ach«, Frau Schütterling schnaufte wieder, als wäre sie gerade tausend Meter gelaufen. »Eine traurige Geschichte. Ich mag gar nicht dran denken.«

»Ich mag sie hören«, sagte Anna.

»Ach.« Frau Schütterling wackelte wieder mit ihrem Kopf. »Ein armer Kerl ist der Hannes. Ein ganz armer. Seine Mutter ist ganz krank geworden, als der Hannes erst zehn war. Im selben Jahr sind die Oma und der Opa vom Hannes gestorben. Das war für die ganze Familie ein schwerer Schlag.«

»Der Arme«, sagte Anna gleich. Als Lukas zu Schlunz schaute, sah er, dass der auch einen glasigen Blick bekam.

»Die Krankheit, die Trauer«, erzählte Frau Schütterling weiter, »das alles war für den Vater zu viel. Ungefähr zwei Jahre später ist er weg und hat den Hannes mit seiner kranken Mutter alleingelassen. Keiner weiß, wohin er gegangen ist. Er hat keinen Brief hinterlassen und nichts. Irgendwann hörten wir mal, er sei irgendwo im Ausland. Aber wo, das wusste keiner. Da saß nun der kleine Hannes mit seinen elf, zwölf Jahren und musste die Mutter pflegen, die sich selbst gar nicht mehr helfen konnte.« Frau Schütterling atmete einmal schwer ein und aus. »Ich bin natürlich auch immer hin zu ihm und hab ihm geholfen. Seine Mutter war immerhin die Schwester vom Willi. Aber sie wohnten draußen in Oberklugstadt, zehn Kilometer weg von hier. Und ich hab doch keinen Führerschein, ich musste immer umständlich mit dem Bus fahren. Und dann der Laden, den hatten wir ja damals schon. Im Grunde war der Hannes ganz auf sich allein gestellt.« Frau Schütterling redete immer langsamer und beschwerlicher. Es war, als hätte jemand eine dicke Kugel auf ihre Zunge gelegt. Lukas konnte gar nicht mehr alles verstehen, obendrein liefen ihr jetzt dicke Tränen über die Wangen, die sie immerzu mit ihren Fingern wegzuwischen versuchte. Sie zog die Nase hoch, sie wackelte mit dem Kopf, sie putzte sich die Nase und während sie all das tat, versuchte sie weiterzuerzählen: »Aber der Hannes war so tapfer. So tapfer. Er hat kein Wort geklagt. Er saß immer nur bei seiner Mutter, hat für sie gekocht, hat die Wäsche gemacht, alles.« Sie schnäuzte sich wieder. »Na ja, das Ganze ging dann noch mal so zwei Jahre. Dann ist die Mutter gestorben. Für sie war es eine Erlösung, wirklich. Sie hat die letzten Monate sehr gelitten. Aber für den Hannes«, sie schluchzte und wischte sich mit beiden Händen über ihr Gesicht, »für den war das alles zu viel. Der ist dann völlig zusammengebrochen. Der war total erschöpft. Sie wollten ihn ins Heim stecken. Da haben der Willi und ich dann gesagt, wir nehmen ihn bei uns auf.«

Lukas fand die Geschichte sehr traurig. Er spürte, wie sich das Mitleid wie eine böse Schlange in seinem Bauch herumwand und am liebsten mit einem lauten Weinen ausgebrochen wäre. Aber das wollte Lukas nicht. Schlunz und Anna schien es ähnlich zu gehen. Schlunz hatte schon ganz feuchte Augen. Aber er schluckte immer wieder, anscheinend in der Hoffnung, die Tränen in den Augen innerlich absaugen und runterschlucken zu können.

»Ja«, seufzte Frau Schütterling, »und so ist der Hannes zu uns gekommen. Aber leicht hatten wir es nicht mit ihm.« Sie schüttelte den Kopf, obwohl er sowieso schon wackelte, als würde er gleich auf die Kasse plumpsen. »Wir haben ihn immer mit zur Gemeinde genommen. Wir wollten ihm zeigen, dass Gottes Wege gut sind, auch wenn wir sie nicht verstehen. Aber Hannes hat nichts dazu gesagt. Er hat alles mit sich selbst ausgemacht. Er hat sich nicht mehr um die Schule gekümmert, hat keinen Schulabschluss, hat die Lehrstelle nur bekommen, weil sich der Willi drum gekümmert hat. Drüben beim Backmaier in der Autowerkstatt. Als Mechaniker. Hat ihm eigentlich Spaß gemacht. Aber er hat nichts für die Prüfung gelernt. Also ist er durchgefallen. Keinen Beruf gefunden. Um nichts gekümmert hat er sich.« Sie seufzte wieder. »Darum hilft er uns jetzt hier ein bisschen im Getränkehandel. Aber auch das kann er nicht richtig. Wir können hier jeden gebrauchen. Klar. Aber bezahlen können wir ihn nicht. Er kriegt ja zu essen bei uns und Kleidung. Und ein eigenes Zimmer hat er. Mehr können wir ihm nicht geben. Wir haben ja auch noch die Mutter im Haus, die uns immer Ärger macht.« Sie winkte wieder mit einer Hand ab. »Ach, ach.« Dann winkte sie mit der anderen Hand, als wollte sie ein geschriebenes Wort in der Luft wegwischen. »Nur Ärger, nur Ärger. Mit der Mutter, mit dem Hannes, mit dem Laden.« Und auf einmal lächelte sie, als hätte jemand einen anderen Film in ihren Kopf eingelegt. »Aber wir wollen ja nicht klagen«, sagte sie. Ihr Lächeln sah leer aus. »Wir wollen Gott dankbar sein. Gottes Wege sind gut, auch wenn wir sie nicht verstehen.«

Ein Mann mit einem kleinen Hund stand plötzlich an der Kasse und trug einen Kasten Mineralwasser vor sich her. »Kann ich den hier bezahlen?«, fragte er und stellte den Kasten vor der Kasse ab. Frau Schütterling wandte sich dem Kunden zu und die Kinder verließen den Laden.

20

»Der arme Hannes«, sagte Anna, als sie wieder auf der Straße waren.

»Ja«, stimmte Schlunz ihr zu. »Wenn man das hört, ist das alles ja noch viel gemeiner, was dieser Rächer in der Nacht so treibt. Die Schütterlings nehmen den Hannes auf, der Hannes hat so viel Schlimmes erlebt, und jetzt macht irgendjemand so was Gemeines mit ihnen. Den Kerl müssen wir finden!«

»Vielleicht ist es Hannes‹ Vater«, überlegte Lukas. »Er ist seit vielen Jahren spurlos verschwunden. Vielleicht ist er gekommen, um sich für irgendwas zu rächen, das ihm die Schütterlings früher angetan haben.«

»Das hab ich auch schon gedacht«, sagte Anna.

»Nein«, sagte Schlunz, »das kann nicht sein. Wir haben doch schon herausgefunden, dass es jemand aus der Gemeinde sein muss. Jemand, der sich in der Bibel auskennt und der auch die Fächer von Schütterlings kennt.«

»Und von Kunzes übrigens auch«, fiel Lukas noch ein.

»Genau«, sagte Schlunz. »Es muss jemand sein, der beide Familien kennt: die Schütterlings und die Kunzes. Und es muss ein Geheimnis geben, das beide Familien miteinander verbindet.«

»Ja«, sagte Anna. »Wisst ihr noch, was die Frau heute Morgen vor dem Haus der Schütterlings gesagt hat? Früher haben die beiden Familien viel miteinander zu tun gehabt und jetzt gar nicht mehr.«

»Stimmt«, sagte Schlunz. »Also haben wir noch eine Menge herauszufinden.«

Am Abend im Bett hatte Lukas noch sein Vokabelheft vor sich liegen. Er hatte den Verdacht, dass sie morgen einen unangekündigten Vokabeltest schreiben würden. Frau Fischer hatte so ein paar Andeutungen gemacht und er wollte auf keinen

Fall schlecht abschneiden. Schlunz las auch. Aber was er vor sich liegen hatte, war kein Vokabelheft.

»Krass«, sagte Schlunz plötzlich.

»Was liest du da eigentlich?«, fragte Lukas.

»Ich lese dein Buch«, antwortete Schlunz.

»Mein Buch? Was meinst du damit?«

»Das Buch Lukas. In deiner Bibel.«

»Was, du liest in der Bibel?«

»Ja, das ist total krass. Da stehen die ganzen Geschichten drin, die Adelheid uns immer erzählt. Die Geschichte von dem verlorenen Sohn. Und auch die Geschichte mit dem Mann, der zu dem Fest eingeladen hat.«

»Was ist daran krass?« Für Lukas waren die Geschichten aus der Bibel schon so bekannt, dass er nichts Besonderes mehr darin entdecken konnte.

»Hier steht: ›Behandelt die Menschen so, wie ihr selbst von ihnen behandelt werden wollt. Warum erwartet ihr von Gott eine Belohnung, wenn ihr nur die liebt, die euch auch lieben? Das tun sogar Menschen, die nicht nach dem Willen Gottes fragen. Warum erwartet ihr von Gott eine Belohnung, wenn ihr nur die gut behandelt, die euch auch gut behandeln? Nein, eure Feinde sollt ihr lieben.‹ Und dann: ›Verzeiht, dann wird Gott euch auch verzeihen.‹«

»Ja«, sagte Lukas. Er wollte Schlunz die Entdeckung der Bibel nicht verderben. »Das ist krass.«

»Wenn das so in der Bibel steht, warum tun das die Leute in der Gemeinde nicht?«

»Wieso?« Dass Schlunz so oft über die Fehler der Christen in Lukas‹ Gemeinde redete, passte Lukas eigentlich nicht.

»Die meckern doch oft nur über die anderen rum. Lilian darf auf dem Klavier nicht spielen, was sie möchte. Herr Schütterling schnauzt den Hannes an. Arthur Preisel gibt immer Kommandos und verbietet alles. Karl-Heinz Brause erzählt ständig irgendwelche Sachen, die irgendwann mal irgendjemand getan hat. Und weißt du noch, wie Adelheid über

Frau Preisel gesprochen hat? Wenn die alle die Bibel kennen, warum tun sie dann nicht, was da drinsteht?«

»Tja.« Lukas war eigentlich zu müde, um über so schwierige Fragen nachzudenken. »Das ist nicht ganz so einfach. Sicher wollen die alle so leben. Aber es ist auch ganz schön schwer, andere zu lieben, wenn die einem was Böses angetan haben.«

»Aber Papa hat doch selbst gesagt, ihr Christen wollt so leben, wie Gott es will. Warum tut ihr es dann nicht?«

»Wir versuchen es ja.«

»Das sollte ich mal Herrn Schütterling vorlesen. Vielleicht geht er dann anders mit dem Hannes um.«

»Es gibt auch andere Leute in der Gemeinde«, sagte Lukas. »Helmut ist nicht so. Mama und Papa sind nicht so. Tim ist nicht so. Und eigentlich die meisten anderen auch, die nur nicht so viel sagen und deshalb nicht so auffallen.«

»Okay«, gab Schlunz zu. Und dann sagte er noch: »Aber der Rächer, der müsste den Satz aus der Bibel auch kennen. Warum behandelt er die Kunzes und die Schütterlings nicht so, wie es in der Bibel steht?«

»Gute Frage.«

Eine Weile sagte niemand was. Lukas klappte sein Vokabelheft zu und beschloss zu schlafen.

»Wieso liest du eigentlich nicht in der Bibel?«, fragte Schlunz plötzlich.

Lukas bekam einen Schrecken. Was sollte denn das jetzt? »Ich les doch in der Bibel«, sagte er.

»Hab ich noch nie gesehen.«

»Ich les nicht jeden Tag, so wie Mama und Papa.«

»Und warum nicht?«

»Ich weiß auch nicht.« Lukas fühlte sich plötzlich wie in einer Prüfung. »Ich les halt nicht so gern.«

»Ich auch nicht«, sagte Schlunz. »Aber jeden Tag ein bisschen, das kriegen wir doch hin, oder?«

»Ja, das würden wir wohl hinkriegen.«

»Weißt du was?« Schlunz rückte auf seinem Bett nach vorne.

»Wir können doch ab jetzt jeden Tag ein bisschen in der Bibel lesen. Immer abends, wenn wir im Bett liegen. So wie jetzt. Irgendwann haben wir dann alles gelesen und dann wissen wir genauso Bescheid wie Mama und Papa oder wie Adelheid.«

»Okay«, sagte Lukas. Mit dem Schlunz zusammen würde das bestimmt Spaß machen. Schlunz klappte die Bibel zu und legte sich unter seine Decke.

»Schade, dass es kein Buch Schlunz gibt«, sagte Schlunz dann. »Du hast es gut, Lukas. Du kannst aus deinem eigenen Buch vorlesen. Du kannst sagen: ›Lukas 10, Vers 20‹ und dann steht da irgendwas ganz Wichtiges. Aber niemand kann sagen. ›Schlunz 1, Vers 4‹ und dann kommt ein wichtiger Satz wie zum Beispiel: ›Wenn alle Kinder zusammenhalten, können sie aus einem wilden Drachen eine liebe Mama machen.‹«

Lukas lachte. »Du bist ja verrückt, Schlunz.«

»Ja, vielleicht.« Er schaute angestrengt vor sich. »Andererseits – die Leute, die die Bücher in der Bibel geschrieben haben, wussten damals sicher auch nicht, dass man aus ihren Büchern noch in tausend und zweitausend Jahren vorliest, oder?« Dann flackerte etwas in seinen Augen auf. »Ich weiß, was ich mache. Ich fang einfach ein Buch Schlunz an. Und irgendwann in tausend Jahren findet das vielleicht jemand so wichtig, dass er es in die Bibel mit reinnimmt. Und dann kommt das Buch Schlunz vielleicht genau nach dem Buch Lukas. Das wär doch cool, Lukas, was?« Schlunz lachte.

»Und was soll in dem Buch Schlunz drinstehen?«, fragte Lukas.

»Na ja«, überlegte Schlunz, »alles, was ich so über Gott herausfinde zum Beispiel. Schlunz 1, Vers 1 könnte schon mal lauten: Zuerst hat Gott die Welt gemacht. Und dann den Schlunz. Na gut, zwischendurch noch ein paar andere Menschen. Und der Schlunz wusste nicht, woher er kam. Aber dann kam der Schlunz zu den Schmidtsteiners. Und danach wusste der Schlunz zwar immer noch nicht, woher er kam.

Aber er wusste, wie schön es ist, eine Mama und einen Papa zu haben, die für einen sorgen. Und er bekam einen Bruder. Einen Bruder, der gleichzeitig ein guter, guter Freund war.«

Lukas legte sich auf den Rücken und verschränkte seine Arme hinter dem Kopf. Ihm gefiel es, wenn der Schlunz so nett über ihn redete. »Wird das ein lustiges oder ein trauriges Buch?«

»Keins von beidem«, sagte Schlunz. »Es wird ein wichtiges Buch. Eins, das Millionen von Menschen zeigen soll, wie schön es ist, auf der Welt zu sein. Auch wenn man was Schlimmes erlebt hat.«

Lukas schloss die Augen. »Dann ist es sicher ein schönes Buch.« Er musste wieder an Hannes denken. Ob der das auch über sich und sein Leben sagen konnte? Das fragte er auch gleich den neuen Autor: »Was meinst du, gibt es in dem Buch Schlunz auch einen Vers, der dem Hannes zeigt, dass es schön ist, auf der Welt zu sein?«

»Ja«, sagte Schlunz sofort, als hätte er auf die Frage schon gewartet. »Ich weiß bloß noch nicht, welchen.« Und damit gähnte Schlunz, klappte die Bibel zu und legte sich hin. »Die Bibel ist echt cool«, sagte er noch. »Wenn alle sich an das halten würden, was da steht, dann wäre vieles einfacher.«

»Da hast du recht«, sagte Lukas. »Das war ein weiser Satz.«

»Ja«, sagte Schlunz. »Das war Schlunz 1, Vers 2.«

»Okay«, sagte Lukas und löschte das Licht. »Und in Lukas 1, Vers 1 steht: Lukas schläft jetzt.«

»Das geht leider nicht«, sagte Schlunz munter, »denn das Buch Lukas gibt es schon.«

Am nächsten Tag nahmen sie sich vor, das Ehepaar Kunze noch einmal aufzusuchen. »Vielleicht haben die was Neues herausgefunden«, meinte Schlunz. Zwischen Hausaufgaben und Schlunz‹ Bandprobe klingelten sie bei Kunzes an der Haustür.

Frau Kunze freute sich über den Besuch und bat die Kinder herein. Die Kunzes hatten schon von dem Brand bei Schütterlings gehört und waren nun in großer Aufregung. »In der letzten Zeit war es doch so«, sagte Frau Kunze, »dass alles, was den Schütterlings passierte, kurz darauf auch uns passierte. Und jetzt haben wir solche Angst, dass jemand unser Haus ansteckt.«

»All eure Sorge werft auf ihn«, sagte Herr Kunze, der in der Nähe des Kamins stand, »denn er sorgt für euch.«

»Wie meinen Sie das?«, fragte Schlunz.

»Natürlich sagen wir Gott unsere Sorgen im Gebet«, erklärte Frau Kunze, »und darum können wir auch noch ganz zuversichtlich sein. Ich glaube, wenn wir nicht Gott an unserer Seite hätten, dann würden wir vollends verzweifeln, nicht wahr, Eugen?«

»Darum fürchten wir uns nicht, wenngleich die Welt unterginge«, sagte Herr Kunze, »und die Berge mitten ins Meer sänken.«

»Haben Sie denn noch mal irgendwelche Botschaften bekommen?«, fragte Schlunz Frau Kunze.

»Ja«, sagte Frau Kunze und ging zu einem Schränkchen im Wohnzimmer, »ein kleines Holzbrett, das so halb in unserem Briefkasten steckte.« Sie brachte es und gab es Schlunz. »Aber wir wissen nicht, was das zu bedeuten hat. Wieder nur Striche und Zahlen und Buchstaben.«

»Lukas, das gibt‹s ja wohl nicht«, rief Schlunz. Als Lukas auf das Holzbrett schaute, blieb ihm vor Schrecken der Mund offen stehen.

»PS116«, las Schlunz laut vor. »Das bedeutet – Lukas, was bedeutet das noch mal?«

»Es bedeutet Psalm 11, Vers 6«, sagte Lukas aufgeregt. »Das Gleiche stand auf einem Brett bei den Schütterlings. Das Brett lag neben der Brandstelle. Wir haben den Vers schon in der Bibel nachgelesen. Darin steht so in etwa: ›Es wird über euch Feuer und Schwefel regnen.‹«

»Gütiger Himmel«, hauchte Frau Kunze und hielt sich die Hand vor den Mund. »Eugen, hast du das gehört? Das ist eine Morddrohung. Wir müssen die Polizei verständigen.«

»Gott ist unser Retter«, sagte Herr Kunze. »Wir haben nichts zu befürchten.«

»Aber du hast doch selbst Angst«, sagte Frau Kunze eindringlich und legte ihrem Mann eine Hand auf den Arm.

»Der Herr ist mein Hirte, mir wird nichts mangeln«, sagte Herr Kunze mit zusammengebissenen Zähnen. Lukas wunderte sich. Beim letzten Mal hatte Herr Kunze so große Angst gehabt und Frau Kunze hatte ihn trösten müssen. Jetzt war es umgekehrt.

Frau Kunze lächelte verlegen, als müsste sie sich für ihren Mann entschuldigen: »Mein Mann vertraut ganz und gar auf Gott. Und ich eigentlich auch. Und dennoch. Wir haben große Angst. Das ist für uns eine wirkliche Glaubensprüfung.«

»Ist Ihnen denn inzwischen jemand eingefallen, der sich an Ihnen rächen möchte? Jemand aus der Gemeinde?«

»Ach, ich bin schon in Gedanken die ganze Gemeinde durchgegangen.« Frau Kunze schüttelte den Kopf. »Und je mehr man sucht, desto mehr findet man, das einem andere nachtragen könnten. Ich möchte gar nicht weiter darüber nachdenken. Wenn es wirklich jemand aus der Gemeinde war, dann doch sicher nur ein Einzelner. Und alle anderen sind aufrichtige Menschen, die uns nicht schaden wollen. Die Suche nach einem Übeltäter in den eigenen Reihen macht so misstrauisch. Und Misstrauen macht hartherzig.« Frau Kunze schüttelte weiter den Kopf. »Mein Mann ist schon bei drei oder vier Personen aus unserer Gemeinde gewesen und hat sie noch mal demütig um Vergebung dafür gebeten, dass er sie möglicherweise enttäuscht hat. Sie alle scheiden als Täter aus.«

»Jemand muss Ihr Haus bewachen«, sagte Schlunz, als sie schon wieder an der Haustür standen und sich verabschiedet hatten.

»Gott wacht über diesem Haus«, sagte Herr Kunze und legte seiner Frau einen Arm um die Schulter.

»Kann sein, dass Gott dieses Haus bewacht«, sagte Schlunz zu Lukas, als sie wieder auf der Straße waren, »aber findest du nicht, jemand anderes sollte auch ihr Haus bewachen?«

»Wer denn?«

»Na, wir zum Beispiel.«

»Was?« Lukas spürte, wie sich sofort ein Klumpen Angst in seinen Magen fallen ließ. Sein Herz schlug schneller. »Wir sollen heute Nacht vor dem Haus von Kunzes sitzen? Und wenn der Rächer wiederkommt? Wie sollen wir ihn denn schnappen? Er könnte uns was antun!«

»Wir verstecken uns natürlich! Und nehmen dein Handy mit! Und wenn jemand kommt und etwas Gemeines tut, rufen wir sofort die Polizei.«

»Mama und Papa werden das nie erlauben.«

»Die müssen das ja auch gar nicht wissen. Wie man sich nachts heimlich aus dem Haus schleicht, haben wir ja schon eingeübt.« Und dann grinste Schlunz, als freute er sich schon darauf, den Rächer eigenhändig zu überwältigen.

21

Es war nach elf Uhr nachts, als sich Schlunz und Lukas zur Haustür hinausschlichen. Lukas trug auf dem Rücken einen Rucksack, in den sie zwei Jacken, zwei Trinkflaschen, einen Fotoapparat, einen Notizblock und einen Stift eingepackt hatten. In der Hosentasche hatte Lukas griffbereit sein Handy, in der Hand trug jeder von ihnen eine Taschenlampe. Kaum waren sie auf die Straße getreten, da stellte sich ihnen eine Gestalt in den Weg. Lukas japste laut nach Luft vor Schreck. Vor ihm stand Anna. Ihr schmaler Körper steckte in einem dunklen Trainingsanzug. Auf dem Rücken trug sie einen kleinen Rucksack.

»Da seid ihr ja endlich«, flüsterte sie ärgerlich, »ihr habt gesagt, ihr kommt um halb elf raus.«

»Wir konnten nicht früher«, sagte Schlunz, »wir mussten warten, bis Mama und Papa ins Bett gegangen sind.« Und zu Lukas, der sich darüber wunderte, Anna zu sehen, sagte er: »Ich hab Anna heute Nachmittag während der Bandprobe von unserer Aktion erzählt. Ich hoffe, es ist okay, wenn sie mitkommt.«

»Klar«, log Lukas und bemühte sich um ein Lächeln. Eigentlich hatte er nichts gegen Anna. Aber er spürte, wie ein bisschen Eifersucht in ihm aufkeimte. Er hatte keine Lust, den Schlunz mit jemandem zu teilen. Das Überwachungsabenteuer wollte er mit Schlunz ganz allein bestehen. Aber gleichzeitig ärgerte er sich über diesen Gedanken. Denn immerhin hatte er keinen wirklichen Grund, Anna nicht zu mögen. Und gestern Abend hatte ihm der Schlunz selbst aus der Bibel vorgelesen, dass man alle Menschen lieben sollte und nicht nur die, die man sowieso mag.

Nach fünf bis zehn Minuten Fußweg waren sie im Johann-Sebastian-Bach-Weg angekommen. Eine schulterhohe Ligusterhecke umrahmte das große Grundstück, in dessen Mitte das Haus der Kunzes wie eine Villa aus alten Filmen thronte.

»Vorsichtig«, flüsterte Schlunz den beiden anderen zu und öffnete leise das Gartentor. Und als hätte das Gartentor die Aufforderung verstanden, quietschte es leiser als bei ihrem letzten Besuch am Nachmittag. Geräuschlos schritten die drei Detektive auf den Steinplatten in Richtung Haustür und bogen dann links vom Weg ab, um sich zunächst einmal ein Bild vom gesamten Grundstück zu machen. Der Garten bestand aus großen Rasenflächen, die immer wieder durch kleine Blumenbeete unterbrochen waren. Ein Gartenhäuschen mit einem Vordach befand sich hinter dem Haus. Davor standen ein Tisch, eine Bank und zwei Stühle, alle zusammen mit einer Plastikplane abgedeckt. Unweit davon gab es einen kleinen Teich mit Springbrunnen. Der Springbrunnen war nicht in Betrieb. Der Rest des Gartens bestand wieder aus Rasen, kleinen Bäumchen, einzelnen Büschen. Nach ihrem Rundgang standen sie wieder vor der Haustür.

»Was machen wir jetzt?«, fragte Anna.

»Wir verteilen uns auf drei Posten«, begann Schlunz und zeigte in den hinteren Bereich des Gartens.

»Ich will nicht allein bleiben«, fiel Lukas Schlunz ins Wort, aber im nächsten Augenblick hatte er es schon bereut. Verlegen schaute er zu Anna. Was sollte sie von ihm denken? Ein elfjähriger Junge, der nicht allein im Dunkeln bleiben will? Mist. Lukas schaute schnell zu Boden.

»Ich auch nicht«, sagte Anna. Ihr schien das gar nicht peinlich zu sein. Das beruhigte Lukas und sofort konnte er auch wieder Anna anschauen ohne sich zu schämen.

Schlunz bekam ein Zucken um seine Mundwinkel, das aussah, als würde er gern etwas sagen wie: »Ihr Babys.« Aber stattdessen sagte er: »Na gut. Ist nicht schlimm. Dann bleiben wir eben zusammen.« Wieder zeigte er nach hinten in den Garten. »Dort hinter dem Busch können wir unser Lager aufschlagen. Von da aus sehen wir, wenn jemand durch das Gartentor geht, und wir können den Rasen und den Teich hinterm Haus beobachten.«

»Okay«, stimmten die beiden anderen leise zu. Und so setzten sie sich hinter den zugewiesenen Busch zuerst ins Gras, aber weil das schon ein bisschen feucht wurde, schlepp ten Lukas und Schlunz vorsichtig die Bank, die vor dem Gartenhäuschen stand, an ihren Lagerplatz. Darauf konnten sie zu dritt sitzen.

Die erste Zeit schauten alle drei wie gebannt abwechselnd auf das Gartentor und auf den Teich. Aber nach und nach begannen sie sich immer wieder leise zu unterhalten. Sie erzählten sich von ihren ersten Schuljahren, als sie noch in unterschiedlichen Klassen waren, von ihrem Sommerurlaub und was ihnen sonst noch einfiel. Natürlich erzählte Lukas, wie Schlunz zu ihnen in die Familie gekommen war und was sie seitdem schon alles Verrücktes erlebt hatten. Zwischendurch musste Anna immer so laut kichern, dass Schlunz und Lukas gleichzeitig noch lauter »Schhhhhhht!« zischten.

Dann erzählten sie sich Witze. Einmal prusteten alle drei so heftig los, dass sie sich mit beiden Händen den Mund zupressen mussten. Und trotzdem hallte ihr Lachen von allen Seiten des Gartens wider. Im nächsten Augenblick krachte und polterte es vom Haus der Kunzes her. Jemand hatte ein Fenster in der ersten Etage geöffnet. Schemenhaft konnte Lukas die Umrisse von Frau Kunze erkennen. Die Kinder hielten die Luft an. Frau Kunze stand eine halbe Minute lang bewegungslos da und schien zu lauschen. Dann beugte sie sich aus dem Fenster und starrte in den Garten. »Hallo?«, rief sie. »Ist da jemand?« Lukas schloss die Augen, so als könnte er damit verhindern, gesehen zu werden. Dann hörte er, wie das Fenster geschlossen wurde. Es war wieder still.

Lukas, Schlunz und Anna beschlossen, lieber keine Witze mehr zu erzählen. Eine ganze Weile saßen sie still da und schauten sich im Garten um. Manchmal wurde Lukas so müde, dass er fast einschlief. Dann redeten sie doch wieder über irgendwas und erzählten sich Geschichten. Anna erzählte auch ein bisschen von sich. Sie wohnte mit ihrer Mutter und ihrem kleinen Bruder am Rand von Niederkirchen. Ihr Vater wohnte schon seit sechs Jahren in Trennestedt. Alle vierzehn Tage war sie übers Wochenende bei ihm. Das war für Anna immer ganz schwierig, denn einerseits freute sie sich, mit ihrem Vater zusammen zu sein, andererseits verstand sie sich mit Susanne, Vaters Freundin, überhaupt nicht. Die versuchte immer, sich in alles einzumischen und Anna bei Sachen Vorschriften zu machen, die sie nichts angingen. Außerdem war da noch Chantal, Susannes Tochter aus ihrer ersten Beziehung. Die war total nervig, plärrte den ganzen Tag herum, obwohl sie schon acht Jahre alt war, und Susanne erfüllte ihr dann jeden Wunsch. Anna war oft froh, wenn das Wochenende zu Ende war. Und gleichzeitig traurig, denn eigentlich hatte sie ja ihren Vater sehen wollen. Aber so richtig Zeit mit ihm allein konnte sie fast nie verbringen. Und wegen der nervigen Chantal und der Besserwisser-Susanne gab es oft Streit. Timo, Annas Bruder, mochte gar nicht zu seinem Vater fahren. Er war noch sehr klein gewesen, als Vater ausgezogen war. Und weil die Mutter immer nur schlecht über den Vater redete, hatte sich Timo schnell davon überzeugen lassen, dass es besser war, den Vater nicht zu sehen. Die Sache mit den Eltern war also schwierig, aber dafür hatte Anna zu Hause viele Freiheiten. Das fand sie gut. Weil Annas Mutter arbeiten gehen musste, konnte Anna nach den Hausaufgaben und nach dem Abwaschen machen, was sie wollte. Sie kannte fast alle Serien, die nachmittags im Fernsehen liefen, nicht nur im KiKa und auf Nick, sondern auch in allen anderen Programmen. Und auf manchen amerikanischen Programmen kamen schon nachmittags Horrorfilme, von denen sie zwar nichts verstand, aber die Geister und die Mordszenen fand sie immer cool.

Lukas schaute zum Gartentor. »Pssst, leise, da kommt jemand!« Sie saßen jetzt schon über zwei Stunden hier. Es mochte zwischen eins und halb zwei sein. Alle starrten wie gebannt nach vorne. Aber niemand war zu sehen. »Ich schleich

mich mal nach vorne«, flüsterte Schlunz und bewegte sich auf den Garteneingang zu. Anna und Lukas blieben allein zurück. Erst jetzt fiel Lukas auf, dass er bis jetzt noch nie mit Anna allein gewesen war. Er legte seine Hände in den Schoß und schaute verlegen zur Seite. Er hatte auf einmal das Gefühl, viel zu steif dazusitzen. Das war ihm peinlich, jetzt so allein mit Anna. Er lehnte sich mit dem Rücken an die Bank an, legte den einen Arm auf die Seitenlehne und den anderen breit über die Rückenlehne. Seine Beine stellte er lässig einen halben Meter auseinander fest auf den Boden. So saß Papa auch manchmal da. Und Kai aus seiner Klasse auch. Bei Kai sah das richtig cool aus. Hoffentlich auch bei Lukas. Anna sagte gar nichts. Sie schien nach Schlunz Ausschau zu halten. Lukas wollte mit seiner Hand auf der Rückenlehne locker wippen, stieß dabei aber aus Versehen an Annas Schulter. Die schaute sofort auf Lukas‹ Hand und rückte ein bisschen von Lukas ab. Schnell nahm Lukas seinen Arm wieder zu sich und schlug seine Beine übereinander. Seine Hände vergrub er zwischen Beinen und Bank. Das sah bestimmt auch doof aus. Wo blieb der Schlunz bloß? Am liebsten hätte Lukas seine Arme abgeschraubt und unter die Bank gelegt. Es gab einfach Situationen, in denen Arme und Hände völlig überflüssig waren.

»Der Schlunz ist ganz schön mutig«, sagte Anna.

»Ja«, sagte Lukas und fragte sich, ob Anna damit den Schlunz bewundern oder Lukas als Feigling hinstellen wollte. Beides hätte Lukas nicht gepasst.

Endlich kam Schlunz von der anderen Seite des Hauses zurück und setzte sich auf die Bank zwischen Anna und Lukas. Jetzt konnte sich Lukas wieder hinsetzen, wie er wollte. »Ich hab nichts gesehen«, verkündete Schlunz.

»Da bewegt sich aber was.« Lukas zeigte vorsichtig Richtung Eingang. War das ein Tier? Ein Vogel? Oder war da ein Mensch hinter der Hecke versteckt?

»Jetzt seh ich‹s auch«, flüsterte Anna. »Da ist jemand.«

Das Rascheln kam ganz aus ihrer Nähe. Schritte. Eindeutig.

Aber von wo? Lukas tastete mit seinen Augen angestrengt den Rand der Hecke entlang. Und dann – da! Da bildete sich ein Schatten vor der Hecke, ganz in ihrer Nähe! Da stand jemand! Ja, jetzt, wenn er unentwegt draufstarrte und den Blick nicht von ihm nahm, konnte er die Umrisse eines Erwachsenen erkennen, der sich ganz eng an der Hecke entlangbewegte. Und zwar innerhalb des Gartens, gar nicht so weit weg von ihnen.

»Da«, flüsterte Lukas so leise wie möglich. Mit einer Hand versuchte er, das Handy aus seiner Hosentasche zu kramen, aber er kam nicht dran ohne zu viel Geräusch zu machen. Anna schnaufte. Der Schatten an der Hecke blieb stehen. Schlunz richtete seine Taschenlampe in die richtige Richtung und knipste sie an. Es wurde sehr hell. Ein leiser Schreckensschrei war zu hören. Der Mann an der Hecke schlug die Hände vors Gesicht. »Nein!«, rief er, »wer ist da? Ich bin unschuldig!«

Die Stimme kam Lukas bekannt vor.

»Hannes«, rief Schlunz leise, aber überrascht aus. »Was machen Sie denn hier?«

Hannes hielt sich weiterhin die Hände vors Gesicht, versuchte dabei aber, trotz des Lampenstrahls etwas erkennen zu können. »Wer ist denn da?«

Schlunz leuchtete auf den Boden. Hannes richtete sich auf und nahm die Hände runter. »Wir sind es«, sagte Schlunz. »Lukas, Schlunz und Anna.«

»Ach so«, sagte Hannes. »Und was macht ihr hier mitten in der Nacht?«

»Wir beobachten das Haus von Kunzes«, erklärte Schlunz leise. »Frau Kunze hat Angst, dass der unbekannte Täter ihr Haus anzündet, weil es ja gestern auch bei Ihnen gebrannt hat.« Schlunz rückte auf der Bank nach vorne und fragte dann: »Und Sie? Was machen Sie hier?«

»Das Gleiche wie ihr«, flüsterte Hannes. »Nachdem es bei uns gebrannt hat, hab ich gedacht, jetzt schlägt der Täter bei den Kunzes zu. Die beiden sind ja noch viel älter als Willi und Alma. Die würden das sicher nicht verkraften. Als ich heute

Nacht im Bett lag, hatte ich keine Ruhe. Ich dachte, wenn der Unbekannte heute Nacht kommt und das Haus ansteckt, werde ich mir immer Vorwürfe machen. Also hab ich mir vorgenommen, wenigstens nach dem Rechten zu sehen. Wenn ich ihn auf frischer Tat ertappt hätte, dann hätte der Spuk ein für alle Mal aufgehört.«

»Das stimmt«, sagte Schlunz und nickte ebenfalls.

»Bei Kunzes lag auch ein Holzbrett am Briefkasten mit dem gleichen Geheimcode wie bei euch«, sagte Anna. »Mit der Aufschrift – was war es noch mal, Lukas?«

»PS116«, sagte Lukas, »das heißt Psalm 11, Vers 6. Und da steht es angekündigt, dass es Feuer und Schwefel regnen soll.«

»Und das habt ihr allein herausgefunden?«, fragte Hannes.

»Ja«, sagte Schlunz stolz. »Weil sich Lukas so gut in der Bibel auskennt.«

Hannes nickte anerkennend. »Klasse.«

Dann rutschte Schlunz auf der Bank zur Seite und zeigte auf den frei gewordenen Platz. »Dann können wir doch zusammen auf den Täter warten.«

Hannes lächelte matt und setzte sich. Genau zwischen Lukas und Schlunz. Lukas fragte sich gleich, warum Schlunz in Richtung Anna gerutscht war. Wollte er lieber neben Anna als neben ihm sitzen? Als Hannes sich auf die Bank fallen ließ, breitete sich eine Wolke aus Schweiß und Kellergeruch aus. Lukas quetschte sich noch dichter an die Seitenlehne.

»Ich wollte aber nur kurz bleiben«, sagte Hannes.

»Wir übernehmen dann den Rest«, sagte Schlunz und lächelte Hannes an. »Sie sind sehr mutig, dass Sie extra vorbeikommen, um nach dem Rechten zu schauen.«

»Ach nein.« Hannes zog die Mundwinkel nach oben, aber sie fielen sofort wieder nach unten. »So mutig find ich das gar nicht.« Dann gelang ihm plötzlich doch ein Lächeln und er sagte: »Ihr könnt aber ruhig du zu mir sagen. Das sagen alle.«

»Okay, du«, sagte Schlunz und grinste.

Eine Weile sagte keiner was. Dann begann Anna: »Frau

Schütterling hat uns deine Geschichte erzählt.« Hannes antwortete nicht. »Die fand ich sehr traurig«, redete Anna weiter. »Ich musste manchmal an mich denken. Mein Vater ist auch weggegangen, als ich noch klein war.« Anna schaute Hannes an, aber Hannes schaute starr vor sich auf den Boden. »Und ich muss zu Hause auch ganz viel machen. Aufräumen und manchmal auch die Wäsche waschen und trocknen.« Sie schaute nach vorne, dann wieder zu Hannes. »Ich kann verstehen, wenn dich das ganz traurig macht.«

Jetzt bewegte sich Hannes etwas. Zuerst wiegte er seinen Kopf hin und her, dann verschränkte er seine Arme vor seiner Brust und breitete die Füße nach vorne aus. »Ach nein«, sagte er langsam. »Ich denk einfach nicht drüber nach. Irgendwann ist das dann okay. Ich kann‹s halt nicht ändern.«

Schlunz verschränkte auch seine Arme. »Ich kann auch nichts daran ändern, was in meinem Leben passiert ist. Trotzdem denke ich viel darüber nach. Und ich weiß nicht, was schlimmer ist: sich an eine traurige Vergangenheit zu erinnern oder sich überhaupt nicht zu erinnern.« Er seufzte. »Ich jedenfalls würde mich gern an was erinnern.«

»Ich nicht«, sagte Hannes.

»Weißt du«, sagte Schlunz und streckte wie Hannes seine Füße nach vorne, »als deine Mutter … also … deine Tante erzählt hat, was du schon alles erlebt hast, da haben wir alle drei gedacht: Der Unbekannte, der euch andauernd die Hauswand beschmiert und den Schuppen anzündet – der ist so was von gemein. Du hast so viel Schlimmes erlebt. Und jetzt musst du auch noch das ertragen. Das ist total gemein.«

»Ja«, sagte Hannes langsam. »Vielleicht hat der Unbekannte auch viel Schlimmes erlebt.«

»Na und«, sagte Schlunz, »deshalb muss er nicht so was Gemeines machen. Ich hab auch viel Schlimmes erlebt und zünde keine Häuser an.«

»Aber wenn er sich doch anscheinend für irgendwas rächen will.«

»Trotzdem.«

»Ich will mich auch manchmal rächen«, sagte Anna plötzlich. »Bei meiner Mutter zum Beispiel, weil sie immer nur schlecht über meinen Vater redet, obwohl sie genau weiß, dass ich ihn lieb habe. Oder bei meinem Vater, weil er mit dieser doofen Susanne zusammenlebt. Oder bei Susanne, weil sie mich rumkommandiert, als wäre ich ihr Kind.« Anna fuhr sich mit beiden Händen über ihr Gesicht und seufzte. »Ich hab mir schon oft gemeine Strafen überlegt, wie ich es ihnen mal so richtig heimzahlen könnte.«

»Und warum machst du's nicht?«, fragte Schlunz.

Anna überlegte. »Ich trau mich nicht.«

»Würde es dir danach denn besser gehen?«, fragte Schlunz weiter.

»Weiß nicht. Vielleicht.« Und nach einigem Überlegen fügte sie hinzu: »Ich glaub nicht.«

»Ich glaub‹s auch nicht«, sagte Lukas. »Rache ist blöd. Sie macht alles nur noch schlimmer.«

»Vielleicht sollen Kunzes und Willi und Alma mal ins Nachdenken kommen«, sagte Hannes.

»Aber worüber?«, fragte Schlunz.

»Über das, was sie dem Unbekannten angetan haben.«

»Das können sie aber nicht, weil der Unbekannte ja nicht sagt, worüber er sich ärgert«, sagte Schlunz und wurde ein bisschen laut. Anna und Lukas zischten sofort ein »Schhhhhht« und Schlunz redete leise weiter. »Herr und Frau Kunze würden sich ja entschuldigen, wenn sie wüssten bei wem und wofür. Der Unbekannte könnte doch hingehen und sagen: ›Ihr habt mir das und das angetan.‹ Und dann können sie sich entschuldigen.«

»Das würden sie sowieso nicht tun«, sagte Hannes und es klang, als würde er selbst schon jahrelang auf eine Entschuldigung warten. Lukas war sofort klar, dass er dabei an Herrn Schütterling dachte.

»Aber so tun sie es erst recht nicht«, sagte Schlunz. »Damit ist dem Unbekannten auch nicht geholfen.«

»Immerhin leben sie seit Wochen in Angst und Schrecken«, sagte Hannes. »Vielleicht macht den Unbekannten das zufrieden.«

»Der unbekannte Rächer geht doch in die Gemeinde«, sagte Schlunz. »Er kennt sich mit Bibelstellen aus. Wieso hält er sich nicht selbst daran? Wieso sucht er nur Bibelverse raus, die von Feuer und Rache handeln? Was ist mit den Stellen, die von Vergebung handeln? Die muss er doch auch kennen.«

»Tja«, seufzte Hannes leise. »Das weiß ich auch nicht.«

Schlunz schaute zu Lukas rüber. »Gestern Abend hab ich was Cooles in der Bibel gelesen, weißt du noch, Lukas? Das war im Buch Lukas. Da stand irgendwie: Wie kommt ihr dazu, nur die zu lieben, die ihr sowieso mögt? Ihr sollt auch eure Feinde lieben.«

»Ja«, sagte Hannes und schaute zu Boden. »Das ist leicht gesagt. Aber wenn einen jemand wirklich gemein behandelt, wie soll man ihn dann lieben?«

Schlunz schaute Hannes von der Seite aus an. »Du denkst jetzt sicher an deinen Onkel, nicht wahr?«

Hannes sagte nichts.

»Vor den Sommerferien«, begann Schlunz plötzlich, »da hatten Lukas und ich Riesenärger mit zwei großen Jungs aus der achten Klasse, Knut und Brutus. Die konnten wir auch nicht lieben. Wirklich nicht. Einmal haben wir ihnen einen Schlüsselbund weggenommen und später wiedergegeben. Das sollte ein Denkzettel sein, mit dem wir ihnen zeigen wollten, dass wir uns nicht alles gefallen lassen. Aber wir haben ihnen ihre Sauereien nicht mit Bösem heimgezahlt. Okay, später hab ich sie dann mit Teer und Federn übergossen.« Der Schlunz lachte so laut, dass Anna und Lukas wieder scharf zischen mussten. »Aber wir haben ihnen nicht einfach feige etwas kaputt gemacht oder etwas angezündet. Wir haben uns mutig ihnen entgegengestellt und gesagt, was wir wollten.«

»Cool«, sagte Anna. »So mutig wäre ich auch gern.«

»Ich auch«, sagte Lukas.

Schlunz drehte sich sofort zu Lukas um: »Lukas, du bist so mutig!« Er drehte sich zu Anna um: »Und du kannst es auch, Anna. Sag deinem Vater, er soll sich mal einen ganzen Tag Zeit nur für dich nehmen. Und deiner Mutter, dass sie nicht so über deinen Vater reden soll. So mach ich es doch auch!« Dann schaute er Hannes an: »Und an deiner Stelle wäre ich schon längst bei Schütterlings ausgezogen. Diese Beleidigungen würde ich mir nicht länger anhören.« Schlunz schaute geradeaus und beendete seine Rede in Richtung Gartentor: »Und dem unbekannten Rächer würde ich das Gleiche sagen. Es gibt tausend Möglichkeiten, anderen zu zeigen, dass sie gemein waren und aufhören sollen. Aber Wände beschmieren und Schuppen anzünden, das find ich feige. Und das passt überhaupt nicht zu einem, der in eine christliche Gemeinde geht.«

»Das stimmt«, sagte Hannes und nickte.

Nach einer Weile sagte Anna: »Ich wusste gar nicht, dass so gute Sachen in der Bibel drinstehen.«

»Es ist ja auch das Buch Lukas«, grinste Schlunz. »Aber wenn du willst, dann komm doch am Sonntag mal zu uns in den Kindergottesdienst. Da hören wir noch mehr aus der Bibel. Und du siehst schon mal, wo nächste Woche unser Auftritt mit der Band stattfindet.«

»Mal sehen«, sagte Anna, »eigentlich schlafen wir sonntags immer aus.«

»Für etwas Schönes kann man immer aufstehen«, sagte Schlunz.

»Das hast du schlau gesagt«, stimmte Lukas ihm zu.

»Das war ja auch Schlunz 2, Vers 1«, grinste Schlunz.

Anna lächelte unsicher.

»Liest du denn auch in der Bibel?«, fragte Schlunz plötzlich und schaute Hannes an.

»Ja«, sagte er.

»Und warum?«

Hannes überlegte einen Augenblick und dann sagte er:

»Weil die Bibel mir Kraft gibt.«

Und dann sagte lange wieder keiner was.

Es war gegen sieben Uhr am Morgen, als Lukas aus dem Schlaf hochfuhr. Sein Rücken und sein Hals taten ihm weh. Mist, er war doch tatsächlich eingeschlafen. Neben ihm auf der Bank saßen Schlunz und Anna. Sie schliefen auch. Hannes war weg. Es dämmerte schon. Lukas weckte die beiden und sie verließen schnell und heimlich das Grundstück der Kunzes. Die Bank trugen Lukas und Schlunz wieder an die alte Stelle. Anna verabschiedete sich an der Straßenkreuzung und die beiden Jungs schlichen sich so leise wie möglich nach Hause und krochen unter ihre Bettdecken. Als Mama um neun Uhr zum Frühstück rief, fühlte sich Lukas wie ein Stück zerknülltes Papier. Aber er und Schlunz ließen sich nichts anmerken.

22

Für Sonntag hatte Schlunz sich was einfallen lassen: Er hatte vier Zeichenblockblätter zu einem großen Plakat zusammengeklebt. Darauf hatte er mit roter Wasserfarbe Linien und Bögen gemalt, sodass das Bild aussah wie die Schmierereien des nächtlichen Rächers. Dann hatte er mit großen roten Buchstaben LK631 in die Mitte geschrieben. LK war die Abkürzung für das Buch »Lukas«, das hatte ihm Lukas vorher erklärt. Der Code stand für Lukas 6, Vers 31: »Behandelt die Menschen so, wie ihr selbst von ihnen behandelt sein wollt.«

»Dieses Plakat hängen wir vor dem Gottesdienst vorne auf«, weihte Schlunz Lukas ein. »Der unbekannte Täter, der ja vermutlich im Gottesdienst sitzt, wird seinen Code erkennen und ihn in seiner Bibel nachlesen. Dann weiß er erstens, dass wir seinen Code durchschaut haben und ihm auf den Fersen sind, und zweitens sagen wir ihm mit dem Satz aus der Bibel, was wir von seiner Racheaktion halten.«

»Boah, Schlunz«, staunte Lukas, »was dir alles einfällt.«

»Wenn schon sonst niemand hilft, dann müssen wir es ja wohl tun.«

Im großen Saal im Gemeindezentrum steckten die Leute die Köpfe zusammen und tuschelten, als Lukas und Schlunz das große Plakat aufhängten. Sofort stand Arthur Preisel neben den Jungs. »Was hat denn das zu bedeuten?«

»Das ist eine Botschaft an den nächtlichen Rächer, der die Schütterlings und die Kunzes in Angst und Schrecken versetzt«, sagte Schlunz.

Arthur Preisel betrachtete das Plakat und hielt dabei den Kopf schief, als müsste er sich die Buchstaben über Kopf anschauen. »Und was ist das für eine Botschaft?«

»Steht doch drauf«, sagte Schlunz und grinste vielsagend,

während er mit mehreren Streifen Tesafilm das Plakat an den Möbelstücken auf der Bühne anklebte.

»Ich seh nichts«, sagte Arthur. »Ich seh nur LK 631. Aber das ist doch keine Botschaft.«

»Doch«, sagte Schlunz. »Das ist eine Geheimsprache. Und wenn Sie sie nicht verstehen, sind Sie schon mal nicht der Täter.«

Arthur Preisel streckte seinen Rücken, spitzte beleidigt den Mund und fuhr sich mit der Hand über seinen Schnurrbart. »Da hab ich aber Glück gehabt«, sagte er scharf. »Und jetzt seht zu, dass ihr runter in den Kindergottesdienst kommt. Das Plakat kann auf keinen Fall hier hängen bleiben.«

»Bitte«, sagte Schlunz. »Wenn Ihnen etwas daran liegt, dass der Täter gefasst wird und dass Kunzes und Schütterlings endlich Ruhe finden, dann lassen Sie es wenigstens so lange hängen, bis alle da sind. Der Täter muss es sehen und die Geheimschrift entschlüsseln.«

Arthur Preisel schnaufte einmal. »Na gut«, sagte er dann. »Bis alle da sind. Aber keine Minute länger.«

Im Hinausgehen sah Lukas, wie Karl-Heinz Brause mit offenem Mund dastand und das Plakat betrachtete. Arno und Süffi saßen in der letzten Stuhlreihe, hatten ihre gefalteten Hände auf ihre Köpfe gelegt und grinsten, als wüssten sie bereits alles. Aus den Reihen der Gemeinde hörte Lukas, wie jemand flüsterte: »Lukas 631.« Schnell versuchte er mit einem Blick zu erfassen, wer LK schon gleich als Lukas erkannt hatte. Aber es gelang ihm nicht.

Anna war tatsächlich in den Kindergottesdienst gekommen. Sie sah noch etwas müde aus, aber sie freute sich, Lukas und Schlunz zu treffen. Auch Adelheid freute sich über das neue Gesicht und begrüßte Anna freundlich. »Wer hat dich denn mitgebracht?«, fragte sie.

»Der Schlunz«, sagte Anna höflich.

»Ach so«, sagte Adelheid, schob ihre Brille nach vorne und

blickte Schlunz über ihren Brillenrand an. Sie schob ihre Brille wieder nach oben und schaute wieder zu Anna: »Hast du auch irgendwelche Fragen, die der … also, der … Junge dir nicht erklären konnte?«

»Nein«, sagte Anna. »Ich bin in der Schülerband vom Schlunz und ich spiele hier nächste Woche auf dem Gemeindefestival.«

»Ach so«, sagte Adelheid und schob ihre Brille wieder nach vorne. »Auf dem Gemeindefest. Natürlich. Schön. Ja.« Sie schob ihre Brille wieder nach oben und lächelte. »Dann ist es ja schön, dass du vorher schon mal reinschaust.«

Adelheid wollte an diesem Sonntag noch einmal das Lied »Flott, flott, flott« üben. Aber der Schlunz meldete sich gleich zu Wort: »Das brauchen wir doch nicht mehr. Wir haben doch jetzt die Schülerband. Es soll doch jetzt ein schönes Fest werden und kein peinliches.«

»Also«, gluckste Adelheid. Brille nach vorne. »Wieso hast du eigentlich zu bestimmen, was peinlich ist und was nicht?«

Schlunz schaute in die Runde: »Wer von euch möchte unbedingt das Lied »Flott, flott, flott« vor allen vorsingen?« Nur Gerti und Nele meldeten sich.

»Also«, machte Adelheid wieder. Brille hoch. Sie schaute die Kinder der Reihe nach an. »Und die anderen?«

Die anderen Kinder schoben ihren Mund zu einem Entenschnabel nach vorne, wiegten ihre Köpfe und zuckten mit den Schultern. Das sah aus, als wollten sie sagen: »Eigentlich sind wir nicht so scharf darauf, auf der Bühne zu stehen und was vorzuführen.«

»Wollt ihr euch denn gar nicht am Gemeindefest beteiligen?«, fragte Adelheid.

»Dürfen sie denn?«, fragte Schlunz und strahlte übers ganze Gesicht.

»Natürlich«, sagte Adelheid schnippisch. »Du darfst doch auch.«

»Na super«, sagte Schlunz, »wir brauchen noch ganz viele

Leute.« Er setzte sich vorne auf die Stuhlkante und zählte mit seinen Fingern mit, während er weiterredete: »Wir brauchen Kinder, die ihre Spielsachen auf dem Flohmarkt verkaufen. Wir brauchen welche, die beim Fußballturnier mitmachen, andere, die beim Fußballturnier Schiedsrichter spielen. Wir brauchen welche, die ihre Playstation mitbringen und sie bedienen …«

»Playstation?«, unterbrach ihn Adelheid.

»Ich hab eine«, rief Christoph. »Ich bring meine mit. Soll ich auch einen Fernseher mitbringen, damit man sich das auch gleich anschauen kann?«

»Ach, da fragen wir erst mal Helmut oder jemand anderes aus dem Gemeindevorstand, ob sie uns den Beamer leihen können, dieses Gerät, mit dem man Filme und Bilder an der Wand abbilden kann. Sicher kann Arno ihn aufbauen und auch betreuen.«

»Ich organisier das Fußballturnier«, sagte Lukas und freute sich jetzt schon, mit anderen auf dem Gemeindefest Fußball spielen zu können. Das wär klasse, wenn Papa auch in einer Mannschaft wäre.

»Ich will mitsingen«, rief Nele.

»Okay«, sagte Schlunz, »dann bist du auch noch eine Sängerin im Gottesdienstprogramm und unterstützt Nina und Michaela von der Band.«

Nele jubelte und hob die Fäuste in die Luft, als hätte sie gerade ein Tor geschossen.

»Ich will auch singen«, rief Gerti.

»In Ordnung«, sagte Schlunz, »dann haben wir schon vier Sängerinnen.«

»Ich mach die Handzettel und Plakate«, rief Anna.

»Ich bring mein Pony mit«, rief Sarah, »darauf dürfen alle mal reiten.«

Alle redeten durcheinander und brachten ihre Vorschläge ein. Adelheid fasste sich an die Stirn und wirbelte mit der anderen Hand in der Luft herum. »Moment mal, Moment mal,

Moment mal, Moment mal!«, rief sie immer lauter. Alle Kinder verstummten. »So geht das nicht«, keuchte sie. »Ihr könnt nicht das Gemeindefest ganz unter euch aufteilen. Vergesst nicht, dass da auch Erwachsene kommen, die weder Fußball spielen noch Pony reiten wollen.«

»Tun wir doch gar nicht«, sagte Schlunz. »Wir organisieren nur den Teil, der Spaß machen soll und zu dem wir alle unsere Freunde und Mitschüler einladen wollen. Für die gehäkelten Topflappen und den Pflaumenkuchen seid nach wie vor ihr zuständig.«

»Also«, japste Adelheid, aber keiner hörte ihr mehr zu. Wieder redeten alle wild durcheinander, machten Vorschläge und riefen immer wieder: »Ich freu mich schon!« und: »Das wird toll!«

»Was bringst du mit, Elmar?«, fragte Schlunz den Einzigen, der noch nichts gesagt hatte.

»Nichts.« Wieder wurde es still und alle schauten betroffen zu Elmar.

»Warum nicht?«

»Ich kann nichts.« Elmar sprangen schon wieder die ersten Tränen in die Augen.

»Das stimmt doch gar nicht«, widersprach Schlunz. »Du bist doch in der Schreib-AG und hast schon selbst Geschichten geschrieben. Willst du denn eine von deinen Geschichten im Gottesdienst vorlesen?«

Adelheid schnappte nach Luft: »Im Gottesdienst?«

Elmar schaute auf seine Gürtelschnalle und spielte mit seinen Fingern daran herum. »Die will doch gar keiner hören.«

Schlunz drehte sich wieder zu den anderen Kindern der Gruppe um, die inzwischen schon gar nicht mehr auf ihren Stühlen saßen, sondern innerhalb des Stuhlkreises kreuz und quer umherstanden. »Wer von euch möchte nächsten Sonntag eine der selbst geschriebenen Geschichten von Elmar im Gottesdienst hören?«

»Ich!«, riefen alle im Chor und einige meldeten sich und hopsten dabei auf der Stelle.

»Siehst du?«, tröstete ihn Schlunz. Als Elmar lächelte, spritzten links und rechts aus jedem Auge zwei dicke Tränen.

»Kommt überhaupt nicht infrage«, entrüstete sich Adelheid und hob ihren Zeigefinger.

»Und warum nicht, bitteschön?«, fragte Schlunz laut.

»Eine selbst ausgedachte Geschichte im Gottesdienst – das passt nicht.«

»Wenn Elmar sie schreibt, dann passt sie. Wetten?«

»Also!« Mehr fiel Adelheid dazu nicht ein.

Nach dem Gottesdienst hatte Schlunz ruck, zuck die richtigen Leute aufs Gemeindefest angesprochen. Arno und Süffi waren einverstanden, den Beamer für die Playstation nach dem Gottesdienst in einem kleineren Raum aufzubauen und zu bedienen. Lilian war bereit, in der kommenden Woche mit den Kindern die Lieder zu üben und weiterzuplanen. Tim konnte sich vorstellen, zuerst in der Band mitzusingen und nachher die Musik für den Nachmittag auszuwählen und die richtigen CDs einzulegen und zusammenzustellen. Helmut erlaubte der Band, in der kommenden Woche abends in den Kellerräumen des Gemeindehauses zu proben. Helmut wollte auch mit den anderen im Gemeindevorstand sprechen und meinte, die meisten wären bestimmt damit einverstanden. Schließlich trafen sie Hannes vor dem Gemeindehaus, er war gerade auf dem Weg nach Hause.

»Hannes«, rief Schlunz, »dürfen wir dich was fragen?«

Hannes schaute sich um. »Was denn?«

»Wir brauchen am nächsten Sonntag noch eine Bühne hinter dem Haus auf dem großen Hof, damit die Band noch ein bisschen weiterspielen kann, wenn die anderen Kaffee trinken. Und damit Tim Platz für seine Anlage hat. Könntest du die aufbauen?«

»Klar kann ich das.« Hannes lächelte jetzt so breit, wie es Lukas noch nie gesehen hatte. »Danke.«

»Danke wofür?«, fragte Schlunz. »Wir müssen Danke sagen.«

»Danke, dass ihr mich gefragt habt.«

»War doch logisch«, sagte Schlunz. »Du hast doch auch die Bühne auf dem Feuerwehrfest aufgebaut.«

»Nein, logisch ist das nicht«, sagte Hannes, »aber ich mach‹s gern.« Dann verabschiedete er sich und ging nach Hause.

23

Am nächsten Nachmittag war Schlunz unterwegs in der Schule. Guidos Papa hatte einen Lieferwagen organisiert und damit brachten sie nun sämtliche Instrumente der Schülerband ins Gemeindehaus. Lukas nutzte die Gelegenheit und setzte sich an Papas Computer. Manchmal erlaubte Papa ihm, an seinem Computer zu spielen und dabei auch ein bisschen im Internet zu stöbern. Papa hatte vor einiger Zeit extra eine Kindersicherung eingebaut, damit Lukas und Nele nicht auf Internetseiten landeten, die sie erschrecken würden. Jetzt jedenfalls gab Lukas bei »Google« die Begriffe »Darmstadt« und »Marius« ein. Die Suchmaschine lieferte ihm mehrere tausend Hinweise. Lukas klickte ein paar durch, aber er fand nichts Brauchbares. Dann tippte er »Darmstadt« und »Audi Cabriolet« ein. Da wurde ihm als Erstes ein Autohaus mit Namen »Krämer« genannt. Als er das Autohaus anklickte, fand er bereits auf der Startseite genau den Audi Cabrio, den sie immerzu auf der Straße stehen sahen. Lukas erschrak. Na gut, das konnte auch Zufall sein, solche Audis wurden sicher in vielen Autohäusern angeboten. Aber mit einem Mal war Lukas so aufgeregt, als hätte er gerade die Entdeckung seines Lebens gemacht. Seine Hände zitterten, als er weiterklickte. Da, eine Telefonnummer. Lukas griff hektisch nach dem Telefonhörer in Papas Büro und tippte die Nummer ein.

»Autohaus Krämer, guten Tag«, meldete sich eine Frauenstimme am anderen Ende.

»Guten Tag«, sagte Lukas aufgeregt und hätte sich fast verschluckt, »mein Name ist, äh, ...«

»Wie bitte?«

»Ich wollte fragen, ob Sie ... also, ob Sie ... in der letzten Zeit mal einen Audi verkauft haben.«

»Welchen bitte?«

»Einen Audi TT Roadster Cabriolet.«

»Wir haben noch einen im Angebot.«

»Ich wollte aber wissen, ob Sie in der letzten Zeit schon mal einen verkauft haben.«

»Warum wollen Sie das wissen?«

»Zum Beispiel an eine Frau mit Sonnenbrille und Kopftuch.«

Kurzes Schweigen am anderen Ende. Dann: »Wer ist da noch mal?«

Lukas keuchte. »Lukas.«

»Lukas? Lukas wer?«

»Lukas ... Schlunz.« Lukas atmete so schnell, dass ihm schwindlig wurde.

»Lukas Schlunz?«

»Ja.«

»Wir können leider keine Auskunft über unsere Kunden geben.«

»Auch nicht, wenn eine Frau mit Kopftuch einen Audi kauft?«

»Nein.«

Und dann tutete es im Hörer. Die Frau am anderen Ende hatte aufgelegt.

»Autohaus Krämer, Darmstadt«, notierte Lukas auf einem kleinen Zettel, bevor er Papas Büro verließ.

Für fünf Uhr hatte Schlunz mit Helmut und einigen anderen Erwachsenen aus dem Vorbereitungskreis noch mal ein Planungstreffen im Gemeindezentrum angesetzt. Als Lukas zusammen mit Nele pünktlich eintraf, saßen in demselben Raum, in dem letzte Woche zehn oder elf Erwachsene gesessen hatten, etwa fünfzehn Kinder, die alle laut und fröhlich durcheinanderquatschten. Anna, Guido und die ganze Schülerband saß da, Elmar war da, Gerti, Christoph, Jana, Sarah und etliche aus dem Kindergottesdienst tummelten sich auf den Stühlen. Schlunz hatte sich auf den Stuhl gesetzt, auf dem letzte Woche Pastor Finke gesessen hatte. Neben ihm war kein Platz mehr frei, also setzte sich Lukas auf einen der freien Stühle an einer Tischecke. Während er auf den freien Platz zuging, sah er, dass auch Tim Hansen da war. Neben ihm saß Lilian, neben ihr die Frau, die letzte Woche die Ideen von Schlunz gut gefunden hatte, und daneben Helmut Eschenbach. Lukas freute sich. Und gerade als er sich setzen wollte, entdeckte er Arno und Süffi, die ebenfalls mitten unter den Kindern saßen. Ein leichter Schrecken durchzuckte ihn. Auch Pastor Finke saß da, aber er schien sich sehr unwohl zu fühlen, denn er strich sich unentwegt mit beiden Händen über seine Krawatte.

Lukas setzte sich. Es pupste so laut, dass alle sofort still wurden und Lukas anstarrten. Zwei Sekunden später lachten sich alle halbtot und Lukas spürte, wie er einen heißen Kopf bekam. Na warte, Schlunz!

»Prima, dass ihr alle gekommen seid«, eröffnete Schlunz die Sitzung. Und sogleich legte er los und stellte seinen Plan vor, was es noch alles zu tun gab. Um zehn Uhr sollte wie immer der Gottesdienst beginnen. Die Schülerband würde zur Eröffnung spielen und die Lieder aussuchen und begleiten. Schlunz zeigte auf Lilian: »Lilian und Marius sind so nett, uns dabei zu helfen.« Er schaute kurz zu Tim und verbesserte sich: »Ich meinte natürlich Tim.« Lilian schmunzelte und nickte leicht mit dem Kopf. Auch Tim lächelte bescheiden vor sich hin. Pastor Finke sollte predigen. »Aber so, dass es auch die Leute kapieren, die nicht studiert haben«, sagte Schlunz und schaute Pastor Finke an. Der lächelte gequält und nickte.

Um das übliche Mittagessen wie Suppe, Pflaumenkuchen und Waffeln wollte sich der Frauenkreis kümmern. Aber Pizza, Pommes, Würstchen und Döner müssten Leute aus diesem Kreis bereitstellen. »Wer kennt jemanden, der was davon organisieren kann?«, fragte Schlunz. Zuerst fand sich niemand, aber dann sagte Niko, der Bassist aus der Band: »Mein Onkel hat einen Dönerladen. Da gibt es auch Pommes und Würstchen. Den kann ich mal fragen, ob er das auch hier verkaufen kann.«

»Super«, sagte Schlunz und kritzelte mit einem Stift auf einem Blatt herum. »Sag ihm, er bekommt freien Eintritt zum Konzert der Schülerband, wenn er kommt.«

Für die Getränke wollten sich Arno und Süffi starkmachen. Cola, Fanta, Sprite, Apfelsaft, Orangensaft, Wasser. »Das bestellen wir bei Schütterlings«, sagte Arno, »und dann bedienen wir die Kunden. Der Hannes kann uns bestimmt auch eine seiner Theken ausleihen und aufbauen.« Dann legte Arno ein geheimnisvolles Grinsen auf und fragte: »Wo wir schon mal alles anders machen, verkaufen wir denn dann auch Bier?«

»Hm«, machte Schlunz, aber Helmut kam ihm zuvor. »Das lassen wir mal lieber«, sagte er, ohne sein Grinsen aus dem Gesicht zu nehmen.

»Aber wenn es doch ein tolles Fest werden soll«, versuchte es Arno weiter.

Helmut zwinkerte Arno kurz zu und grinste weiter. »Lass mal lieber, Arno. Dein Bier kriegst du auch woanders.« Er lehnte sich in seinem Stuhl nach hinten. »Bei uns sollen sich auch Kinder und solche Leute wohlfühlen, die Probleme mit Alkohol haben.«

Die Playstation-Party sollte am Nachmittag stattfinden, ebenso das Fußballturnier, der Flohmarkt, das Ponyreiten und das Konzert der Schülerband. Für jeden Punkt fand sich jemand, der zuständig war.

»Ich kann noch eine Hüpfburg besorgen«, sagte Helmut.

»Hurra!«, rief Gerti und hopste auf ihrem Stuhl herum.

»Und wann verkleiden wir uns?«, fragte Nele plötzlich.

»Verkleiden?«, fragte Schlunz. »Wieso denn verkleiden?«

»Du hast gesagt, es wird so ein tolles Fest wie ein Kindergeburtstag. Und da müssen sich alle verkleiden.«

»Als was denn?«

»Keine Ahnung. Als Gemeindefest-Prinzessinnen.« Einige kicherten.

»Nicht schon wieder«, stöhnte Lukas leise.

»Die meisten haben aber keine Verkleidung«, sagte Schlunz.

»Wir können doch jedem am Eingang ein Prinzessinnenkleid austeilen. Oder zumindest einen Umhang oder so was.«

»Für jeden?« Schlunz schaute zu Lukas, dann zu Helmut. »Geht das denn?«

Lilian beugte sich nach vorne: »Ich find die Idee gut. Ich kann mir ja mal Gedanken machen, wie das möglich sein könnte. Das sieht bestimmt lustig aus, wenn alle was Buntes um die Schultern tragen und das dann auch als Andenken mit nach Hause nehmen.«

»Du kannst ja Mama fragen, wenn du Hilfe brauchst«, sagte Nele noch. »Die hat früher schon mal was aus Stoff genäht.«

Jetzt war Anna dran. Sie hatte schon Einladungszettel und Plakate entworfen und zeigte sie allen. Es war alles mit der Hand geschrieben und sah nicht so schick aus wie gedruckt, aber man konnte alles lesen und wusste Bescheid, worum es sich handelte. »Die kannst du mir geben«, sagte Helmut, »ich lass sie hier bei Rosemarie kopieren. Wie viele braucht ihr denn?«

»Ach, so zwanzig«, sagte Anna.

»Nein«, entrüstete sich Schlunz. »Wir wollen doch in der ganzen Schule einladen. Und im Fußballverein, nicht wahr, Lukas? Und ihr ladet doch auch alle in euren Vereinen ein. Also hundert brauchen wir bestimmt.«

»Ich mach mal tausend«, sagte Helmut. Alle ließen ein lautes »Booaah« hören. »Die kriegt ihr doch verteilt, oder?«

»Klar«, sagte Schlunz. »Adelheid hat doch gesagt, wir sollen so einladen wie die Diener in der Geschichte. Alle, die wir treffen. Auch die an den Hecken und Zäunen. Und Hecken und Zäune gibt es in unserem Ort ja genug.«

»So ist das richtig«, schmunzelte Helmut. »Ich seh schon, ihr habt das voll im Griff.«

Schlunz schaute zu Lukas: »Dann müssen wir auch denen in der Fabrikhalle noch Einladungen bringen!«

»Nein!«, entfuhr es Lukas laut und vor Schreck war er kurz vom Stuhl aufgesprungen. Als er sich zurückplumpsen ließ, war wieder ein lauter Pups zu hören. Alle lachten. Lukas holte das Pupskissen unter seinem Po hervor und bewarf Schlunz damit. Schlunz lachte immer noch.

Als Schlunz und Lukas am nächsten Tag aus der Schule kamen, überreichte Mama ihnen einen großen Briefumschlag. »Der steckte im Briefkasten«, sagte sie. »Es war keine Briefmarke drauf, jemand muss ihn selbst hineingesteckt haben.« Außen auf dem Umschlag stand mit dicken roten Buchstaben: »Lukas und Schlunz«. Lukas erschauderte, als er die Buchstaben sah. Sie sahen genauso aus wie die auf der Hauswand von Schütterlings und Kunzes. Schlunz riss den Umschlag auf und holte ein großes, gefaltetes Blatt Papier heraus. Als sie es auseinanderfalteten, entwich Mama, die ihnen zugeschaut hatte, ein erstickter Schrei. Das ganze Blatt war mit roten Strichen und Kurven vollgeschmiert. In der Mitte stand dick und fett: »OFFB22«.

»Eine Drohung«, hauchte Mama und bekam Zeichen von Panik in ihrem Gesicht. »Jetzt sind wir an der Reihe!«

»Lukas, hol eine Bibel«, befahl Schlunz, ohne seinen Blick von dem Blatt zu nehmen. Lukas rannte in sein Zimmer und holte seine Bibel runter. »Was heißt OFFB?«, fragte Schlunz.

»Ich glaub, es ist die Abkürzung für Offenbarung«, sagte Lukas. Seine Hände zitterten.

»Offenbarung? Was heißt das?«

»Das ist ein Buch in der Bibel. Wie immer.«

»Okay, schlag auf.«

Das Buch Offenbarung war das letzte Buch in seiner Bibel. Eigentlich ein unheimliches Buch, fand Lukas. Denn hier war aufgeschrieben, wie es einmal sein würde, wenn das Ende der Welt gekommen wäre. »Offenbarung, Kapitel 2, Vers 2, nehme ich mal an«, sagte Lukas leise, während er in seiner Bibel blätterte.

»Ich denke schon«, sagte Schlunz. »Sonst müsste es Kapitel 22 heißen und das ist ja eindeutig zu lang.«

Mama stand wie gelähmt neben ihnen. Sie hatte ihre Hände unter ihrem Kinn gefaltet und ihre Arme an den Körper gepresst.

»Hier ist es«, sagte Lukas und las vor: »Ich weiß von allem Guten, das ihr tut, und ich kenne euren Einsatz und eure Ausdauer. Euren Einsatz: Ihr duldet niemand unter euch, der Böses tut; und die Leute, die sich als Apostel ausgeben, aber keine sind, habt ihr geprüft und als Lügner entlarvt.«

Lukas und Schlunz sahen sich an.

»Was hat das zu bedeuten?«, fragte Mama.

»Ich weiß es nicht«, sagte Lukas. Er war bleich im Gesicht geworden.

»Zumindest hört sich das nicht wie eine Drohung an«, sagte Schlunz und beugte sich noch mal über die Bibel. »Ich weiß von allem Guten, das ihr tut, und ich kenne euren Einsatz und eure Ausdauer.« Schlunz schaute Lukas an. »Lukas, das ist an uns gerichtet! Der Unbekannte hat uns auf das Plakat im Gottesdienst geantwortet!«

»Was?«

»Klar! Schau mal, im Gottesdienst haben wir ihm mit dem Code gesagt, er soll die anderen so behandeln, wie er selbst behandelt werden will. Gleichzeitig haben wir ihm gezeigt, dass wir seinen Code durchschaut haben. Und jetzt antwortet er uns, dass er sieht, dass wir auf einem guten Weg sind.«

Mama schien sich wieder zu beruhigen, zumindest konnte sie sich wieder bewegen. Sie legte eine Hand auf das Plakat und betrachtete es genauer. »Das klingt logisch«, sagte sie. »Der Bibelvers passt ja auch super zu euch beiden, besonders zu dir, Schlunz. Ihr duldet niemanden, der Böses tut. Ihr wollt den gemeinen Rächer entlarven. Und gerade in der Gemeinde, in der einige was anderes sagen, als sie leben, zeigst du, Schlunz, doch am deutlichsten darauf. Du bist es, der die Lügner in der Gemeinde entlarvt.«

Lukas war noch nicht zufrieden mit dem Brief. »Was sollen wir jetzt damit?«, fragte er und tippte auf das Blatt. »Was will uns der Täter sagen? Was sollen wir jetzt machen?«

Schlunz schaute noch mal auf das Blatt. Dann sagte er: »Ich glaube, der Täter wollte uns nur mitteilen, dass er am Sonntag im Gottesdienst war, dass er sieht, dass wir uns dahinterklemmen und dass er das gut findet.« Er faltete das Blatt wieder zusammen. »Vielleicht will er ja sogar entdeckt werden und ermutigt uns weiter dranzubleiben. Die Lügner in der Gemeinde zu entlarven und die Bösen rauszujagen.«

»Aber er ist doch selbst ein Böser.«

»Vielleicht geht es ihm wirklich so, wie es Hannes vermutet hat: dass er ein ganz armer Kerl ist, der sich einfach nur für etwas Schlimmes rächen will, das ihm früher mal angetan wurde. Und der sich nicht anders zu helfen weiß und jetzt froh ist, dass ihn jemand ernst nimmt.«

Lukas schüttelte langsam den Kopf. »Der muss entweder total verrückt oder total verzweifelt sein.«

Mama hob den Zeigefinger: »Zumindest müsst ihr gut aufpassen. Versprecht mir, dass ihr euch nicht wieder selbst in Gefahr bringt! Schlunz, du weißt, dass du in den Ferien schon ein paar Mal gerade noch so mit dem Leben davongekommen bist. Ich möchte nicht wieder Frau Rosenbaum berichten müssen, dass ihr Blödsinn gemacht habt.«

»Ist in Ordnung«, sagte Schlunz. »Wir machen keinen Blödsinn.«

24

Als Papa an diesem Abend den Schlunz von der Bandprobe aus dem Gemeindehaus abholte, hatte der Schlunz einen hochroten Kopf und schien, als wäre er kurz vorm Heulen. »Was ist los?«, fragten Lukas und Mama fast gleichzeitig, als Schlunz die Wohnung betrat.

»Ach, die doofe Adelheid«, fauchte er und warf seinen kleinen Rucksack, den er um die Schulter getragen hatte, wütend in eine Ecke. Doofe Adelheid? Das hatte Lukas noch nie vom Schlunz gehört.

»Was ist mit ihr?«, fragte Mama.

»Die kann mir gestohlen bleiben!« Schlunz setzte sich an den Esstisch, stützte seine Ellenbogen auf den Tisch und legte seinen Kopf auf die Hände.

»Was ist denn passiert?« Mama und Lukas setzten sich zu Schlunz an den Tisch.

Dann erzählte der Schlunz, was ihm an diesem Abend passiert war.

Sie hatten sich so tolle Lieder ausgedacht. Melodien von Liedern, die jeder gerne sang. Bei manchen davon musste der Text noch nicht einmal geändert werden. Die passten auch so gut zum Gottesdienst, fand Schlunz. Jedenfalls war Adelheid dann zufällig im Gemeindehaus in ihre Probe reingeplatzt, gerade als sie fröhlich spielten: »Und dann die Hände zum Himmel, kommt, lasst uns fröhlich sein.« Adelheid brüllte, sie sollten sofort aufhören. Dann schimpfte sie erst mal Lilian aus, als wäre sie ein kleines Kind, das ein ungezogenes Wort gesagt hatte. Dann warf sie die ganze Band aus dem Gemeindehaus und schleifte den Schlunz nach nebenan zum Pastor. Dort regte sie sich noch mal richtig auf und meinte, das Gemeindehaus solle ein Bethaus sein, aber die Band würde es zu einer Räuberhöhle machen. Karnevalsschlager würden sie singen, Rockmusik, und Lilian würde auch noch mitmachen und das unterstützen. Der Schlunz hatte ein paar Mal versucht ihr deutlich zu machen, dass das ein sehr christliches Lied sein könnte, denn immerhin hatte Adelheid selbst gesagt, dass manche Menschen die Hände beim Beten zum Himmel hoben. Und außerdem sangen sie selbst im Erwachsenengottesdienst Lieder, in denen dazu aufgerufen wurde, die Hände zu heben.

Darauf regte sich Adelheid noch mehr auf. Pastor Finke kam gar nicht zu Wort, aber allein sein Blick verriet, dass er das Gleiche wie Adelheid gesagt hätte, wenn er denn mal zu Wort gekommen wäre.

Lieder müssten ein Wohlklang für Gott sein, hatte Adelheid gerufen. Schlunz fand, diese Lieder würden Gott sicher gefallen, denn sie wären sehr fröhlich. Nein, keifte Adelheid wieder, über diesen Gesang riefe Gott den Satz aus dem biblischen Buch Amos, Kapitel 5, Vers 23: »Tut von mir das Geplärr eurer Lieder!« Als der Schlunz dann rief, Adelheid würde die Bibel ja nur genau so zitieren, wie es zu ihrer Meinung passte, hätte er fast eine Ohrfeige von ihr bekommen. Zumindest tobte sie noch lange und fürchterlich durch das Arbeitszimmer von Pastor Finke.

Überhaupt würde sie dafür sorgen, dass die Band nicht mehr spielen dürfe. Und Lilian schon mal gar nicht, die würde sowieso eigentlich nicht in die Gemeinde passen. »Warum denn nicht?«, hatte der Schlunz gefragt, aber Adelheid hatte nur zurückgeblafft, das gehe ihn nichts an. Da konnte Schlunz zum ersten Mal selbst eine Stelle aus der Bibel anbringen, nämlich die, die er neulich im Buch Lukas gelesen hatte: »Ihr sollt nicht nur diejenigen lieben, die ihr sowieso mögt, sondern alle!« Da wäre Adelheid schon wieder fast die Hand ausgerutscht. Sie hatte die Hand zumindest schon in Ohrfeigenstellung gebracht. So viele Alsos wie an diesem Abend hatte Schlunz noch nie von ihr gehört. Schlunz war auch laut geworden und hatte geschimpft, es gäbe noch viel mehr Leute in der Gemeinde, die viel könnten. Aber man würde sie ja nicht lassen. »Der Hannes zum Beispiel ist ein ganz lieber Mensch, der handwerklich sehr geschickt ist, der aber von euch in der Gemeinde gar nicht richtig für voll genommen wird.« – »Ach, der Hannes«, hatte Adelheid da weitergeschimpft, »der kann ja überhaupt nichts, der soll mal froh sein, dass er überhaupt in einer christlichen Gemeinde ist, denn in anderen Gemeinschaften würde er ja gar keinen Anschluss finden!« Da war Schlunz noch lauter geworden und Adelheid auch. Und irgendwann hatte Adelheid dann die Unterhaltung beendet, indem sie ankündigte, alle Kinderaktionen für Sonntag abzusagen, und für den Schlunz würde das noch ein ganz ernstes Nachspiel geben. Und damit packte sie den Schlunz am Ärmel und zog ihn nach draußen. Und da wartete schon Papa auf ihn und nahm ihn im Auto mit nach Hause.

Während Schlunz das alles erzählte, regte er sich wieder auf, wurde lauter und als er schließlich erzählte, wie Adelheid alle Kinderaktionen absagen wollte, brach seine Stimme, und seine Nase war voller Rotz. Er erzählte trotzdem weiter, auch wenn Lukas durch die Heulstimme fast nichts mehr verstand. Den letzten Satz verstand er wieder: »Das ist so gemein, Lukas, das ist so gemein!« Schlunz weinte und vergrub sein Gesicht in seinen Händen. Mama kam um den Tisch herum und nahm Schlunz in den Arm.

»Das ist echt gemein«, sagte Mama und strich Schlunz mit einer Hand über den Rücken. »Wie kann man so mit Kindern umgehen!«

Sie schaute zu Papa und sagte: »Jens, ruf gleich den Helmut an. So was darf nicht alleine Adelheid entscheiden!«

Tatsächlich redete Papa noch lange mit Helmut am Telefon. Er rief auch noch andere aus der Gemeinde an und wieder andere riefen bei Schmidtsteiners an, um nachzuhören, wie es denn jetzt wegen Sonntag aussah.

Am nächsten Mittag konnte Mama aber schon sagen, dass

sich einige in der Gemeinde dafür eingesetzt hätten, dass doch alles so laufen könnte, wie es sich Schlunz und die Kinder überlegt hatten. Aber für Aufregung hatte es trotzdem gesorgt. Andauernd riefen Leute bei Schmidtsteiners an. Die einen wollten sich darüber beschweren, dass das Gemeindefest diesmal so stark von Kindern bestimmt würde. Die anderen wollten Lukas und Schlunz ermutigen und sie dafür loben, dass sie sich so für das Gemeindefest einsetzten.

»Was hab ich gehört?«, fragte Tilly, eine ältere Dame aus der Gemeinde, die am Nachmittag anrief. »Eine Rockmusikband aus England spielt im Gottesdienst und am Nachmittag stehen Losbuden und Schießbuden auf dem Gemeindehausinnenhof?«

»Nein, natürlich nicht«, antwortete Mama gereizt und erklärte auch ihr noch einmal genau, was die Kinder geplant hatten.

Gegen Abend war Mama reichlich genervt über die vielen Anrufe und das Gerede im Ort. Offensichtlich schien sich jeder im Moment nur über das Gemeindefest zu unterhalten. Und je öfter die Einzelheiten ausgetauscht und weitererzählt wurden, um so mehr wurde dazuerfunden. Noch einen Tag später rief einer an und wollte wissen, ob es stimmte, dass die Fußball-Nationalmannschaft am Nachmittag zu einem Fußballturnier käme.

»Das wär doch stark«, freute sich Lukas.

»Das organisieren wir nächstes Jahr«, grinste Schlunz.

Am Mittwochabend brachte Jana die fotokopierten Einladungen fürs Gemeindefest vorbei. Lukas, Schlunz, Anna und alle anderen aus der Schülerband und dem Kindergottesdienst bekamen am nächsten Morgen vom Schulleiter die Erlaubnis, durch die Klassen zu gehen und die Einladungen auszuteilen. Sie teilten sich in Zweiergrüppchen und hatten innerhalb einer einzigen Schulstunde die ganze Schule vom ersten bis zum zehnten Schuljahr abgeklappert.

Donnerstagnachmittag tauchte Lilian bei Schmidtsteiners auf. Helmut war zusammen mit Arthur bei ihr gewesen und hatte ihr ausdrücklich erlaubt, mit den Kindern zusammen im Gottesdienst zu singen.

»Arthur auch?«, wunderte sich Schlunz.

»Tja«, grinste Lilian, »Helmut macht's möglich.«

Aber eigentlich war sie gekommen, um Nele zu zeigen, was sie sich als Verkleidung fürs Gemeindefest ausgedacht hatte. Sie hatte von einer Freundin, die jemanden kannte, der in einem Stoffladen arbeitete, jede Menge Stoffreste geschenkt bekommen. Die wollte sie in Stücke schneiden, die etwa einen Meter lang und 50 Zentimeter breit waren. In den vorderen Bereich des Stoffes wollte sie ein Loch schneiden, damit man sich den Stoff wie einen Umhang über den Kopf ziehen konnte. Ein schmales Stück Stoff würde dadurch noch vorne vor der Brust runterhängen. Die Stoffe wollte sie dann noch mit Klebebildern und Kreppbändern verzieren. Zwei fertige Umhänge hatte sie als Muster schon mal mitgebracht. »Boah, wie klasse!«, jubelte Nele, zog sich sofort eine Stoffbahn über, tanzte durch die Wohnung und warf dabei den großen Kerzenständer aus Metall um. Mama versprach Lilian, ihr zu helfen die Umhänge vorzubereiten. Immerhin mussten ganz schön viele hergestellt werden. Helmut hatte tausend Einladungen gedruckt. »So viele kommen aber nicht«, vermutete Mama.

Am Freitag hatte Papa eine gute Nachricht: Das Fahrrad vom Schlunz war wieder ganz. Schlunz sprang vor Freude in die Luft und schlug sofort vor, mit Lukas eine Runde durch die Stadt zu fahren. Unterwegs kamen sie am Haus von Herrn Moorhuhn vorbei, der in derselben Straße wie Herr und Frau Schütterling wohnte. Er war gerade dabei, seine Hecke zu beschneiden.

»Guten Tag, Herr Moorhuhn!«, rief Schlunz ihm vom Fahrrad aus zu.

»Was wollt ihr?«, rief Herr Moorhuhn unfreundlich.

Schlunz blieb mit seinem Fahrrad direkt an der Hecke stehen. »Wir sind auf der Suche nach Leuten an den Hecken und Zäunen. Und Sie sind der Mann an der Hecke!«

»Was wollt ihr von mir?«

Schlunz holte einen zerknickten Einladezettel aus seiner Hosentasche heraus und reichte ihn über die Hecke: »Wir wollen Sie zum Gemeindefest einladen. Übermorgen um zehn Uhr im Gemeindezentrum in der Kaiserstraße.«

»Da hab ich keine Zeit!«

Von der anderen Straßenseite kam eine andere Stimme: »Was ist los?«

Schlunz und Lukas drehten sich um. Da stand ein Mann mit kariertem Hemd an seinem Gartenzaun und hatte seine Hand hinter sein Ohr gelegt. »Was wollen die, Alfred?«

Schlunz fuhr mit seinem Rad sofort auf ihn zu. »Wir wollen unter anderem zu Ihnen. Sie sind nämlich der Mann am Zaun.«

»Am Zaun?«

»Genau. Wir laden nämlich alle Leute an den Hecken und Zäunen zum Gemeindefest ein. Dazu gehören auch Sie und Herr Moorhuhn. Bitte schön.« Und damit drückte Schlunz dem erstaunten Mann eine Einladung in die Hand und stieg auf sein Fahrrad.

Am Abend half Lukas mit, das Schlagzeug und all die anderen Instrumente zusammen mit der Band nach oben in den Gottesdienstsaal zu räumen. Jetzt probte die Band also oben. Der Boden zitterte, als sie loslegte. Und dafür, dass sie erst vor ein paar Wochen mit den Proben begonnen hatten, waren sie schon ganz schön gute Musiker. Bei manchen Liedern fragte sich Lukas, was wohl die Leute aus der Gemeinde sagen würden, wenn sie das live hörten. »Da simmer dabei, das ist pri-hi-ma«, sangen sie einmal und dann alle im Chor: »Priimaa Gemeindefest! Wir lieben das Leben, die Liebe und die Welt, wir glauben an den lieben Gott und tun, was ihm gefällt!« Dabei hopsten alle Sängerinnen auf der Stelle, als wären sie in einer Turngruppe. Hoffentlich hatte Adelheid bei diesem Lied die Augen und Ohren zu.

Am Ende der Probe ging Schlunz geradewegs auf Tim zu, der auch mitgeprobt hatte, legte ihm den Arm um die Schultern und sagte: »Danke, Marius, dass du mit uns singst.«

Tim lächelte, als er sagte: »Ich heiße Tim.«

»Von mir aus.« Schlunz nahm seinen Arm wieder von der Schulter des anderen, wurde ernst im Gesicht und sagte: »Weißt du, Marius, ich freu mich doch, dass du wieder zurückgekommen bist. Ich dachte, du wolltest mir helfen, mein Gedächtnis wiederzufinden.«

»Kann ich das denn?«

»Klar kannst du das. Erzähl mir einfach von früher.«

»Was meinst du damit?«

»Erzähl mir, was wir früher zusammen gemacht haben.«

»Wir haben nichts zusammen gemacht.«

Schlunz starrte kurz vor sich hin, schaute Tim dann fest in die Augen und sagte: »Na gut. Ich akzeptiere es fürs Erste. Aber wenn du dich dazu entschieden hast, mit mir zu reden, dann sag mir Bescheid.«

Dann ließ er Tim stehen und ging mit Lukas nach draußen.

»Weißt du, wo ich auch ein Plakat aufgehängt hab?«, fragte Schlunz, als sie bereits im Bett lagen.

»Nein. Wo denn?«

»Oben an der Fabrikhalle.«

Lukas staunte. »Du bist ja verrückt.«

»Und Anna hat ein Plakat hinter dem Bahnhof aufgehängt, wo sich immer die besoffenen Kerle mit den großen Hunden treffen«, fügte Schlunz hinzu.

»Was ihr euch traut«, wunderte sich Lukas.

Schlunz lachte, legte sich auf den Rücken und schaute verträumt zur Zimmerdecke. »Das find ich klasse, dass du das noch hingekriegt hast, dass die Band auf dem Gemeindefest spielen kann«, sagte er fröhlich und schloss die Augen.

»Das hab ich doch gar nicht hingekriegt«, wunderte sich Lukas.

»Ich mein ja auch gar nicht dich«, sagte Schlunz. »Ich hab mit Gott geredet.«

»Ach so«, sagte Lukas schnell. »Du hast gar nicht ›Ende der Durchsage‹ gesagt.«

»Ich war ja auch noch nicht fertig.« Er hielt kurz inne und fuhr dann fort: »Also, und ich wollte dich noch bitten, dass du die Adelheid wieder beruhigst. Wär doch klasse, wenn sie sich auch freuen könnte, dass es zur Abwechslung mal ein fröhliches Fest ist, oder? Okay, du kümmerst dich darum, ja? Danke schon mal. Ende der Durchsage.«

»So soll es sein«, sagte Lukas, aber er konnte sich kaum vorstellen, dass Gott Adelheid innerhalb von zwei Tagen so umkrempeln konnte.

Am Samstag kam dann der nächste Schock. Beim Frühstück sagte Mama: »Helmut hat vorhin angerufen. Pastor Finke ist total in Panik. Er hat gesagt, mit dieser Art von Gemeindefest könne er nichts anfangen. Er hat sich Urlaub genommen und ist mit seiner Frau in den Schwarzwald verreist.«

»Was?«, riefen Lukas und Nele im Chor.

»Umso besser«, sagte Schlunz ungerührt. »Wenn er gepredigt hätte, hätte das sowieso niemand kapiert.«

»Aber einer muss doch predigen«, sagte Papa. »Ganz ohne Predigt und ohne Pastor ist das doch kein richtiger Gottesdienst.«

»Jetzt fängst du auch noch an«, stöhnte Schlunz. »Steht das auch irgendwo in der Bibel, dass ein Gottesdienst ohne Pastor kein Gottesdienst ist?«

»Nein. Aber wir wollen den Besuchern doch trotzdem etwas aus der Bibel erzählen. Wenn wirklich viele kommen, die Gott noch nicht kennen, dann sollen sie doch davon hören, dass es gut ist, mit Gott zu leben.«

»Das kannst du ihnen doch erzählen.«

»Ich?« Papa fuhr entsetzt mit dem Kopf zurück. »Nein, ich

kann das nicht. Ich bin kein Schlunz, der sich mal eben auf die Bühne stellt und vor allen was erzählt.«

»Schade.« Schlunz biss in sein Brötchen und sagte dann: »Okay, Papa, wenn du eine Predigt brauchst, dann regel ich das.«

»Da bin ich ja mal gespannt«, sagte Papa und zog die Augenbrauen hoch.

Schon beim Mittagessen konnte Schlunz berichten, was er geregelt hatte: Elmar und Schlunz würden die biblische Geschichte vorlesen und Helmut würde dann eine kurze Predigt halten.

»Klasse«, sagte Mama.

Das Gemeindefest konnte kommen.

25

Am Sonntagmorgen kamen die Schmidtsteiners schon um halb neun zur Gemeinde, obwohl der Gottesdienst erst um zehn Uhr beginnen sollte. Schlunz war so aufgeregt, dass er alle in Unruhe versetzte. Wenn es nach ihm gegangen wäre, hätten sie schon um sechs Uhr im Gemeindehaus gestanden. Aber das konnten Mama und Papa ihm gerade noch ausreden.

Hinter dem Haus war bereits eine große Bühne aufgebaut. Tische und Bänke fürs Mittagessen waren aufgestellt und im hinteren Bereich stand eine Dönerbude in einem Anhängerwagen. Niko hatte schon am Freitag während der Bandprobe erzählt, dass sein Onkel total begeistert von der Idee war,

Döner, Pommes und Würstchen auf dem Gemeindefest anzubieten. Er hatte sogar angekündigt, einen Sonderpreis für diesen Tag zu machen.

Im Kindergottesdienstraum war die Playstation schon aufgebaut. Alles war bereit.

Um kurz nach neun kam Lilian mit drei Kartons voller Umhänge. Alle Umhänge waren aus bunten Stoffen genäht und mit bunten Bändern beklebt. Lukas fand, die sahen klasse aus. Alle, die schon im Saal waren, zogen sofort einen Umhang über. Nele hüpfte vor Freude und Aufregung auf der Stelle und hätte dabei beinahe die Blumenvase vom Altartisch runtergerissen.

Ab halb zehn kamen die Gottesdienstbesucher. Und siehe da: Es kamen Unmengen von Familien, die Lukas noch nie im Leben hier gesehen hatte. Alle bekamen am Eingang von Lilian und Nele einen Umhang, den sie auch brav anzogen. Einige Leute kannte Lukas aus der Schule. Das waren Schüler mit ihren Eltern. Natürlich waren die Familien der Bandmitglieder gekommen. Sogar Frau Huhn, die Leiterin der Schülerband, war da. Neben ihr saß Frau Preisel, Lukas‹ Religionslehrerin aus der vierten Klasse. Super, dass die noch mal gekommen war. Der Strom an Menschen nahm gar nicht ab. Um viertel vor zehn war der Saal knackeproppenvoll. Aber immer noch kamen die Leute und setzten sich auf die Fensterbänke, die Heizung, in die Gänge. Karl-Heinz Brause schnaufte wie eine Dampfmaschine, während er immer wieder Stühle aus anderen Räumen herbeischleppte. Und sein bunter Umhang wehte dabei hin und her und verfing sich immer wieder in den Frisuren der Damen, die gerade Platz genommen hatten.

Von der eigentlichen Gemeinde sah Lukas nicht viele. Die Eltern der Kindergottesdienstkinder waren da, Tim, ein paar aus dem Vorbereitungskreis – aber sonst ganz wenige. Als Lukas sich von innen zur Eingangstür quetschte, um nachzuschauen, wie viele da noch kamen, sah er gerade, wie Adelheid und Arthur im Strom der Masse standen. Nele reichte Adelheid einen Umhang. »Was soll ich damit?«, fragte sie mit einem Gemisch aus Strenge und Fassungslosigkeit.

»Anziehen«, sagte Nele, »siehst du doch.«

Adelheid zog sich den Umhang umständlich über ihren Kopf. Ihr Haarknoten blieb hängen und saß anschließend etwas schief auf ihrem Kopf. Ein ganzer Strauß Haare hatte sich gelöst und hing ihr wirr im Gesicht. Arthur Preisel weigerte sich. »So was Albernes zieh ich nicht an«, sagte er.

»Dann kommst du hier nicht rein«, sagte Nele und hielt ihm einen Umhang hin.

»Das werden wir ja sehen«, schnaubte Arthur Preisel und bahnte sich einen Weg seitlich aus der Menge heraus. Kurz darauf sah Lukas, wie Arthur durch eine Seitentür aus dem Technikraum kam und sich irgendwo in die Menschenmenge setzte. Einige machten ihm Platz, sodass er mit Adelheid ziemlich in der Mitte des Saals saß. Die beiden machten Gesichter, als müssten sie zum Zahnarzt. Gerti, die schon auf der Bühne stand, winkte ihr fröhlich zu und rief laut: »Adelheid! Ich seh dich!«

Adelheid hob ihre Hand vor ihr Kinn und machte kleine, unauffällige Winkbewegungen, aber ihr Gesichtsausdruck blieb starr.

Elmar saß in der ersten Reihe und wischte sich die Augen unter seiner Brille.

»Was hast du?«, fragte Lukas ihn.

»Alle sind gekommen«, schluchzte er leise, »aber meine Eltern nicht.«

»Oh.« Lukas wusste nicht, was er sagen sollte. »Das ist blöd.« Das war alles, was ihm einfiel.

»Ja«, sagte Elmar leise. Dann lächelte er wieder ein bisschen und sagte: »Dann sag ich mein Gedicht für euch auf.«

»Genau«, sagte Lukas und ihm gelang ein freundliches Lächeln.

»Und für Adelheid«, sagte Elmar noch.

»Ja.« Lukas schaute sich vorsichtig nach hinten um. Adelheid sah nicht aus, als würde sie sich in diesem Gottesdienst

über irgendetwas freuen wollen. Lukas blieb neben Elmar sitzen und hoffte, ihn dadurch ein wenig trösten zu können.

Um Punkt zehn Uhr schlug Guido hinter seinem Schlagzeug viermal seine Trommelstöcke aufeinander und dann krachte die Band los. »We are the champions«, spielten sie. Ihr Lieblingsstück. Zum Glück um einiges besser als an Neles Geburtstag. Lukas schielte zu Adelheid rüber. Sie saß immer noch wie versteinert da mit aufgerissenen Augen und offen stehendem Mund. Arthur Preisel neben ihr hatte seine Arme verschränkt und das Gesicht finster zusammengekniffen.

Als die Band ihr erstes Lied beendet hatte, tobte schon gleich ein Applaus, als hätte eine berühmte Rockband auf der Bühne gestanden.

Lilian, die mitgesungen hatte, begrüßte die Leute im Saal, die mittlerweile kreuz und quer in den Gängen und an der Seite standen. Karl-Heinz Brause stand hinten an der Wand und hielt einen Stuhl über seinem Kopf, den er offensichtlich nirgendwo mehr hinstellen konnte, weil noch nicht mal mehr für einen Stuhl Platz war.

»We are the champions«, sagte Lilian ins Mikrofon und schob gleich die Übersetzung hinterher, »wir sind die Sieger!

Und wir sind wirklich die Sieger, denn wir stehen an der Seite von Jesus Christus, der alles Böse besiegt hat!«

Es war still im Saal, obwohl so viele da waren. Alle hörten gespannt zu.

»Wir freuen uns, dass Sie da sind«, redete Lilian weiter, »und wir freuen uns, dass Jesus da ist. Jesus Christus ist hier in unserer Mitte!«

Ohne weitere Vorwarnung stimmte die Band ein neues Lied an. Nele, Gerti, Nina, Michaela und Lilian sangen die ersten Zeilen: »Lebt denn der Jesus Christus noch, Christus noch, Christus noch? Lebt denn der Jesus Christus noch, Jesus Christus noch?«

Einen Augenblick lang herrschte atemlose Stille im Saal, so als müssten alle die Luft anhalten und abwarten, was passierte. Lukas wusste nicht, ob jeder die Melodie vom »Alten Holzmichel«, einem bekannten Festzeltlied, erkannt hatte. Lukas selbst hatte es erst bei der Probe am Freitag kennengelernt. Aber dann, wie auf Kommando, sang der ganze Saal wie ein riesiger Chor: »Jaaaaaaa, er lebt noch, er lebt noch, er lebt noch! Jaaaaaa, er lebt noch, er lebt noch, stirbt nicht.« Alle sangen laut mit, die Texte der Strophen warf Arno mit dem Beamer an die Wand. Lilian und die Band hatten die Strophen so umgedichtet, dass sie zu dem passten, was sie mit der Gemeinde singen wollten: dass Jesus lebt und allen zur Seite steht.

Lukas schaute sich noch mal um. Mama und Papa versuchten mitzusingen, aber sie schienen das Lied im Original auch nicht zu kennen. Adelheid und Arthur Preisel sangen nicht mit und bemühten sich auch nicht.

Danach stieg Elmar auf die Bühne. Er stolperte zuerst über eine der Stufen vor der Bühne und blieb dann mit seinen Füßen in ein paar Mikrofonkabeln hängen, die auf der Bühne verteilt herumlagen. Elmar hielt mit beiden Händen einen Zettel fest und versuchte, seine Füße aus den Kabeln zu befreien. Dann nahm er endlich das Mikrofon und Lukas sah, dass er am ganzen Körper schwitzte. So aufgeregt war er. Das

Blatt Papier war schon total zerknautscht. Er hatte es die letzten zehn Minuten lang eifrig zu einem Ball zusammengerollt gehabt und in seinen Schwitzfingern geknetet. Elmar schnaufte laut ins Mikrofon, schaute zur Seite, wieder nach vorne, zu Lukas, zu Schlunz. »Ich hab«, setzte er an und musste noch mal schnaufen. »Ich hab«, Blick zu Lilian, Blick zum Schlunz. »Ich hab was geschrieben.«

»Lauter!«, rief eine ältere Person aus einer der hinteren Reihen.

»Ich hab was geschrieben«, sagte Elmar lauter und schnaufte gleich wieder ein paar Mal. »Also, ich bin in einer Schreib-AG, weil zuerst hab ich gesagt, ich kann nix, und dann hat der Schlunz gesagt, na ja, ist ja egal, gehört jetzt nicht hierhin.« Er schnaufte weiter. »Also, jetzt für den Gottesdienst hab ich«, schnauf, schnauf, »was gedichtet. Und das wollte ich jetzt vorlesen.«

Es war mucksmäuschenstill im Saal. Lukas drehte sich zu Adelheid um. Sie hatte immer noch Mund und Augen aufgerissen, diesmal steckte aber schon ein Hauch von Rührung mit drin. Es war, als fiebere sie mit dem Jungen auf der Bühne. Elmar nahm seinen Zettel vor die Brille und las langsam und laut vor, mit jeder Zeile gewann er mehr Sicherheit:

»Der Sonntag fängt morgens gut an.
Da will ich so schnell, wie ich kann,
zum Kindergottesdienst rennen.
Hier lernte ich Jesus kennen.
Zuerst schwer zu verstehen,
denn man kann ihn nicht sehen.
Doch die Adelheid,
die weiß Bescheid.
Die erzählt stets davon.
Jetzt kenn ich ihn schon.
Außerdem lernt man bei uns:
Jesus ist so wie ein Schlunz.
Denn er lud mich ein,
ist niemals gemein,

fragt, wie es mir geht,
nichts ist ihm zu blöd,
würde nie über mich lachen,
trotzdem viel für mich machen.
Durch ihn bin ich oft froh.
Jesus, der ist auch so,
wie ihn Adelheid beschrieb.
Darum hab ich ihn lieb.«

Elmar stand noch einen Augenblick bewegungslos da, dann schaute er ins Publikum. Als Lukas sich umdrehte, sah er, dass alle mit aufgerissenem Mund dastanden. Auch Karl-Heinz Brause. Er hatte sich inzwischen den Stuhl auf dem Kopf abgelegt, aber sein aufgeklappter Mund schaute unter dem Stuhl heraus. Dann brach ein tosender Applaus los, gefolgt von einem Getrampel auf dem Boden und Jubelschreien. Auch Adelheid klatschte. Sie saß vorne auf der Stuhlkante und klatschte wie eine Mama, deren Kind gerade vor tausend Leuten ein Geigenstück vorgeführt hatte. Als Elmar das sah, grinste er so breit, dass ihm fast die Brille von den Ohren gerutscht wäre. Er trat von einem Bein auf das andere, wartete, bis der Applaus abgeebbt war und hielt den Zettel noch einmal vor sich. »Noch‹n Gedicht«, sagte er und etliche im Saal lachten schon vergnügt. »Ein Limerick«, ergänzte Elmar. Lukas wusste nicht, was das war, aber die Erwachsenen schienen es zu wissen, denn sie lachten wieder. Elmar las vor:

»Ich kenn einen Jungen, den Schlunz,
der lebt seit dem Sommer bei uns.
Manche Leute, die reden
übers Helfen und Beten,
und andre, wie Schlunz, die tun‹s.«

Wieder applaudierten die Leute und diesmal ging Elmar von der Bühne.

26

Dann ging Anna ans Mikrofon und sagte: »Ich lese die Geschichte aus der Bibel aus Lukas 14, die Verse 16 bis 24. Es ist eine Übertragung vom Schlunz.«

Ein Raunen ging durch den Saal. Einige tuschelten. Dann las Anna:

»Eine Gemeinde hatte viele Leute zu einem großen Fest eingeladen. Als das Fest losgehen sollte, schickte sie die Kinder los und ließ den Gemeindemitgliedern ausrichten: ›Kommt, wir wollen Gemeindefest feiern.‹ Aber einer nach dem anderen begann, sich zu entschuldigen. Der Erste sagte: ›Ihr singt Lieder, die nicht in unserem Gesangbuch stehen und habt eine Band mit Schlagzeug. Ich kann nicht kommen.‹ Der Zweite sagte: ›Ihr spielt am Nachmittag Fußball und Playstation und bietet Döner zum Essen an, darum kann ich nicht kommen.‹ Ein Dritter sagte: ›Wenn der Pastor nicht kommt, komm ich auch nicht.‹ Die Kinder kamen zurück und berichteten alles der Gemeinde. Da wurde die Gemeinde zornig und befahl: ›Lauft schnell in die Schulen und in die Vereine und holt alle her, auch die, die noch nie hier waren.‹ Die Kinder kamen zurück und sagten: ›Sie sind alle gekommen, aber es ist immer noch Platz.‹ Die Gemeinde sagte: ›Dann geht hoch zur Fabrikhalle und runter zum Bahnhof, wo sich die treffen, mit denen keiner was zu tun haben will. Der Saal soll richtig voll werden.‹ Und Jesus sagte: ›Eins sag ich euch: Die, die eigentlich zuerst eingeladen waren, kriegen nichts von den Pommes und dem Döner.‹«

Während Anna auf ihren Platz zurückging, klatschten die Leute wieder. So viel war, so lange sich Lukas zurückerinnern konnte, noch nie in einem Gottesdienst geklatscht worden. Er musste daran denken, dass die meisten, die heute hier waren, eher Veranstaltungen im Festzelt oder in der Stadthalle kannten. Und da wurde normalerweise nach jedem Beitrag geklatscht. Lukas musste grinsen. Dann kam Helmut und nahm das Mikrofon. Er strahlte übers ganze Gesicht, schaute sich einmal im ganzen Saal um und sagte: »Wisst ihr, ich bin heute sehr stolz. Ich bin stolz auf diejenigen aus unserer Gemeinde, die heute trotzdem gekommen sind, obwohl vieles ganz anders ist als normalerweise auf unserem Gemeindefest. Ihr habt damit bewiesen, dass ihr bereit seid, auch mal andere Wege zu gehen. Wege, die die Kinder euch vorgeben. Und Kinder sind die, die Jesus ganz besonders wichtig sind.« Er strahlte weiter und schaute zu den Kindern, die vorne in der ersten Reihe und auch noch davor auf dem Boden saßen. »Und ich bin stolz auf die Kinder unserer Gemeinde und die Kinder der Schülerband. Ihr habt es geschafft, einen Gottesdienst zu gestalten, der allen gefällt. Auch denen, die noch gar nicht wissen, ob sie mit Gott überhaupt was anfangen können. Euch ist es gelungen, Menschen der ganzen Stadt einzuladen. Ihr habt die Geschichte von Jesus ins Leben umgesetzt. Ihr seid an die Hecken und Zäune gegangen. An den Bahnhof und zur Fabrikhalle, in die Schule und in die Vereine. Euch verdanken wir, dass der Saal heute so voll ist.«

Und wieder brach ein tosender Applaus los. Ein Applaus, der nicht mehr enden wollte. Als Lukas sich umdrehte, sah er, dass auch Adelheid klatschte. Und sie lächelte. Neben ihr saß Arthur und hatte immer noch die Arme verschränkt. Er warf Adelheid einen strengen Blick zu. Als Adelheid das sah, erschrak sie kurz, hörte sofort auf zu klatschen und schob ihre Brille nach oben. Dann warf sie Arthur einen strengen Blick zurück, schaute wieder nach vorne, lächelte und klatschte weiter.

»Wisst ihr«, sagte Helmut, »wir, die wir Gott kennen und lieben, wir wollen doch, dass auch andere Gott kennenlernen. Und das können wir nur, indem wir auf die anderen zugehen. Wenn wir ihre Sprache sprechen. Ich schäme mich dafür, dass wir das nicht schon längst so gemacht haben. Und ich schäme mich für unsere Gemeinde, dass es so ein Kampf war, bis wir endlich den Mut hatten, den Kindern unser Vertrauen zu schenken. Die Kinder haben es uns vorgemacht, dass es möglich ist, die Menschen in unserer Stadt anzusprechen und einzuladen. Und dafür danke ich euch.«

Wieder langer und lauter Applaus. Und Adelheid klatschte wie wild auf ihrem Platz. Arthur fuhr sich entsetzt mit seiner Hand über den Schnurrbart.

»Denn eigentlich sind es nicht wir, die einladen«, fuhr Helmut fort, »sondern Gott selbst. Wir als Gemeinde können zu einem Gemeindefest einladen. Und wir wünschen uns, dass ihr euch hier wohlfühlt. Aber Gott lädt uns ein, unser Leben ihm anzuvertrauen. Ihr seid heute der Einladung der Kinder in unsere Gemeinde gefolgt. Das ist prima. Und unser größter Wunsch ist, dass ihr auch der Einladung von Gott folgt. Gott hat ein großes Interesse an euch. Er hat euch gemacht, er hat dafür gesorgt, dass ihr auf dieser Welt lebt. Und er möchte Gemeinschaft mit euch haben. Er lädt nicht nur die ein, die schon immer zur Gemeinde kommen. Sondern alle.« Dann erzählte Helmut noch mehr über Gott und über Jesus und wie man ihn kennenlernen und mit ihm reden kann. Lukas musste immer wieder zum Schlunz schauen, der zwischen Anna und den anderen aus der Band saß. Schlunz strahlte übers ganze Gesicht. Lukas konnte gar nicht unterscheiden, wer mehr strahlte: Helmut oder Schlunz.

Zum Schluss sagte Helmut: »Wisst ihr, die Geschichte mit dem großen Fest ist an einer anderen Stelle in der Bibel so ähnlich noch mal erzählt. Und da gibt es noch einen zweiten Teil. Da geht nämlich der Mann, der zum Fest eingeladen hat, durch den Festsaal und sieht, alle tragen ein Festkleid. Das sieht schön und festlich aus. Alle haben sich vom Gastgeber ein neues Kleid schenken lassen. Alle haben ihre alte Kleidung zurückgelassen und sich mit neuer, sauberer, festlicher Kleidung beschenken lassen. So wie ihr hier.« Er schaute in den Saal. Die bunten Umhänge leuchteten aus allen Reihen und wirkten wie ein festlicher Schmuck für den Saal. Nele stieß Lilian in die Seite und freute sich.

»Aber dann«, erzählte Helmut weiter, »sah er einen Festbesucher, der trug kein festliches Kleid. Der hatte sich irgendwie hineingeschmuggelt. Er hatte sich nicht beschenken lassen. Er wollte das Alte nicht loslassen. Er wollte dabei sein, ohne das Geschenk des Gastgebers anzunehmen. Der Gastgeber warf den Mann ohne Festkleid raus.«

Ein Gemurmel und Getuschel im Zuschauerraum entstand. Alle schauten auf Arthur Preisel, den Einzigen im ganzen Saal, der keinen Umhang trug. Arthur spürte die Blicke, schaute entsetzt an seinem Hemd herunter und tat so, als bemerkte er erst jetzt, dass er ohne Festkleid war. Zuerst wurde er knallrot. Dann stieß er ein lautes, empörtes »Ooooh!« aus, stand auf und drängte sich wutschnaubend durch die Menge nach draußen. Keiner im ganzen Saal sagte ein Wort. Alle schauten schweigend Arthur hinterher, der draußen im Flur geräuschvoll die Eingangstür zuknallen ließ.

»Traurig«, sagte Helmut. »Traurig für alle, die zu Gott kommen und sich nicht von ihm beschenken lassen wollen. Denn das Geschenk von Gott ist etwas Gutes. Gott schenkt einen neuen Anfang. Ein neues Leben. Ein Leben, in dem Schuld und Verletzungen keine Rolle mehr spielen. Ein Leben, über dem die Worte ›Versöhnung‹ und ›Vergebung‹ wie eine große Überschrift stehen. Ihr habt heute diesen Umhang geschenkt bekommen. Ihr habt das Geschenk angenommen und daran sehen wir, dass wir alle zum Fest gehören. Ich wünsche euch, dass ihr auch das Geschenk von Gott annehmt und anzieht wie ein neues Kleid. Gott möchte euch so ein neues Leben schenken.«

Als Helmut sich setzte, klatschten die Leute wieder. Und dann ließen sie sich von der Band mitreißen, die mit ihnen sang: »Da simmer dabei, das ist pri-hi-ma, prima Gemeindefest!«

Am Mittag verteilte sich die große Menge über den ganzen Platz rund ums Gemeindehaus. Die Tische und Bänke waren alle voll. Auch überall im Haus, sogar im Gottesdienstsaal saßen und standen die Leute. Die Sonne schien, so gut sie konnte, obwohl es schon langsam auf Ende September zuging und nicht mehr so heiß war. Lukas und Schlunz standen manchmal einfach nur da und staunten über die vielen Leute.

Ein Mann kam auf Helmut zu, der zufällig in ihrer Nähe stand, und sagte: »Das war ein gutes Wort. Und weißt du, in der vergangenen Woche haben wir selbst erlebt, was Versöhnung bedeutet.«

»So?«, grinste Helmut. »Wie denn?«

»Herr Kunze, unser alter Pastor, ist zu uns nach Hause gekommen. Er hat uns damals, als meine Frau und ich eine schwere Ehekrise hatten, viel Schweres gesagt, und wir waren sehr verletzt und verärgert über ihn. Und jetzt kam er und hat uns nachträglich um Vergebung gebeten. Damit hätten wir nie gerechnet. Aber jetzt haben wir gesehen, dass Herr Kunze doch auch ein gutes Herz hat.«

»Ja, das hat er«, sagte Helmut.

»Und wir haben gehört, dass er sich bei einigen anderen, die Ähnliches erlebt haben, auch entschuldigt hat. Es ist, als habe er das Bedürfnis, mit allen wieder ins Reine zu kommen.«

»Das freut mich.«

»Danke noch mal.« Der Mann gab Helmut die Hand und ging wieder zurück an seinen Tisch.

»Klasse, Lukas«, sagte Schlunz. »Es scheint, als hätte der Rächer sogar etwas Gutes bewirkt.«

»Ja«, sagte Lukas. Trotzdem wollte er die Anschläge des Rächers in der Nacht nicht als Heldentat hinstellen.

Da kam mit schnellen Schritten Adelheid auf sie zu. Ihr Umhang wehte bedrohlich hinter ihr her. Sicherheitshalber ging Schlunz einen Schritt zurück und schob Lukas vor sich wie einen Schutzschild.

»Ihr Jungen«, sagte Adelheid und es klang nicht so, als wollte sie losschimpfen. Schlunz schaute vorsichtig aus seinem Versteck hervor. »Ihr Jungen, ich muss mich bei euch entschuldigen.« Dabei klatschte sie ihre Hände vor der Brust zusammen. »Das war so ein fabelhafter Gottesdienst. Das Gedicht von Elmar, die Predigt von Helmut – es hat alles so gut zusammengepasst.« Sie schob ihre Brille nach oben. »Ich gebe zu, die Lieder waren nicht mein Geschmack. Aber ich hab von so vielen Menschen hier gehört, dass es genau richtig für sie war. Und inhaltlich waren sie ja tadellos.«

»Na, so was«, sagte Schlunz und trat wieder mutig neben Lukas. »Und das aus Ihrem Munde.«

»Und mein Junge«, sie wandte sich an Schlunz, »ich möchte mich bei dir für meinen kleinen Anfall vergangene Woche entschuldigen. Das war mehr als unangebracht. Ich hatte Angst, ihr verwandelt das Gemeindefest in ein Sauf- und Fressfest. Aber so ist es nicht. Es ist fröhlich und zwanglos.« Sie richtete sich auf und lächelte. »Wie auf Gottes Fest.«

»Das ist schon okay«, sagte Schlunz und grinste. »Als Ausgleich können Sie ja nächstes Jahr mit aufs Feuerwehrfest kommen.«

Adelheid riss sofort ihre Augen auf und schob ihre Brille nach vorne. »Na, na, na«, sagte sie streng, »nun mal nicht gleich übertreiben.« Und damit zischte sie wieder davon.

»Lukas, das ist klasse«, freute sich Schlunz und klopfte Lukas auf die Schulter.

An einem Tisch in ihrer Nähe sahen sie jetzt Tim stehen. Er war ganz vertieft in einige Blätter, die er vor sich hin sortierte.

»Marius!«, rief Schlunz ihn.

»Ja?« Tim schaute aus seinem Blätterstapel hoch und drehte sich zum Schlunz um.

Schlunz grinste breit: »Jetzt hast du dich verraten. Du bist es, Marius.«

»Nein, nein«, sagte Tim und lächelte peinlich berührt. »Ich heiß nicht Marius. Ich hab dich nur rufen gehört und weil ich weiß, dass du mich immer Marius nennst, hab ich geschaut.«

»Ja, ja«, sagte Schlunz. »Red dich nur raus. Es hat keinen Zweck mehr. Ich weiß, wer du bist.«

»Das weißt du überhaupt nicht«, sagte Tim genervt und ging davon.

»Ich wusste es von Anfang an«, sagte Schlunz leise zu Lukas. »Und nächste Woche besuch ich ihn und dann weiß ich mehr über mich.«

Da hörten sie plötzlich, wie jemand halblaut nach ihnen rief: »Psst! Lukas! Schlunz!« Die beiden drehten sich um und dann sahen sie, dass entlang des Zaunes rund um das Gemeindehaus auch noch jede Menge Leute standen. Als sie näher kamen, staunte Lukas: Da standen all die Leute aus der Gemeinde, die vorher nicht gekommen waren. Zum Fest wollten sie nicht kommen, weil es ihnen zu »weltlich« war, wie sie es nannten. Aber zuschauen, wie es dabei zuging, das wollten sie trotzdem. Wie sie da alle standen, sich an den Stäben des hohen Zaunes festhielten und hineinstarrten, war das ein trauriges Bild. Sie, die Gemeindeglieder, die der Einladung nicht gefolgt waren, standen draußen. Und hinter dem Gitterzaun sah es sogar aus, als säßen sie im Gefängnis. Die Gemeinde draußen. Und die Leute von den »Hecken und Zäunen« drin. Lukas musste unweigerlich den Kopf schütteln.

»Lukas, Schlunz!«, rief es wieder. Woher kam das? Endlich sahen sie es. Dort am Zaun, draußen eben, standen Herr und Frau Schütterling, daneben Herr und Frau Kunze.

»Hallo zusammen«, grüßte Schlunz sie. »Warum sind Sie nicht gekommen? Der Hannes ist doch auch gekommen. Er hat sogar die Bühne aufgebaut.«

Herr Schütterling ging nicht auf die Bemerkung vom Schlunz ein, sondern reichte einen Umschlag durch die Gitterstäbe. »Hier, das haben wir heute Morgen im Briefkasten gefunden.«

»Und wir auch«, sagte Frau Kunze und reichte ebenfalls einen Umschlag durch den Zaun, der genauso aussah.

»Was ist das?«, fragte Schlunz und nahm die Umschläge an sich. Es waren die gleichen Umschläge wie der, der vor ein paar

Tagen im Briefkasten der Schmidtsteiners gesteckt hatte.

»Der unbekannte Täter! Jetzt will er mit uns abrechnen!« Die Stimme von Herrn Schütterling hatte etwas Ängstliches.

Schlunz öffnete den einen Umschlag, Lukas den anderen. Beide holten je einen großen Papierbogen heraus und falteten ihn auseinander. Die beiden sahen genau gleich aus. Rotes Geschmiere, in der Mitte ein Code: »2MO342«.

Schlunz und Lukas staunten. »Los, Lukas, hol eine Bibel«, sagte Schlunz.

»Wir wissen schon, was drinsteht«, sagte Herr Schütterling.

»Was?«, sagte Schlunz. »Soll das heißen, Sie haben den Code geknackt?«

Herr Schütterling druckste herum und spielte mit seinen Fingern am Gitterzaun. »Na ja, ihr habt es uns ja nun oft genug gezeigt, wie es geht.«

»Aber Sie haben uns nicht geglaubt.«

»Ist ja egal. Jetzt jedenfalls will er uns persönlich fertigmachen.«

»Was steht denn in der Bibelstelle?«

»Es ist 2. Mose 34, Vers 2. Und da steht … äh … Alma, lies doch mal vor.«

Frau Schütterling hielt schon eine aufgeschlagene Bibel in der Hand: »Sei morgen bereit, dass du früh auf den Berg Sinai steigst und dort zu mir trittst auf dem Gipfel des Berges.«

»Was soll das heißen?«, fragte Schlunz.

»Was das heißen soll?«, ereiferte sich Herr Schütterling. »Dass wir morgen zu ihm kommen sollen! Morgen früh!«

»Und dann?«

»Tja, was – und dann? Dann will er uns fertigmachen! Ist doch klar!«

»Aber wo sollen Sie hinkommen?«

»Ja, das wissen wir auch nicht. Im Bibelvers steht, auf den Berg Sinai. Aber den gibt es hier in Niederkirchen natürlich nicht. Und bis nach Asien können wir bis morgen früh auch nicht mehr reisen.«

Schlunz legte seine Stirn in Falten. »Hmmm«, überlegte er, »gibt es denn hier so etwas Ähnliches? Ein Berg? Ein Haus, das Sinai heißt?«

Frau Kunze lehnte ihren Kopf an das Gitter: »Das haben wir auch schon überlegt. Aber uns ist nichts eingefallen.«

Jetzt kam Herr Kunze mit seinem Gesicht näher zum Zaun: »Der Sinai ist der Berg des Herrn. Dort hat Mose die Gesetzestafeln von Gott bekommen.«

»Gibt es hier einen Ort, wo Gesetzestafeln aufbewahrt werden?«, fragte Schlunz.

»Gesetzestafeln«, wiederholte Frau Kunze langsam.

»Ja«, sagte Frau Schütterling, »es gibt draußen im Wald eine Stelle, da ist ein alter Bergstollen, in dem sich die Leute im Krieg versteckt haben. Vor dem Bergstollen ist eine Tafel angebracht, auf dem alle Leute unserer Stadt aufgeschrieben sind, die im Krieg gestorben sind. Und auf einer anderen Steintafel ist ein Teil vom Grundgesetz eingemeißelt.«

»Ja, stimmt«, sagte Herr Schütterling, »das Grundgesetz der Bundesrepublik Deutschland. Ein Teil daraus. Ich glaub, der erste Teil. Die Grundrechte. Auf zwei Tafeln. Klar. Das haben wir doch früher oft als Ausflugsziel genutzt. Den Platz nennt man hier in der Stadt: ›Die Gesetzestafeln‹.«

»Gut«, sagte Schlunz. »Fragt sich nur, was ›morgen früh‹ heißt.«

»Na ja, morgen früh halt«, sagte Herr Schütterling. »Nach dem Aufstehen.«

»Uhrzeit?«

»Na ja, sechs Uhr dürfte früh genug sein.« Herr Schütterling drehte sich zu seiner Frau um. »Schicken wir morgen um sechs Uhr die Polizei da hoch.«

»Die Polizei?« Schlunz kam näher an den Zaun heran.

»Na, meint ihr, ich will mich selbst umbringen lassen? Wir gehen da nicht hoch.«

»Wir auch nicht«, sagte Frau Kunze.

»Aber hören Sie mal«, sagte Schlunz. »Vielleicht will er nur mit Ihnen reden. Da ist jemand aus der Gemeinde, der so sehr von Ihnen verletzt worden ist, dass es ihm gefällt, wenn Sie Angst haben. Vielleicht möchte er einfach nur, dass Sie sich bei ihm entschuldigen. Damit er das Alte abschließen kann.«

»Warum kommt er dann nicht zu uns an die Haustür?«, fragte Herr Schütterling.

»Weiß ich nicht. Das können Sie ihn ja morgen früh an den Gesetzestafeln fragen.«

»Ich bin doch nicht blöd. Wir schicken die Polizei hin.«

»Wir gehen hin«, sagte Schlunz und klopfte Lukas wieder auf die Schulter.

»Was?« Lukas knickte vor Schreck mit dem Kopf nach vorne.

»Wir gehen hin«, wiederholte Schlunz. »Der Rächer kennt uns. Er sagt, er weiß um all das Gute, das wir tun. Er wird uns nichts antun.«

»Schlunz, bitte«, flehte Lukas. Sie verabschiedeten sich von den Kunzes und den Schütterlings und entfernten sich vom Zaun.

»Komm, Lukas«, bettelte Schlunz. »Ich nehm auch meine Steinschleuder mit, falls er uns doch gefährlich wird.«

Lukas merkte, wie ihm schwindlig wurde. Mama hatte gesagt, sie sollten sich nicht in Gefahr begeben. Und er wollte nicht schon wieder Ärger mit ihr bekommen. Andererseits – er sah es jetzt schon auf sich zukommen, dass der Schlunz so lange auf ihn einreden würde, bis er doch Ja sagte. Also könnte er auch gleich nachgeben. Oh nein, das war ihm jetzt alles zu viel. »Ich muss jetzt zu meinem Fußballturnier gehen«, schnaufte er und wollte schon gehen.

»Und ich muss gleich wieder mit meiner Band spielen«, sagte Schlunz und hielt Lukas am Arm fest. »Lukas, der Rächer vertraut uns, weißt du nicht mehr? Wir können ihn jetzt nicht im Stich lassen.«

»Schlunz, du tust gerade so, als sei der Rächer ein armer Kanarienvogel, den wir beschützen müssen. Aber er ist einer, der Hauswände beschmiert und Holzschuppen anzündet. Er könnte uns etwas antun! Was ist, wenn Arno der Rächer ist? Oder Arthur Preisel? Oder Karl-Heinz Brause? Die sind alle viel stärker als wir.«

»Ich nehm doch meine Schleuder mit. Mit der kann ich gut umgehen. Das weißt du doch.«

»Ja, das weiß ich noch.« Lukas spürte schon, wie sein Widerstand kleiner wurde.

»Also?«

»Ja, ist gut. Ich komme mit.« Und dann schlurfte er davon, um das Fußballturnier anzupfeifen.

27

Sechs Uhr morgens. Es war noch dunkel. Wie zwei Einbrecher hatten sich Lukas und Schlunz an diesem Morgen durch die Wohnung geschlichen und lautlos das Haus verlassen. Lukas war unheimlich zumute. Zwei Jungen allein mit ihren Fahrrädern im Wald. Das konnte nicht normal sein. Und das konnte auch nicht gut ausgehen. Gestern Nachmittag hatten sie ein paar Leute auf dem Gemeindefest ganz beiläufig gefragt, wie man zu den »Gesetzestafeln« im Wald kommt. Ein Ehepaar hatte es ihnen recht schnell erklärt. Lukas kannte die Gegend einigermaßen und als er die Wegbeschreibung hörte, erinnerte er sich, dass er doch schon mal da gewesen war. Jetzt waren sie schneller angekommen als gedacht. Schlunz und Lukas stellten ihre Fahrräder vor den Gesetzestafeln ab und holten ihre Taschenlampen aus den Rucksäcken. Schlunz steckte in seine hintere Hosentasche seine Schleuder und in die vordere ein paar Steine. In der Nähe der Gesetzestafeln brannte ein Licht. Als sie sich dem Licht langsam näherten, sahen sie, dass jemand eine Kerze in einem roten Plastikbecher angezündet hatte. Ein Grablicht. Lukas schauderte. Mit den Taschenlampen leuchteten sie das Gelände ab. Niemand zu sehen. Lukas wagte nicht zu rufen. Schlunz auch nicht. So blieben sie still. So still wie das Grablicht vor ihnen. Und so still wie der Eingang des Bergstollens, auf den Schlunz gerade leuchtete. Eine schmale Tür in einem Felsen. Dahinter alles schwarz. Schlunz ging auf die Tür zu und leuchtete mit der Taschenlampe hinein. Nichts zu sehen. Lukas blieb hinter ihm und leuchtete wie ein Irrer kreuz und quer durch den Wald. Wenn sich einer von hinten anschleichen würde, wollte er ihn gleich sehen.

»Lukas, da!« Schlunz leuchtete auf den Boden. Ein roter Pfeil war auf die Erde aufgemalt. Er führte in den Stollen hinein. »Wir sollen da reingehen.«

»Ich bin doch nicht bescheuert.« Lukas zitterte am ganzen Körper. Seine Zähne klapperten, er musste sie fest zusammenbeißen, um das Klappern zu unterdrücken.

Schlunz ging einen Schritt in den Stollen hinein und leuchtete die schmalen Wände ab. Einen weiteren Schritt. Lukas wollte nicht mit. Aber allein hier draußen wollte er auch nicht bleiben. Also ging er hinterher, aber so dicht, dass er sich mit seiner freien Hand am Pullover von Schlunz festhalten konnte. »Schlunz, wir sind verrückt.« Nun waren sie schon drei, vier Meter in die Höhle hineingegangen. Da war der Gang auch schon zu Ende. Schlunz betastete die Wand, die ihnen den Weg versperrte. Das war aber ein kurzer Gang. Eher ein Raum. Da hörten sie hinter sich eine Männerstimme: »Dein Wort ist meines Fußes Leuchte und ein Licht auf meinem Weg.«

Schlunz und Lukas schrien vor Schreck auf und wirbelten herum. Im Eingang stand ein Mann, aber sie konnten nicht erkennen, wer es war. Der Mann hielt eine so starke Taschenlampe auf sie gerichtet, dass sie geblendet waren. Mit ihren kleinen Taschenlampen kamen sie gegen den Strahl der großen Lampe nicht an.

»Wer sind Sie?«, fragte Schlunz.

»So hat euch die Bibel, Gottes Wort, den richtigen Weg geleuchtet. Den Weg bis hier oben hin.«

Die Stimme kam Lukas bekannt vor. Aber er erkannte sie nicht. Der Mann verstellte seine Stimme, das war klar. Er bemühte sich, möglichst tief zu reden.

»Nur leider hat es den falschen Personen den Weg geleuchtet«, sagte der Mann. Lukas hörte etwas wie das Geräusch eines Autos. Ihm war gar nicht bewusst, dass der Wald so nah an der Straße lag. Oder hatte er sich verhört?

»Wir sollen schöne Grüße von Kunzes und von Schütterlings ausrichten«, sagte Schlunz und hielt sich die Hand vor die Augen, »sie können nicht kommen, aber sie lassen ausrichten, dass sie sich für alles entschuldigen, was sie Ihnen jemals angetan haben.«

»Lüge«, sagte der Mann.

»Es stimmt«, sagte Schlunz, »das war gelogen. Die Wahrheit ist, sie haben sich nicht getraut.«

»Ja«, sagte der Mann. »Weil sie feige sind.«

»Nur weil sie nicht hochkommen und ihrem Rächer ins Messer laufen wollen?«

»Deswegen auch, ja.«

»Weswegen noch?«

»Sie sind zu allem zu feige. Zu feige, um Schuld einzugestehen. Zu feige, um Mitmenschen, die Hilfe brauchen, beizustehen. Zu feige, um zuzugeben, dass sie auch nicht alles wissen. Zu feige, um sich selbst anzuschauen und zu sehen, wie armselig sie sind.«

»Hätten Sie denn Hilfe gebraucht?«

»Ja. Hätte ich.«

»Wann denn?«

»Mein ganzes Leben lang.« Der Mann vergaß, seine Stimme zu verstellen. Woher kannte Lukas diese Stimme?

Schlunz redete weiter: »Was ... äh ... was hätten Sie denn mit den Kunzes und den Schütterlings getan, wenn sie hergekommen wären?«

»Ich weiß nicht.« Der Mann zog die Nase hoch und wischte sich mit seinem Handrücken durch das Gesicht. »Vielleicht einfach nur genossen, wie sie leiden.«

Diese Stimme! Gestern auf dem Gemeindefest hatte er sie zuletzt gehört. Und da – waren da nicht auch Schritte vor dem Eingang zu hören? Lukas lauschte angestrengt. Auch der Mann schien etwas zu bemerken und drehte sich um. Es war aber niemand zu sehen. Vielleicht war ein Tier in der Nähe.

»Ich verstehe«, sagte Schlunz, der anscheinend nichts gehört hatte. »Der Rächer will sich einfach auch mal daran freuen, dass die, die ihm so lange Angst eingejagt haben, nun auch vor Angst zittern.«

»Genau.«

Jetzt wusste Lukas, woher er die Stimme kannte und Schlunz anscheinend auch, denn im selben Moment sprach er es aus: »Hannes.«

Hannes zog die Nase laut und ekelhaft hoch und spuckte etwas seitlich auf den Boden. »Überrascht?«

»Eigentlich nicht«, sagte Schlunz. »Eigentlich hätten wir es uns schon denken können, als wir dich in der Nacht bei Kunzes hinterm Haus getroffen haben. Du wolltest nämlich gar nicht nach dem Rechten schauen. Du bist der Rächer in der Nacht. Du wolltest ein Feuer legen.«

Hannes lachte leise. »Richtig. Aber als ich euch sah, musste ich mir natürlich was anderes einfallen lassen.«

»Du hast in eurem eigenen Haus die Wände und Fenster angemalt. Du hast euren eigenen Schuppen abgebrannt. Darum warst du auch immer so schnell zur Stelle und konntest größeren Schaden vermeiden.«

»Ja. Denn eigentlich wollte ich ja nicht wirklich was kaputt machen. Ich wollte nur, dass sie sich erschrecken.«

»Kannst du jetzt vielleicht mal die Taschenlampe runternehmen?«, fragte Schlunz. »Wir sind total geblendet.«

»Tschuldigung.« Hannes leuchtete auf den Boden, kam zwei Schritte in den Bergstollen hinein und lehnte sich an eine der Seitenwände.

»Frau Schütterling hat uns deine Geschichte erzählt«, sagte Schlunz. »Du hast viel Schlimmes erlebt.«

»Ach was«, winkte Hannes ab. »Was ich erlebt hab, kann überhaupt keiner nachvollziehen. Jahrelang die kranke Mutter um mich herum, während Oma und Opa sterben, an denen ich so gehangen hab. Dann haut mein Vater ab und schließlich stirbt meine Mutter. Niemand kann sich vorstellen, was für ein Loch in mir war. In mir war nichts mehr.« Hannes fuhr sich mit der Hand wieder übers Gesicht. »Und dann bin ich zu meinem Onkel gekommen. Von da an wurde alles nur noch schlimmer. Ich war noch total fertig von all dem, was ich erlebt hab, da hat der Willi gesagt: ›Hör auf zu heulen, mach was für die Schule.‹ Und Alma auch immer: ›Du bist faul, du tust nichts.‹ Und dann haben sie immer von Gott geredet. Das war sicher gut gemeint, aber ich hab gesagt: ›Wo ist denn Gott? Ich erlebe nur, wie mir meine Familie weggenommen wird.‹ Da sagten sie: ›Alles hat seinen Plan‹ und ›Gott macht keine Fehler‹. Ich konnte aber keinen Plan darin sehen, dass meine Mutter gestorben ist. Also hab ich noch mehr geheult. Und bin schlechter in der Schule geworden. Und das haben sie mir dann auch wieder vorgeworfen. ›Du bist faul‹, haben sie gesagt. Und dann haben sie Pastor Kunze dazugeholt. Der sollte mir helfen. Aber der hat ja nur mit Bibelsprüchen geredet. Ich hab gesagt: ›Ich will ja an Gott glauben, aber ich versteh ihn nicht.‹ Dann hat er gesagt: ›Niemand kann Gott verstehen. Aber Gottes Wege sind gut.‹ Und so bin ich immer trauriger und frustrierter geworden und Willi und Alma immer unzufriedener. Und Pastor Kunze immer strenger. Ich hab die Schule nicht geschafft, weil ich nur geheult hab. Ich konnte nicht mehr klar denken. Ich sollte mich bewerben, aber ich konnte nicht. Ich war nur voller Trauer, die aber nicht raus durfte, weil da immer irgendwelche Bibelsprüche waren, die das verboten haben. ›Seid dankbar in allen Dingen‹ und ›Seid froh in dem Herrn allezeit‹. Anstatt mir zu helfen, haben sie mich nur noch mehr runtergedrückt. Als ich achtzehn war, war ich froh, dass ich den Führerschein einigermaßen gut geschafft habe. Aber kurz drauf hab ich einen Unfall gebaut. Ich hab den Sohn vom Karl-Heinz Brause angefahren. Der war schlimm verletzt. Alle dachten, er stirbt. Aber er wurde zum Glück wieder gesund. Und schon standen wieder Alma und Willi und Pastor Kunze auf der Matte und sagten: ›Das ist die Strafe Gottes, weil du so faul bist und nicht froh.‹ Meint ihr, davon bin ich froh geworden? Immer hab ich nur von Strafe und Rache gehört. Und auch dem Karl-Heinz Brause und seinem Sohn haben sie gesagt, das sei Gottes Strafe. Seitdem spricht der Karl-Heinz kein Wort mehr mit den Kunzes und mit Willi und Alma.« Er wischte sich noch einmal mit seinen Händen übers Gesicht und machte dann eine abwinkende Handbewegung. »Das hätte ich vielleicht auch machen sollen. Aber ich hatte keine Kraft, irgendwas zu machen. Ich konnte einfach nicht mehr. Da war so viel Wut in mir. Einmal bin ich von zu Hause abgehauen. Zwei Tage später hat mich die Polizei wieder eingefangen und zu Willi und Alma gebracht. ›Noch nicht mal das kannst du‹, haben sie gesagt.«

Hannes rutschte mit dem Rücken an der Wand entlang nach unten und blieb so hocken. Draußen wurde es schon hell. Jetzt konnte Lukas Hannes auch ohne Taschenlampe erkennen. Lukas hatte Bauchschmerzen. Vor Hunger, vor Kälte und weil die Angst von vorhin noch in ihm saß. Aber am meisten vor Mitleid. Der arme Hannes. Wäre er doch in Lukas‹ Familie geraten! Wie ungerecht doch die Welt war. Der Hannes war auch ohne Eltern. Und er geriet in so eine gemeine Familie. Und der Schlunz hatte es bei Lukas und seiner Familie so gut. Gab es vielleicht Menschen, die immer nur Pech hatten und andere, die immer nur Glück hatten? Lukas tat es auch leid, dass Hannes jetzt so schlecht über die Bibel dachte. »Es gibt auch gute Bibelverse«, sagte Lukas.

»Das weiß ich«, sagte Hannes. »Ich kenn die Bibel. Ich find die Bibel ja auch gut. Ich hab sie doch inzwischen besser kennengelernt und weiß, dass sie gar nicht so voller Strafe und Rache ist, wie ich früher immer dachte. Die meisten Sätze aus der Bibel machen mir sogar Mut. Sie machen mir mehr Mut als mich Willi und Alma niederdrücken. Darum weiß ich ja auch, dass der Autounfall keine Strafe von Gott war. Aber ich frag mich, wie man aus einem ganzen Buch voller Ermutigung immer nur die Verse raussuchen kann, die einen niederdrücken. Das macht einen doch kaputt.« Hannes zog wieder mit einem lauten Schnarchen die Nase hoch und spuckte auf den Boden. »Willi und Alma sind auch total kaputt«, sagte er. »Willi schimpft den ganzen Tag nur herum und Alma ertränkt ihren ganzen Frust im Schnaps. Sie säuft, ist euch das noch nicht aufgefallen?«

»Ich weiß nicht, wie jemand aussieht, der säuft«, sagte Lukas.

»Wie Alma«, sagte Hannes leise. »Als Herr Kunze Alma und Willi darauf hingewiesen haben, dass das auch nicht richtig ist, haben die beiden den Kontakt zu ihm total abgebrochen. Seitdem kämpft jeder von ihnen nur noch für sich.«

»Traurig«, sagte Schlunz. »Dabei hat Herr Kunze doch recht.«

»Natürlich hat er recht«, sagte Hannes. »Aber es kommt eben nicht nur darauf an, ob einer recht hat, sondern auch, wie man das dem anderen sagt. Jedenfalls hab ich irgendwann vor lauter Wut rote Farbe an unsere Hauswand geschmiert. Als Willi und Alma das gesehen haben, haben sie natürlich geschimpft. Aber sie haben sich auch gefragt: Wer könnte so was machen? Und als ich es öfter machte und dann auch noch so kleine Zettel in den Briefkasten geworfen habe, da haben sie es richtig mit der Angst zu tun bekommen. Dann hab ich Botschaften mit draufgeschrieben, aber die haben sie nicht kapiert.«

»Wir haben sie kapiert«, sagte Schlunz stolz.

»Ja, ihr seid ja auch schlauer als Willi und Alma.« Hannes schabte mit seinem Fuß ein paar Steinchen vor sich her. »Als ich sah, dass Willi und Alma einen Schrecken bekommen haben, hab ich auch angefangen, die Kunzes damit zu ärgern. Sie haben sich auch aufgeregt. Manchmal hab ich gedacht: Hannes, hör auf. Aber ich konnte nicht mehr zurück. Das Gefühl, dass die, die mich so lange gequält haben, nun selber Qualen leiden, fand ich gut.«

»Und warum hast du dann doch aufgehört?«

»In der Nacht, als wir zusammen auf der Bank saßen und Anna ihre Geschichte erzählt hat, dass sie sich auch rächen will, aber es nicht tut – da hab ich gedacht, wieso bin ich eigentlich so doof und mach es doch? Deine Bibelstelle aus dem Buch Lukas, dass man auch seine Feinde gut behandeln soll, und dein Spruch am Schluss, dass der Rächer auch ohne Rache aus seinem Loch rauskommt – das hat mich überzeugt.

Der Vers am nächsten Sonntag in der Gemeinde hat mich dann auch noch mal daran erinnert. Im Grunde wart ihr es. Ihr habt mich daran erinnert, dass ich was wert bin. Und dass ich raus kann aus meinem Loch. Ihr habt mir zugetraut, dass ich die Bühne aufbauen kann. Das fand ich gut.« Hannes hob seinen Kopf und schaute an die niedrige Decke der kleinen Höhle. »Ich hab mir vorgenommen auszuziehen«, sagte er. »Ich nehm mir meine eigene Wohnung. Meinen eigenen Job. Raus aus der Stadt.«

»Auch raus aus der Gemeinde?«, fragte Lukas.

»Zumindest raus aus dieser Gemeinde«, sagte Hannes, »in der jeder denkt, er kann mich nicht für voll nehmen. Aber in eine Gemeinde will ich schon noch. Ich fand‹s gut, was Helmut gestern gesagt hat. Jeder kriegt ein neues Kleid und dann kann er neu anfangen. Ich zieh jetzt mein neues Kleid an und fang woanders neu an.« Hannes stand auf und nahm seine Taschenlampe in die Hand.

»Hannes«, sagte Schlunz.

Hannes wandte sich Schlunz zu. »Ja?«

»Ich find das gut. Also, dass du neu anfängst.« Schlunz schien nun selbst nach den richtigen Worten zu suchen. »Neu anfangen kann man immer.«

Hannes grinste: »So, findest du.«

»Ja.«

»Woher hast du denn diesen schlauen Spruch?«

»Von mir«, sagte Schlunz ein bisschen verlegen. »Aus dem Buch Schlunz. Das war Schlunz 5, Vers 1.«

Hannes lachte leise. »Danke, dass ihr mir geholfen habt, das neue Kleid zu finden.« Er drehte sich um und ging nach draußen. Dort blieb er aber wie angewurzelt stehen.

»Was ist los?«, rief Schlunz. Beide Jungen liefen nach draußen. Dort sahen sie etwas, das ihnen fast das Herz stillstehen ließ.

28

Auf der einen Seite des Höhleneingangs standen Herr und Frau Schütterling, auf der anderen Seite Herr und Frau Kunze. Sie lehnten alle vier an der Felswand und hatten ihre Köpfe nach vorne gebeugt.

Herr Schütterling sah als Erstes nach oben und schaute Hannes ins Gesicht. Er hatte rote Augen. »Mein Junge.«

»Wieso seid ihr hier?«, fragte Hannes.

»Wir sind Feiglinge«, sagte Herr Schütterling und schluchzte in seinen Ärmel hinein. »Wir haben gestern Abend noch miteinander telefoniert. Kunzes und wir. Wir haben gesagt, wir können die mutigen Jungen nicht ausbaden lassen, was eigentlich uns gilt. Die beiden haben uns schon so geholfen. Den letzten Schritt müssen wir gehen. Und dann wollten wir hier hoch. Bis wir aber alle so weit waren und im Auto saßen und hier dann wieder rausgekommen sind, war es zu spät. Als wir am Bergstollen ankamen, haben wir dich gesehen, Hannes, wie du mit dem Rücken zu uns standest. Wir wollten dich zuerst festhalten und verprügeln. Dann haben wir einen Augenblick gewartet und dann haben wir deine ganze Geschichte gehört.« Herr Schütterling nahm ein Taschentuch und schnäuzte sich.

»Mein Junge«, jammerte Frau Schütterling, »mein Ein und Alles.« Sie weinte.

Auf der anderen Seite schaute jetzt Herr Kunze hoch. »Das hab ich nicht gewollt«, sagte er und gab seltsame Schluchzgeräusche von sich. »Das hab ich nicht gewollt.« Er hielt eine Hand nach vorne. »Hannes«, sagte er. »Ich hab es doch nur gut gemeint.«

Hannes stand mit der Taschenlampe in der Hand da und schien selbst nicht zu wissen, was er sagen sollte.

»Hannes«, sagte Herr Kunze wieder und hob seine Hand. »Bitte vergib mir. Bitte vergib mir.« Er schloss die Augen.

»Ich denk drüber nach«, sagte Hannes und seine Stimme klang erstaunlich fest. »Ich melde mich bei euch, wenn ich euch vergeben kann.« Er schaute von einem zum anderen. »Wisst ihr, ich will euch ja vergeben. Aber so schnell kann ich das nicht.« Er griff nach seinem Rucksack. »Zumindest nicht heute Morgen.« Er hob seinen Rucksack auf und schulterte ihn auf seinen Rücken. »Jetzt, wo ihr wisst, dass ich es war, könnt ihr mich ja bei der Polizei anzeigen. Ich werde für alles geradestehen.«

»Nein, das tun wir nicht«, sagte Herr Schütterling leise und Frau Schütterling fügte hinzu: »Wir können doch nicht unseren eigenen Jungen anzeigen. Unser Ein und Alles.«

»Wir zeigen dich auch nicht an«, sagte Frau Kunze und schaute zu ihrem Mann. »Oder, Eugen?«

»Wir sind es, die eine Anzeige verdienten«, röchelte Herr Kunze und hustete.

»Lebt wohl«, sagte Hannes und wandte sich zum Gehen. »Danke, Schlunz und danke, Lukas.«

»Wohin gehst du?«, fragte Frau Schütterling und hielt sich ihren Kopf.

»Das weiß ich noch nicht«, sagte Hannes. »Zuallererst geh ich, zieh mir ein neues Festkleid an und beginne ein neues Leben.« Damit drehte er sich um und ging davon. Lukas wunderte sich, wie aufrecht und gerade er gehen konnte. Als wäre er ein anderer Mensch. Ein neuer Mensch.

Zu Hause empfing Mama die Jungs mit einem großen Krach. Sie stand schon an der Haustür, als sie ihre Fahrräder vor der Tür abstellten. Es war inzwischen weit nach acht Uhr. Die Schule hatte schon längst begonnen. »Nur Unsinn im Kopf! Nur Unsinn! Muss man euch jetzt am Bett festbinden, damit ihr keinen Quatsch macht?«, tobte sie und ließ die beiden erst nach einem langen, aufgeregten Donnerwetter überhaupt zu Wort kommen. »Noch ein bisschen länger und wir hätten die Polizei gerufen! Du weißt doch, Schlunz, dass jederzeit wieder jemand kommen kann, der dir etwas antun will! Sollen wir denn vor Kummer und Sorge graue Haare bekommen? Wie weit willst du es denn mit uns noch treiben?« Auch Papa war noch zu Hause. Er war nicht zur Arbeit gefahren. Und auch wenn er nicht so viel sagte, sah Lukas ihm trotzdem an, dass er sich sehr aufregte. Sogar Nele war noch zu Hause. Sie hielt Mama am Bauch umklammert und heulte vor Angst und Sorge. Erst als Mama ihren ganzen Ärger rausgelassen hatte, hatten Schlunz und Lukas Gelegenheit, von Hannes und den Schütterlings zu erzählen. Sie erzählten die ganze Geschichte. Von Anfang bis Ende. Und dabei schienen sich Mama und Papa wieder ein bisschen zu beruhigen. Sie saßen inzwischen am Tisch im Esszimmer und Nele saß bei Papa auf dem Schoß.

»Trotzdem«, sagte Mama am Ende der Geschichte. »Das hättet ihr nicht tun dürfen. Könnt ihr euch nicht vorstellen, was wir uns für Sorgen gemacht haben? Ich komm in euer Zimmer und eure Betten sind leer. Kein Zettel, keine Nachricht – eure Schuhe und Jacken sind weg und eure Schultaschen stehen noch da! Was sollten wir denn denken?«

»Tut uns leid«, sagte Lukas kleinlaut.

»Wir wollten doch nur helfen«, sagte Schlunz und schaute betroffen zu Boden.

»Anderen helfen und sich dabei selbst in Gefahr bringen – das haben wir gern«, schimpfte Mama noch mal.

»Das lässt sich manchmal nicht ausschließen«, sagte Schlunz.

»Ja«, sagte Mama spitz. »Das hast du sehr richtig erkannt.«

»Das war Schlunz 3, Vers 1«, sagte Schlunz.

Mama wollte wieder schimpfen, aber jetzt musste sie doch erst mal lachen. Das beruhigte Lukas. Wenn Mama schon wieder lachen konnte, war der größte Ärger verraucht. »Aber ihr seid noch Kinder«, sagte sie. »Ihr müsst nicht die ganze Welt retten. Ihr müsst noch auf euch aufpassen. Und wir müssen auf euch aufpassen. Das geht aber nur, wenn ihr nicht dauernd solche heimlichen Aktionen macht.«

»Ja, das wissen wir«, sagte Schlunz.

»So, und jetzt aber nichts wie in die Schule. Das war Mama 8, Vers 7.«

Jetzt mussten Schlunz und Lukas lachen und auch Papa schmunzelte.

»Beeilt euch«, sagte Papa. »Ich bring euch mit dem Auto hin.«

Als Lukas und Schlunz aufstanden, ging Mama noch mal auf sie zu und nahm sie in den Arm. »Ich bin ja schon mal froh, dass ihr wieder gesund zurückgekommen seid.«

»Und ich bin froh«, sagte Schlunz, »dass ich in so eine nette Familie geraten bin. Ich hätte auch bei ganz gemeinen Leuten landen können.«

Lukas musste noch einmal an die Frau im Audi denken. Wie lange würde Schlunz bei ihnen noch sicher sein? Er nahm sich vor, die Spur mit dem Nummernschild entschlossener zu verfolgen. Bestimmt würde er in Darmstadt auf jemanden stoßen, der den Schlunz kannte. Und Tim – der könnte ihnen auch helfen. Ob er nun Marius hieß oder nicht. Tim könnte helfen. Lukas spürte, wie in ihm der Drang aufstieg zu kämpfen. Er würde dem Schlunz helfen, seine Familie wiederzufinden. Er wollte kein Feigling mehr sein.

»Wir sind auch froh, dass wir dich haben, Schlunz«, sagte Mama. »Auch wenn ich manchmal schimpfen muss.«

»Weiß ich doch«, sagte Schlunz und grinste. »Das gehört doch zusammen. Kinder müssen Dummheiten machen und Mamas müssen schimpfen.«

Mama lachte noch mal und drückte die Jungs an sich. »War das Schlunz 3, Vers 2?«

»Genau«, sagte Schlunz. »Woher weißt du das?«

»Na ja«, sagte Mama, »so langsam kenne ich mich in dem Buch Schlunz ein bisschen aus.«

»Danke, Papa, dass ich hier sein darf«, sagte Schlunz und schmiegte sich an Mama.

»Bitte schön, gern geschehen«, sagte Papa und lächelte.

»Ich mein doch nicht dich«, sagte Schlunz. »Ich mein den Papa im Himmel. Unser aller Papa.«

»Ach ja, richtig«, sagte Papa verlegen. »So ganz kenne ich mich in dem Buch Schlunz dann doch noch nicht aus.«

»Das lernst du schon noch, Papa«, sagte Schlunz. Und nach oben gerichtet sagte er: »Und du hilfst ihm dabei, nicht wahr, Papa? Ende der Durchsage.«

»So soll es sein«, sagten alle anderen und lachten.